GRANDS ÉCRIVAINS
CHOISIS PAR L'ACADÉMIE GONCOURT

Texte intégral

Edmond et Jules de Goncourt

Germinie Lacerteux

Grands Écrivains

PRÉFACE

DE LA PREMIÈRE ÉDITION

Il nous faut demander pardon au public de lui donner ce livre, et l'avertir de ce qu'il y trouvera.

Le public aime les romans faux : ce roman est un roman vrai.

Il aime les livres qui font semblant d'aller dans le monde : ce livre vient de la rue.

Il aime les petites œuvres polissonnes, les mémoires de filles, les confessions d'alcôves, les saletés érotiques, le scandale qui se retrousse dans une image aux devantures des libraires; ce qu'il va lire est sévère et pur. Qu'il ne s'attende point à la photographie décolletée du plaisir : l'étude qui suit est la clinique de l'Amour.

Le public aime encore les lectures anodines et consolantes, les aventures qui finissent bien, les imaginations qui ne dérangent ni sa digestion ni sa sérénité : ce livre, avec sa triste et violente distraction, est fait pour contrarier ses habitudes et nuire à son hygiène.

Pourquoi donc l'avons-nous écrit? Est-ce simplement pour choquer le public et scandaliser ses goûts?

Non.

Vivant au dix-neuvième siècle, dans un temps de suffrage universel, de démocratie, de libéralisme, nous nous sommes demandé si ce qu'on appelle « les basses classes » n'avait pas droit au Roman; si ce monde sous un monde, le peuple, devait rester sous le coup de l'interdit littéraire et des dédains d'auteurs qui ont fait jusqu'ici le silence sur l'âme et le cœur qu'il peut avoir. Nous nous sommes demandé s'il y avait encore, pour l'écrivain et pour le lecteur, en ces années d'égalité où nous sommes, des classes indignes, des malheurs trop bas, des drames trop mal embouchés, des catastrophes d'une terreur trop peu noble. Il nous est venu la curiosité de savoir si cette forme conventionnelle d'une littérature oubliée et d'une société disparue, la Tragédie, était définitivement morte; si, dans un pays sans caste et sans aristocratie légale, les misères des petits et des pauvres parleraient à l'intérêt, à l'émotion, à la pitié, aussi haut que les misères des grands et des riches; si, en un mot, les larmes qu'on pleure en bas pourraient faire pleurer comme celles qu'on pleure en haut.

Ces pensées nous avaient fait oser l'humble roman de Sœur Philomène, *en 1861; elles nous font publier aujourd'hui* Germinie Lacerteux.

Maintenant, que ce livre soit calomnié : peu lui importe. Aujourd'hui que le Roman s'élargit et grandit, qu'il commence à être la grande forme sérieuse, passionnée, vivante, de l'étude littéraire et de l'enquête sociale, qu'il devient, par l'analyse et par la recherche psychologique, l'Histoire morale contemporaine, aujourd'hui que le Roman s'est imposé les études et les devoirs de la science, il peut en revendi-

quer les libertés et les franchises. Et qu'il recherche l'Art et la Vérité; qu'il montre des misères bonnes à ne pas laisser oublier aux heureux de Paris; qu'il fasse voir aux gens du monde ce que les dames de charité ont le courage de voir, ce que les reines d'autrefois faisaient toucher de l'œil à leurs enfants dans les hospices : la souffrance humaine, présente et toute vive, qui apprend la charité; que le Roman ait cette religion que le siècle passé appelait de ce large et vaste nom : Humanité*; – il lui suffit de cette conscience : son droit est là.*

Paris octobre 1864.

I

— Sauvée ! vous voilà donc sauvée, mademoiselle, fit avec un cri de joie la bonne qui venait de fermer la porte sur le médecin, et, se précipitant vers le lit où était couchée sa maîtresse, elle se mit avec une frénésie de bonheur et une furie de caresses à embrasser, par-dessus les couvertures, le pauvre corps tout maigre de la vieille femme, tout petit dans le lit trop grand comme un corps d'enfant.

La vieille femme lui prit silencieusement la tête dans ses deux mains, la serra contre son cœur, poussa un soupir, et laissa échapper : — Allons ! il faut donc vivre encore !

Ceci se passait dans une petite chambre dont la fenêtre montrait un étroit morceau de ciel coupé de trois noirs tuyaux de tôle, des lignes de toits, et au loin, entre deux maisons qui se touchaient presque, la branche sans feuilles d'un arbre qu'on ne voyait pas.

Dans la chambre, sur la cheminée, posait dans une boîte d'acajou carrée une pendule au large cadran, aux gros chiffres, aux heures lourdes. A côté deux flambeaux, faits de trois cygnes argentés tendant leur col autour d'un carquois doré, étaient sous verre. Près de la cheminée un fauteuil à la Voltaire, recouvert d'une de ces tapisseries à dessin de damier que font les petites filles et les vieilles femmes, étendait ces bras vides. Deux petits paysages d'Italie, dans le goût de Bertin, une aquarelle de fleurs avec une date à l'encre rouge au bas, quelques miniatures, pendaient accrochés au mur. Sur la commode d'acajou, d'un style Empire, un Temps en bronze noir et courant, sa faux en avant, servait de porte-montre à une petite montre au chiffre de diamants sur émail bleu entouré de perles. Sur le parquet, un tapis Pamme allongeait ses bandes noires et vertes. A la fenêtre et au lit, les rideaux étaient d'une ancienne perse à dessins rouges sur fond chocolat. A la tête du lit, un portrait s'inclinait sur la malade, et semblait du regard peser sur elle. Un homme aux traits durs y était représenté, dont le visage sortait du haut collet d'un habit de satin vert, et d'une de ces cravates lâches et flottantes, d'une de ces mousselines mollements nouées autour des têtes par la mode des premières années de la Révolution. La vieille femme couchée dans le lit ressemblait à cette figure. Elle avait les mêmes sourcils épais, noirs, impérieux, le même nez aquilin, les mêmes lignes nettes de volonté, de résolution, d'énergie. Le portrait semblait se refléter sur elle comme le visage d'un père sur le visage d'une fille. Mais chez elle la dureté des traits était adoucie par un rayon de rude bonté, je ne sais quelle flamme de mâle dévouement et de charité masculine.

Le jour qui éclairait la chambre était un de ces jours que le printemps fait, lorsqu'il commence, le soir vers cinq heures, un jour qui a des clartés de cristal et des blancheurs d'argent, un jour froid, virginal et doux, qui s'éteint dans le rose du soleil avec des pâleurs de limbes. Le ciel était plein de cette lumière d'une nouvelle vie, adorablement triste comme la terre encore dépouillée, et si tendre qu'elle pousse le bonheur à pleurer.

– Eh bien ! voilà ma bête de Germinie qui pleure ? dit au bout d'un instant la vieille femme en retirant ses mains mouillées sous les baisers de sa bonne.

– Ah ! ma bonne demoiselle, je voudrais toujours pleurer comme ça ! c'est si bon ! ça me fait revoir ma pauvre mère... et tout !... si vous saviez !

– Va, va... lui dit sa maîtresse en fermant les yeux pour écouter, dis-moi ça...

– Ah ! ma pauvre mère !... La bonne s'arrêta. Puis, avec le flot de paroles qui jaillit des larmes heureuses, elle reprit, comme si, dans l'émotion et l'épanchement de sa joie, toute son enfance refluait à son cœur : – La pauvre femme ! Je la revois la dernière fois qu'elle est sortie... pour me mener à la messe... un 21 janvier, je me rappelle... On lisait dans ce temps-là le testament du roi... Ah ! elle en a eu des maux pour moi, maman ! Elle avait quarante-deux ans, quand elle a été pour m'avoir... papa l'a fait assez pleurer ! Nous étions déjà trois, et il n'y avait pas tant de pain à la maison... Et puis il était fier comme tout... Nous n'aurions eu qu'une cosse de pois, qu'il n'aurait jamais voulu des secours du curé... Ah ! on ne mangeait pas tous les jours du lard chez nous... Ça ne fait rien : pour tout ça, maman m'aimait un peu plus, et elle trouvait toujours dans des coins un peu de graisse ou de fromage pour mettre sur mes tartines... Je n'avais pas cinq ans quand elle est morte... Ce fut notre malheur à tous.

J'avais un grand frère qui était blanc comme un linge, avec une barbe toute jaune... et bon ! vous n'avez pas d'idée... Tout le monde l'aimait. On lui avait donné des noms... Les uns l'appelaient Boda, je ne sais pas pourquoi... Les autres Jésus-Christ... Ah ! c'était un ouvrier, celui-là ! Il avait beau avoir une santé de rien du tout... au petit jour il était toujours à son métier... parce que nous étions tisserands, faut vous dire... et il ne démarrait pas avec sa navette, jusqu'au soir... Et honnête avec ça, si vous saviez! On venait de partout lui apporter son fil, et toujours sans peser... Il était très ami avec le maître d'école, et c'était lui qui faisait les *sentences* au carnaval. Mon père, lui, c'était autre chose : il travaillait un moment, une heure, comme ça... et puis il s'en allait dans les champs... et puis quand il rentrait, il nous battait, et fort... Il était comme fou... on disait que c'était d'être poitrinaire. Heureusement qu'il y avait là mon frère : il empêchait ma seconde sœur de me tirer les cheveux, de me faire du mal... parce qu'elle était jalouse. Il me prenait toujours par la main pour aller voir jouer aux quilles... Enfin il soutenait à lui seul la maison... Pour ma première communion, en donna-t-il de ces coups de battant ! Ah ! il en abattit de l'ouvrage pour que je fusse comme les autres avec une petite robe blanche où il y avait un tuyauté, et un petit sac à main, on portait alors de ça... Je n'avais pas de bonnet : je m'étais fait, je me souviens, une jolie couronne avec des faveurs et de la moelle blanche qu'on retire en écorçant de la canette : il y en a beaucoup chez nous dans les places où on met rouir le chanvre... Voilà un de mes bons jours ce jour-là... avec le tirage des cochons à Noël... et les fois où j'allais aider pour accoler la vigne... c'est au mois de juin, vous savez... Nous en avions une petite au haut de Saint-Hilaire... Il y eut ces années-là une année bien dure... vous vous rappelez, mademoiselle ?... la grêle de 1828 qui perdit tout... Ça alla jusqu'à Dijon, et plus loin... on fut obligé de faire du pain avec du son... Mon frère alors s'abîma de travail... Mon père, qui était à présent toujours dehors à courir dans les champs, nous rapportait quelquefois des champignons... C'était de la misère tout de même... on avait plus souvent faim qu'autre chose... Moi, quand j'étais dans les champs, je regardais si on ne me voyait pas, je me coulais tout doucement sur les genoux, et quand j'étais sous une vache, j'ôtais un de mes sabots, et je me mettais à la traire... Dam ! il n'aurait pas fallu qu'on me prît !... Ma plus grande sœur était en service chez le maire de Lenclos, et elle envoyait à la maison ses quatre-vingts francs de gages... c'était toujours autant. La seconde travaillait à la couture chez les bourgeois; mais ce n'étaient pas les prix d'à présent alors : on allait de six heures du matin jusqu'à la nuit pour huit sous. Avec ça elle voulait mettre de côté pour s'habiller à la fête le jour de Saint-Rémi... Ah ! voilà comme on est chez nous : il y en a beaucoup qui mangent deux pommes de terre par jour pendant six mois pour s'avoir une robe neuve ce jour-là... Les mauvaises chances nous tombaient de tous les côtés... Mon père vint à mourir... Il avait fallu vendre un petit champ et un *homme* de vigne qui tous les ans nous donnait un tonneau de vin... Les notaires, ça coûte... Quand mon frère fut malade, il n'y avait rien à lui donner à boire que du *râpé* sur lequel on jetait de l'eau depuis un an... Et puis il n'y avait plus de linge pour le changer : tous nos draps de l'armoire, où il y avait une croix d'or dessus, du temps de maman, c'était parti... et la croix aussi... Là-dessus, avant d'être malade alors, mon frère s'en va à la fête de Clefmont. Il entend dire que ma sœur a fait sa faute avec le maire où elle était : il tombe sur ceux qui disaient cela... il n'était guère fort... Eux, ils étaient beaucoup, ils le jetèrent par terre, et quand il fut par terre, ils lui donnèrent des coups de sabots dans le creux de l'estomac... On nous le rapporta comme mort... Le médecin le remit pourtant sur pied, et nous dit qu'il était guéri. Mais il ne fit plus que traîner... Je voyais qu'il s'en allait, moi, quand il m'embrassait... Quand il fut mort, le pauvre cher pâlot, il fallut que Cadet Ballard y mît toutes ses forces pour m'enlever de dessus le corps. Tout le village, le maire et tout, alla à son enterrement. Ma sœur n'ayant pu garder sa place chez ce maire à cause des propos qu'il lui tenait, et étant partie se placer à Paris, mon autre sœur la suivit... Je me trouvai toute seule... Une cousine de ma mère me prit alors avec elle à Damblin; mais j'étais toute déplantée là, je passais les nuits à pleurer, et quand je pouvais me sauver, je retournais toujours à notre maison. Rien que de voir, de l'entrée de notre rue, la vieille vigne à notre porte, ça me faisait un effet ! il me poussait des jambes... Les braves gens qui avaient acheté la maison me gardaient jusqu'à ce qu'on vint me chercher; on était toujours sûr de me retrouver là. A la fin, on écrivit à ma sœur de Paris, que si elle ne me faisait pas venir auprès d'elle, je pourrais bien ne pas faire de vieux os... Le fait que j'étais comme de la cire... On me recommanda au conducteur d'une petite voiture qui allait tous les mois de Langres à Paris. J'avais alors quatorze ans... Je me rappelle que, pendant tout le voyage, je couchai tout habillée, parce que l'on me faisait coucher dans la chambre commune. En arrivant j'étais couverte de poux...

II

La vieille femme resta silencieuse : elle comparait sa vie à celle de sa bonne.

Mlle de Varandeuil était née en 1782. Elle naissait dans un hôtel de la rue Royale, et Mesdames de France la tenaient sur les fonts baptismaux. Son père était de l'intimité du comte d'Artois, dans la maison duquel il avait une charge. Il était de ses chasses et des familiers devant lesquels, à la messe qui précédait les chasses, celui qui devait être Charles X pressait l'officiant en lui disant à mi-voix : — « Psit ! psit ! curé, avale vite ton bon Dieu ! » M. de Varandeuil avait fait un de ces mariages auxquels son temps était habitué : il avait épousé une façon d'actrice, une cantatrice qui, sans grand talent, avait réussi au Concert Spirituel, à côté de Mme Todi, de Mme Ponteuil et de Mlle Saint-Huberti. La petite fille, née de ce mariage en 1782, était de pauvre santé, laide avec un grand nez déjà ridicule, le nez de son père, dans une figure grosse comme le poing. Elle n'avait rien de ce qu'aurait voulu d'elle la vanité de ses parents. Sur un fiasco qu'elle fit à cinq ans au forté-piano, à un concert donné par sa mère dans son salon, elle fut reléguée parmi la domesticité. Elle n'approchait qu'une minute, le matin, sa mère qui se faisait embrasser par elle sous le menton, pour qu'elle ne dérangeât pas son rouge. Quand la Révolution arrivait, M. de Varandeuil était, grâce à la protection du comte d'Artois, payeur des rentes. Mme de Varandeuil voyageait en Italie, où elle s'était fait envoyer sous le prétexte de soigner sa santé, abandonnant à son mari le soin de sa fille et d'un tout jeune fils. Les soucis sévères du temps, les menaces grondant contre l'argent et les familles maniant l'argent, — M. de Varandeuil avait un frère fermier général, — ne laissaient guère à ce père très égoïste et très sec le loisir de cœur nécessaire pour s'occuper de ses enfants. Par là-dessus, la gêne commençait à entrer dans son intérieur. Il quittait la rue Royale et venait habiter l'hôtel du Petit-Charolais, appartenant à sa mère encore vivante, qui le laissait s'y établir. Les événements marchaient; on était au commencement des années de guillotine, lorsqu'un soir, dans la rue Saint-Antoine, il marchait derrière un colporteur criant le journal *Aux voleurs! Aux voleurs!* Le colporteur, selon l'habitude du temps, faisait l'annonce des articles du numéro : M. de Varandeuil entendit son nom mêlé à des b... et à des j... f... Il acheta le journal et y lut une dénonciation révolutionnaire.

Quelque temps après, son frère était arrêté et enfermé à l'hôtel Talaru avec les autres fermiers généraux. Sa mère, prise de terreur, avait vendu follement, pour le prix des glaces, l'hôtel du Petit-Charolais où il logeait : payée en assignats, elle était morte de désespoir devant la baisse croissante du papier. Heureusement, M. de Varandeuil obtenait des acquéreurs, qui ne trouvaient pas à louer, la permission d'habiter les chambres servant autrefois aux gens d'écurie. Il se réfugiait là, sur les derrières de l'hôtel, dépouillait son nom, affichait à la porte, selon qu'il était ordonné, son nom patronymique de Roulot, sous lequel il enterrait le *de Varandeuil* et l'ancien courtisan du comte d'Artois. Il y vécut solitaire, effacé, enfoui, cachant sa tête, ne sortant pas, rasé dans son trou, sans domestique, servi par sa fille et lui laissant tout faire. La Terreur se passa pour eux dans l'attente, le tressaillement, l'émotion suspendue de la mort. Tous les soirs, la petite allait écouter par une lucarne grillée les condamnations du jour, la *Liste des gagnants à la loterie de sainte Guillotine.* A chaque coup frappé à la porte, elle allait ouvrir, en croyant qu'on venait prendre son père pour le mener sur la place de la Révolution, où son oncle avait été déjà mené. Vint le moment où l'argent, l'argent si rare, ne donna plus le pain : il fallut l'enlever presque de force à la porte des boulangers; il fallut le conquérir par des heures passées dans le froid et le vif des nuits, dans la presse et l'écrasement des foules, faire queue dès trois heures du matin. Le père ne se souciait pas de se risquer dans cet amas de peuple. Il avait peur d'être reconnu, de se compromettre avec une de ces foucades qui auraient échappé n'importe où à la fougue de son caractère. Puis il reculait devant l'ennui et la dureté de la corvée. Le petit garçon était encore trop petit, on l'eût écrasé : ce fut à la fille que revint la charge de gagner chaque jour le pain des trois bouches. Elle le gagna. Son petit corps maigre perdu dans un grand gilet de tricot à son père, un bonnet de coton enfoncé jusqu'aux yeux, les membres serrés pour retenir un reste de chaleur, elle attendait en grelottant, les yeux meurtris de froid, au milieu des bousculades et des poussées, jusqu'au moment où la boulangère de la rue des Francs-Bourgeois lui mettait dans les mains un pain que ses petits doigts, raides d'onglée, avaient peine à saisir. A la fin, cette pauvre petite fille qui revenait tous les jours, avec sa figure de souffrance et sa maigreur qui tremblait, apitoyait la boulangère. Avec la bonté d'un cœur de peuple, aussitôt que la petite apparaissait dans la longue queue, elle lui envoyait par son garçon le pain qu'elle venait chercher. Mais un jour, comme la petite allait le prendre, une femme jalouse du passe-droit et de la préférence donnait à l'enfant un coup de sabot qui la retint près d'un mois au lit : Mlle de Varandeuil en porta la marque toute sa vie.

Pendant ce mois, la famille fût morte de faim, sans une provision de riz qu'avait eu la bonne idée de faire une de leurs connaissances, la comtesse d'Auteuil, et qu'elle voulut bien partager avec le père et les deux enfants.

M. de Varandeuil se sauvait ainsi du Tribunal révolutionnaire, par l'obscurité d'une vie enterrée. Il y échappait encore par les comptes de sa place qu'il devait rendre, et qu'il avait eu le bonheur de faire ajourner et remettre de mois en mois. Puis, aussi, il repoussait la suspicion par des animosités personnelles contre de grands personnages de la cour, par des haines que beaucoup de serviteurs de princes avaient puisées auprès des frères du Roi contre la Reine. Toutes les fois qu'il avait eu occasion de parler de la malheureuse femme, il avait eu des paroles violentes, amères, injurieuses, d'un accent si passionné et si sincère qu'elles lui avaient presque donné l'apparence d'un ennemi de la royauté; en sorte que ceux pour lesquels il n'était que le citoyen Roulot le regardaient comme un patriote, et que ceux qui le connaissaient sous son ancien nom, l'excusaient presque d'avoir été ce qu'il avait été : un noble, l'ami d'un prince du sang, et un homme en place.

La République en était aux soupers patriotiques, à ces repas de toute une rue dans la rue dont Mlle de Varandeuil, dans ses souvenirs brouillés qui mêlaient leurs terreurs, voyait les tables rue Pavée, le pied dans le ruisseau de sang de Septembre sorti de la Force ! Ce fut à un de ces soupers que M. de Varandeuil eut une invention qui acheva de lui assurer la vie sauve. Il raconta à deux de ses voisins de table, chauds patriotes, dont l'un était lié avec Chaumette, qu'il se trouvait dans un grand embarras, que sa fille n'avait été qu'ondoyée, qu'elle manquait d'état civil, qu'il serait bien heureux si Chaumette voulait la faire inscrire sur les registres de la municipalité et l'honorer d'un nom choisi par lui dans le calendrier républicain de la Grèce ou de Rome. Chaumette fixait bientôt un rendez-vous à ce père qui était « si bien à la hauteur », comme on disait alors. Séance tenante, on faisait entrer Mlle de Varandeuil dans un cabinet où elle trouvait deux matrones chargées de s'assurer de son sexe, et auxquelles elle montrait sa poitrine. On la ramenait alors dans la grande salle des Déclarations, et là, après une allocution métaphorique, Chaumette la baptisait *Sempronie;* un nom que l'habitude devait conserver à Mlle de Varandeuil et qu'elle ne quitta plus.

Un peu couverte et rassurée par-là, la famille traversa les terribles jours qui précédèrent la chute de Robespierre. Enfin arrivait le 9 Thermidor et la délivrance. Mais la pauvreté restait grande et pressante au logis. On n'avait vécu tout ce dur temps de la Révolution, on n'allait vivre tout le misérable temps du Directoire qu'avec une ressource bien inattendue, un argent de Providence envoyé par la Folie. Les deux enfants et le père n'avaient guère subsisté qu'avec le revenu de quatre actions du Vaudeville, un placement que M. de Varandeuil avait eu l'inspiration de faire en 1791 et qui se trouva être la meilleure affaire de ces années de mort où l'on avait besoin d'oublier la mort tous les soirs, de ces jours suprêmes où chacun voulait rire de son dernier rire à la dernière chanson. Bientôt ces actions, se joignant au recouvrement de quelques créances, donnèrent mieux que du pain à la famille. La famille sortait alors des combles de l'hôtel du Petit-Charolais et prenait un petit appartement dans le Marais, rue du Chaume.

Du reste, rien n'était changé aux habitudes de l'intérieur. La fille continuait à servir son père et son frère. M. de Varandeuil s'était peu à peu accoutumé à ne plus voir en elle que la femme de son costume et de l'ouvrage qu'elle faisait. Les yeux du père ne voulaient plus reconnaître une fille sous l'habit et les basses occupations de cette servante. Ce n'était plus quelqu'un de son sang, quelqu'un qui avait l'honneur de lui appartenir : c'était une domestique qu'il avait là sous la main; et son égoïsme se fortifiait si bien dans cette dureté et cette idée, il trouvait tant de commodités à ce service filial, affectueux, respectueux, et ne coûtant rien, qu'il eut toutes les peines du monde à y renoncer plus tard, quand un peu plus d'argent fit retour à la maison : il fallut des batailles pour lui faire prendre une bonne qui remplaçât son enfant et épargnât à la jeune fille les travaux les plus humiliants de la domesticité.

On était sans nouvelles de Mme de Varandeuil, qui s'était refusée à venir retrouver son mari à Paris pendant les premières années de la Révolution; bientôt l'on apprenait qu'elle s'était remariée en Allemagne, en produisant comme l'acte de décès de son mari l'acte de décès de son beau-frère guillotiné, dont le prénom avait été changé. La jeune fille grandit donc, abandonnée, sans caresses, sans autre mère qu'une femme morte à tous les siens et dont son père lui enseignait le mépris. Son enfance s'était passée dans une anxiété de tous les instants, dans les privations qui rognent la vie, dans la fatigue d'un travail épuisant ses forces d'enfant malingre, dans une attente de la mort qui devenait à la fin une impatience de mourir : il y avait eu des heures où la tentation était venue à cette fille de treize ans de faire comme des femmes de ce temps, d'ouvrir la porte de l'hôtel et de crier dans la rue : Vive le Roi ! pour en finir. Sa jeunesse continuait son enfance avec des ennuis moins tragiques. Elle avait à subir les violences d'humeur, les exigences, les âpretés, les tempêtes de son père, un peu matées et contenues jusque-là par le grand orage du temps. Elle restait vouée aux fatigues et aux humiliations d'une servante. Elle demeurait comprimée et rabaissée, isolée auprès de son père, écartée de ses bras, de ses baisers, le cœur gros et douloureux de vouloir aimer et de n'avoir rien à aimer. Elle commençait à souffrir du vide et du froid que fait autour d'une femme une jeunesse qui n'attire pas et ne séduit pas, une jeunesse déshéritée de beauté et de grâce sympathique. Elle se voyait inspirer une espèce de commisération avec son grand nez, son teint jaune, sa sécheresse, sa maigreur. Elle se sentait laide et d'une laideur pauvre dans ses misérables costumes, ses tristes robes de lainage qu'elle faisait elle-même et dont son père lui payait l'étoffe en rechignant : elle ne put obtenir de lui une petite pension pour sa toilette qu'à l'âge de trente-cinq ans.

Que de tristesses, que d'amertumes, que de solitude pour elle, dans cette vie avec ce vieillard morose, aigri, toujours grondant et bougonnant au logis, n'ayant d'amabilité que pour le monde, et qui la laissait tous les soirs pour aller dans les maisons rouvertes sous le Directoire et au commencement de l'Empire ! A peine s'il la sortait de loin en loin, et quand il la sortait, c'était toujours pour la mener à cet éternel Vaudeville où il avait des loges. Encore sa fille avait-elle une terreur de ces sorties. Elle tremblait tout le temps qu'elle était avec lui; elle avait peur de son caractère si violent, du ton que ses colères avaient gardé de l'ancien régime, de sa facilité à lever sa canne sur l'insolence de la canaille. Presque chaque fois, c'étaient des scènes avec le contrôleur, des prises de langue avec des gens du parterre, des menaces de coups de poing qu'elle arrêtait en faisant tomber dessus la grille de la loge. Cela continuait dans la rue, jusque dans le fiacre, avec le cocher qui ne voulait pas rouler pour le prix de M. de Varandeuil, le laissait attendre une heure, deux heures, sans marcher, parfois d'impatience dételait et le laissait dans la voiture avec sa fille qui le suppliait vainement de céder et de payer.

Jugeant que ces plaisirs devaient suffire à Sempronie, jaloux d'ailleurs de l'avoir toute à lui et toujours sous la main, M. de Varandeuil ne la laissait se lier avec personne. Il ne l'emmenait pas dans le monde; il ne la menait chez leurs parents revenus de l'émigration qu'aux jours de réception officielle et d'assemblée de famille. Il la tenait liée à la maison : ce fut seulement à quarante ans qu'il la jugea assez grande personne pour lui donner la permission de sortir seule. Ainsi nulle amitié, nulle relation pour soutenir la jeune fille : elle n'avait plus même à côté d'elle son jeune frère parti pour les Etats-Unis et engagé au service de la marine américaine.

Le mariage lui était défendu par son père, qui n'admettait pas qu'elle eût seulement l'idée de se marier, de l'abandonner : tous les partis qui auraient pu se présenter, il les combattait et les repoussait d'avance, de façon à ne pas même laisser à sa fille le courage de lui parler, si jamais une occasion s'offrait à elle.

Cependant nos victoires étaient en train de déménager l'Italie. Les chefs-d'œuvre de Rome, de Florence, de Venise, se pressaient à Paris. L'art italien effaçait tout. Les collectionneurs ne s'honoraient plus que de tableaux de l'école italienne. L'occasion d'une fortune apparut là, dans ce mouvement de goût, à M. de Varandeuil. Lui aussi avait été pris de ce dilettantisme artistique qui fut une des délicates passions de la noblesse avant la Révolution. Il avait vécu dans la société des artistes, des curieux : il aimait les tableaux. Il songea à rassembler une galerie d'italiens et à la vendre. Paris était encore plein des ventes et des dispersions d'objet d'art faites par la Terreur. M. de Varandeuil se mit à battre le pavé, — c'était alors le marché des grandes toiles, — et à chaque pas il trouva; chaque jour, il acheta. Bientôt le petit appartement s'encombra, à ne pas laisser la place aux meubles, de vieux tableaux noirs si grands pour la plupart qu'ils ne pouvaient tenir aux murs avec leurs cadres. Tout cela était baptisé Raphaël, Vinci, André del Sarte; ce n'étaient que chefs-d'œuvre devant lesquels le père tenait souvent sa fille pendant des heures, lui imposait ses admirations, la lassait de ses extases. Il montait d'épithètes en épithètes, se grisait, délirait, finissait par croire qu'il était en marché avec un acheteur idéal, débattait le prix du chef-d'œuvre, criait : — Cent mille livres, mon Rosso ! oui, monsieur, cent mille livres !... Sa fille, effrayée de tout l'argent que ces grandes vilaines choses, où étaient de grands affreux hommes tous nus, prenaient au ménage, essayait des représentations, voulait arrêter cette ruine : M. de Varandeuil s'emportait, s'indignait en homme honteux de trouver si peu de goût dans son sang, lui disait que plus tard ce serait sa fortune, qu'elle verrait s'il était un imbécile. A la fin, elle le décidait à réaliser. La vente eut lieu : ce fut un désastre, un des plus grands écroulements d'illusions qu'ait vus la salle vitrée de l'hôtel Bullion. Blessé à fond, furieux de cet échec qui n'était pas seulement une perte d'argent, un accroc à sa petite fortune, mais une défaite du connaisseur, un soufflet donné à ses connaissances sur la joue de ses Raphaël, M. de Varandeuil déclara à sa fille qu'ils étaient désormais trop pauvres pour rester à Paris et qu'il fallait aller vivre en province. Elevée et bercée par un siècle qui formait peu les femmes à l'amour de la campagne, Mlle de Varandeuil essaya vainement de combattre la résolution de son père : elle fut obligée de le suivre où il voulait aller et de perdre, en quittant Paris, la société, l'amitié de deux jeunes parentes auxquelles, dans de trop rares entrevues, elle s'était à demi ouverte et dont elle avait senti le cœur venir à elle comme à une sœur aînée.

C'était à l'Isle-Adam que M. de Varandeuil louait une petite maison. Il se trouvait là près d'anciens souvenirs, dans l'air d'une ancienne petite cour, à proximité de deux ou trois châteaux qui commençaient à se repeupler et dont il connaissait les maîtres. Puis sur cette terre des Conti était venu s'établir, depuis la Révolution, un petit monde de gros bourgeois, de commerçants enrichis. Le nom de M. de Varandeuil sonnait haut à l'oreille de tous ces braves gens. On le saluait très bas, on se disputait l'honneur de l'avoir, on écoutait respectueusement, presque religieusement, les histoires qu'il contait de l'ancienne société. Et flatté, caressé, honoré comme un reste de Versailles, il avait le haut bout et la place d'un seigneur dans ce monde. Quand il dînait chez Mme Mutel, une ancienne boulangère, riche de quarante mille livres de rentes, la maîtresse de maison se levait de table, en robe de soie, pour aller frire elle-même les salsifis : M. de Varandeuil ne les aimait que de sa façon. Mais ce qui avait décidé avant tout la retraite de M. de Varandeuil à l'Isle-Adam, ce n'étaient point ces agréments, c'était un projet. Il y était venu chercher le loisir d'un grand travail. Ce qu'il n'avait pu faire pour l'honneur et la gloire de l'art italien par sa collection, il voulait le faire par l'histoire. Il avait appris un peu d'italien avec sa femme; il se mit en tête de donner la Vie des peintres de Vasari au public français, de la traduire en se faisant aider par sa fille qui, toute petite, avait entendu parler italien à la femme de chambre de sa mère et retenu quelques mots. Il enfonça la jeune fille dans Vasari, enferma son temps et sa pensée dans les grammaires, les dictionnaires, les commentateurs, tous les scholiastes de l'art italien, la tint voûtée sur l'ingrat travail, sur l'ennui et la fatigue de traduire des mots à tâtons. Tout le livre retomba sur elle; quand il lui avait taillé sa besogne, la laissant en tête-à-tête avec les volumes reliés en vélin blanc, il partait se promener, rendait des visites aux environs, allait jouer dans un château ou dîner chez les bourgeois de sa connaissance, auxquels il se plaignait pathétiquement de l'effort et du labeur que lui coûtait l'énorme entreprise de sa traduction. Il rentrait, écoutait la lecture du morceau traduit, faisait ses observations, ses critiques, dérangeait une phrase pour y mettre un contre-sens que sa fille ôtait quand il était parti; puis il reprenait sa promenade, ses courses, comme un homme qui a bien gagné sa journée, portant haut, marchant, son chapeau sous le bras, en fins escarpins, jouissant de lui-même, du ciel, des arbres, du Dieu de Rousseau, doux à la nature et tendre aux plantes. De temps en temps des impatiences d'enfant et de vieillard le prenaient : il voulait tant de pages pour le lendemain, et il forçait sa fille à veiller une partie de la nuit.

Deux ou trois ans se passèrent dans ce travail, où finirent par s'abîmer les yeux de Sempronie. Elle vivait ensevelie dans le Vasari de son père, plus seule que jamais, éloignée par une native répugnance hautaine des bourgeoises de l'Isle-Adam et de leurs façons à la Mme Angot, trop misérablement vêtue pour aller dans les châteaux. Point de plaisir, point d'amusement pour elle qui ne fût traversé et tourmenté par les singularités et les taquineries de son père. Il arrachait les fleurs qu'elle plantait en cachette dans le jardinet. Il n'y voulait que des légumes et les cultivait lui-même en débitant de grandes théories utilitaires, des arguments qui auraient pu servir à la Convention pour convertir les Tuileries en champ de pommes de terre. Tout ce qu'elle avait de bon, c'était de loin en loin une semaine pendant laquelle son père lui accordait la permission de recevoir une de ses deux jeunes amies, une semaine qui aurait été huit jours de paradis pour Sempronie, si son père n'en avait empoisonné les joies, les distractions, les fêtes, avec ses manies toujours menaçantes, ses humeurs toujours armées, des difficultés à propos d'un rien, d'un flacon d'eau de Cologne que Sempronie demandait pour la chambre de son amie, d'un entremets pour son dîner, d'un endroit où elle voulait la mener.

A l'Isle-Adam, M. de Varandeuil avait pris une domestique qui presque aussitôt était devenue sa maîtresse. De cette liaison un enfant était né que le père, dans le cynisme de son insouciance, avait l'impudeur de faire élever sous les yeux de sa fille. Avec les années, cette bonne avait pris pied dans la maison. Elle finissait par gouverner l'intérieur, le père et la fille. Un jour arriva où M. de Varandeuil voulut la faire asseoir à sa table, et la faire servir par Sempronie. C'en était trop, Mlle de Varandeuil se révolta sous l'outrage et se redressa de toute la hauteur de son indignation. Sourdement, silencieusement, dans le malheur, l'isolement, la dureté des choses et des gens autour d'elle, la jeune fille s'était formée une âme droite et forte; les larmes l'avaient trempée au lieu de l'amollir. Sous la docilité et l'humilité filiales, sous l'obéissance passive, sous une douceur apparente, elle cachait un caractère de fer, une volonté d'homme, un de ces cœurs que rien ne plie et qui ne fléchissent pas. A la bassesse que son père exigeait d'elle, elle se releva sa fille, ramassa toute sa vie, lui en jeta, en un flot de paroles, la honte et le reproche à la face, et finit en lui disant que si cette femme ne sortait pas de la maison le soir même, ce serait elle qui en sortirait, et que, Dieu merci ! elle ne serait pas embarrassée de vivre n'importe où, avec les goûts simples qu'il lui avait donnés. Le père, stupéfait et tout abasourdi de la révolte, cédait et renvoyait la domestique, mais il gardait à sa fille une lâche rancune du sacrifice qu'elle lui avait arraché. Son ressentiment se trahissait en mots aigres, en paroles agressives, en remerciements ironiques, en sourires d'amertume. Sempronie le soignait mieux, plus doucement, plus patiemment, pour toute vengeance. Une dernière épreuve attendait son dévouement : le vieillard était frappé d'une attaque d'apoplexie qui lui laissait tout un côté du corps raidi et mort, une jambe boiteuse, l'intelligence endormie avec la conscience vivante de son malheur et de sa dépendance vis-à-vis de sa fille. Alors, tout ce qu'il y avait de mauvais au fond de lui s'exaspéra et se déchaîna. Il eut des férocités d'égoïsme. Sous le tourment de sa souffrance et de sa faiblesse, il devint une espèce de fou méchant. Mlle de Varandeuil voua ses jours et ses nuits à ce malade qui semblait lui en vouloir de ses attentions, être humilié de ses soins comme d'une générosité et d'un pardon, souffrir au fond de lui de voir toujours à ses côtés, infatigable et prévenante, cette figure du Devoir. Quelle vie pourtant ! Il fallait combattre l'incurable ennui du malheureux, être toujours à lui tenir compagnie, le promener, le soutenir toute la journée. Il fallait le faire jouer quand il était à la maison, et ne le faire ni trop perdre ni trop gagner. Il fallait se disputer avec ses envies, ses gourmandises, lui retirer les plats, essuyer pour tout ce qu'il voulait, des plaintes, des reproches, des injures, des larmes, des désespoirs furieux, les rages d'enfant colère qu'ont les vieux impotents. Et cela dura dix ans ! dix ans, pendant lesquels Mlle de Varandeuil n'eut d'autre récréation et d'autre soulagement que de laisser aller les tendresses, les chaleurs d'une affection maternelle, sur une de ses deux jeunes amies et parentes nouvellement mariée, sa *poule,* comme elle l'appelait. Le bonheur de Mlle de Varandeuil fut d'aller tous les quinze jours passer un peu de temps dans l'heureux ménage. Elle embrassait dans son berceau le joli enfant que le sommeil embrassait déjà; elle dînait au pas de course; au dessert elle envoyait chercher une voiture, et se sauvait avec la hâte d'un collégien en retard. Encore, aux dernières années de la vie de son père, n'eut-elle plus la permission du dîner : le vieillard n'autorisait plus une si longue absence et la retenait presque continuellement auprès de lui, en lui répétant qu'il savait bien que ce n'était pas amusant de garder un vieil infirme comme lui, mais qu'elle en serait bientôt débarrassée. Il mourait en 1818, et ne trouvait, avant de mourir, que ces mots pour dire adieu à celle qui avait été sa fille pendant quarante ans : « Va, je sais bien que tu ne m'as jamais aimé ! »

Deux ans avant la mort de son père, le frère de Sempronie était revenu d'Amérique. Il en ramenait une femme de couleur qui l'avait soigné et sauvé de la fièvre jaune, et deux filles déjà grandes qu'il avait eues de cette femme avant de l'épouser. Tout en ayant les idées de l'ancien régime sur les noirs, et quoiqu'elle regardât cette femme de couleur sans instruction, avec son parler nègre, ses rires de bête, sa peau qui graissait son linge, absolument comme une singesse, Mlle de Varandeuil avait combattu l'horreur et la résistance de son père à recevoir sa bru; et c'était elle qui l'avait décidé, dans les derniers jours de sa vie à laisser son frère lui présenter sa femme. Son père mort, elle songea que ce ménage était tout ce qui lui restait de famille.

M. de Varandeuil, auquel le comte d'Artois avait fait payer, à la rentrée des Bourbons, les arrérages de sa place, laissait à peu près dix mille livres de rente à ses enfants. Le frère n'avait, avant cette succession, qu'une pension de quinze cents francs des Etats-Unis. Mlle de Varandeuil estima que cinq à six mille livres de rentes ne suffiraient pas à l'aisance de ce ménage où il y avait deux enfants, et tout de suite il lui vint la pensée de mettre là sa part de succession. Elle proposa cet apport le plus naturellement et le plus simplement du monde. Son frère accepta; et elle vint habiter avec lui un joli petit appartement du haut de la rue de Clichy, au quatrième d'une des premières maisons bâties sur le terrain, presque vague encore, où l'air de la campagne passait gaiement à travers l'ébauche des constructions blanches. Elle continua là sa vie modeste, ses toilettes humbles, ses habitudes d'épargne, contente de la plus mauvaise chambre de l'appartement et ne dépensant pour elle pas plus de dix-huit cents à deux mille francs par an. Mais bientôt une sourde jalousie, lentement couvée, perçait chez la mulâtresse. Elle prenait ombrage de cette amitié du frère et de la sœur, qui semblait lui retirer son mari des bras. Elle souffrait de cette communion que faisaient entre eux la parole, l'esprit, le souvenir; elle souffrait de ces causeries auxquelles elle ne pouvait se mêler, de ce qu'elle entendait dans leurs voix sans le comprendre. Le sentiment de son infériorité lui mettait au cœur les colères et le feu des haines qui brûlent sous le tropique. Elle prit ses enfants pour se venger, les poussa, les excita, les aiguillonna contre sa belle-sœur. Elle les encouragea à en rire, à s'en moquer. Elle applaudit à cette mauvaise petite intelligence d'enfants chez qui l'observation commence par la méchanceté. Une fois lâchées, elle les laissa rire de tous les ridicules de leur tante, de son physique, de son nez, de ses toilettes dont la misère pourtant faisait leur élégance, à toutes deux. Ainsi dressées et soutenues, les petites arrivèrent vite à l'insolence. Mlle de Varandeuil avait la vivacité de sa bonté. Chez elle, la main appartenait, aussi bien que le cœur, au premier mouvement. Puis sur la manière d'élever les enfants, elle pensait comme son temps. Elle toléra bien sans rien dire deux ou trois impertinences, mais, à la quatrième, elle empoigna la rieuse et, lui troussant les jupes, elle lui donna, malgré ses douze ans, la plus belle fessée qu'elle eût jamais reçue. La mulâtresse jeta les hauts cris, dit à sa belle-sœur qu'elle avait toujours détesté ses enfants, qu'elle voulait les lui tuer. Le frère s'interposa entre les deux femmes et parvint à les rapatrier tant bien que mal. Mais il arriva de nouvelles scènes où les petites filles, enragées contre la femme qui faisait pleurer leur mère, torturèrent leur tante avec des raffinements d'enfants terribles mêlés à des cruautés de petites sauvagesses. Après plusieurs replâtrages, il fallut se séparer. Mlle de Varandeuil se décida à quitter son frère qu'elle voyait trop malheureux dans ce tiraillement journalier de ses plus chères affections. Elle le laissa à sa femme, à ses enfants. Cette séparation fut un des grands déchirements de sa vie. Elle qui était si forte contre l'émotion, si concentrée, et que l'on voyait mettre comme un orgueil à souffrir, manqua faiblir quand il fallut quitter cet appartement où elle avait rêvé un peu de bonheur dans son petit coin à côté du bonheur des autres : ses dernières larmes lui montèrent aux yeux.

Elle ne s'éloigna pas trop, pour être encore à la portée de son frère, le soigner s'il était malade, le voir, le rencontrer. Mais il lui restait un vide au cœur et dans la vie. Elle avait commencé à voir sa famille, depuis la mort de son père : elle s'en rapprocha, laissa revenir à elle les parents que la Restauration remettait en haute et puissante position, alla à ceux que le nouveau pouvoir laissait petits et pauvres. Mais surtout elle revint à sa chère *poule* et à une autre petite cousine, mariée elle aussi, et devenue la belle-sœur de la *poule.* Son existence alors, avec ses relations, se régla singulièrement. Jamais Mlle de Varandeuil n'allait dans le monde, en soirée, au spectacle. Il fallut l'éclatant succès de Mlle Rachel pour la décider à mettre les pieds dans un théâtre; encore ne s'y risqua-t-elle que deux fois. Jamais elle n'acceptait un grand dîner. Mais il y avait deux ou trois maisons où, comme chez la *poule,* elle s'invitait à l'improviste quand il n'y avait personne. « Bichette, disait-elle sans façon, ton mari et toi, vous ne faites rien ce soir ? Je reste à manger votre fricot. » A huit heures régulièrement, elle se levait; et quand le mari prenait son chapeau pour la reconduire, elle le lui faisait tomber des mains avec un : « Allons donc ! mon cher, une vieille bique comme moi !... Mais c'est moi qui fais peur aux hommes dans la rue... » Et puis on restait dix jours, quinze jours sans la voir. Mais arrivait-il un malheur, une nouvelle de mort, une tristesse dans la maison; un enfant tombait-il malade, Mlle de Varandeuil l'apprenait toujours à la minute, on ne savait d'où; elle arrivait en dépit de tout, du temps et de l'heure, donnait un grand coup de sonnette à elle, — on avait fini par l'appeler « le coup de sonnette de la cousine, » — et en une minute débarrassée de son parapluie qui ne la quittait pas, dépêtrée de ses socques, son chapeau jeté sur une chaise, elle était toute à ceux qui avaient besoin d'elle. Elle écoutait, elle parlait, elle relevait les courages avec je ne sais quel accent martial, une langue énergique à la façon des consolations militaires et chaude comme un cordial. Si c'était un petit qui n'allait pas bien, elle arrivait droit à son lit, riait à l'enfant qui n'avait plus peur, bousculait le père et la mère, allait, venait, ordonnait, prenait la direction de tout, maniait les sangsues, arrangeait les cataplasmes, ramenait l'espérance, la gaieté, la santé au pas de charge. Dans toute sa famille, la vieille demoiselle tombait ainsi providentiellement, soudainement, aux jours de peine, d'ennui, de chagrin. On ne la voyait que quand il fallait ses mains pour guérir, son dévouement pour consoler. C'était une femme impersonnelle pour ainsi dire à force de cœur, une femme qui ne s'appartenait point : Dieu ne semblait l'avoir faite que pour la donner aux autres. Son éternelle robe noire qu'elle s'obstinait à porter, son châle usé et reteint, son chapeau ridicule, sa pauvreté de mise était pour elle le moyen d'être, avec sa petite fortune, riche à faire le bien, dépensière en charités, la poche toujours pleine pour donner aux pauvres, non de l'argent, elle craignait le cabaret, mais un pain de quatre livres qu'elle leur payait chez le boulanger. Et puis avec cette misère-là, elle se donnait encore son plus grand luxe : la joie des enfants de ses amies qu'elle comblait d'étrennes, de cadeaux, de surprises, de plaisirs. Y en avait-il un par exemple que sa mère, absente de Paris, avait laissé à la pension, par un beau dimanche d'été, et le gamin, de dépit, s'était-il fait mettre en retenue ? Il était tout étonné de voir au coup de neuf heures déboucher dans la cour la cousine, la cousine agrafant encore la dernière agrafe de sa robe, tant elle s'était pressée. Et quelle désolation en la voyant ! — Ma cousine, disait-il piteusement avec une de ces rages où l'on a à la fois l'envie de pleurer et de tuer son *pion*, c'est... c'est que je suis en retenue... — En retenue ? Ah ! bien oui, en retenue ! Et tu crois que je me serais décarcassée comme ça... Est-ce qu'il se fiche de moi, ton maître de pension ? Où est-il ce magot-là que je lui parle ? Tu vas t'habiller en attendant... Et vite. Et l'enfant n'osait encore espérer qu'une femme aussi mal mise eût la puissance de faire lever une retenue, quand il se sentait pris par le bras : c'était la cousine qui l'enlevait, le jetait en voiture, tout étourdi et confondu de joie, et l'emmenait au bois de Boulogne. Elle l'y faisait promener à âne toute la journée, en poussant la bête avec une branche cassée, et en criant : Hue ! Puis, après un bon dîner chez Borne, elle le ramenait, et sous la porte cochère de la pension, en l'embrassant, elle lui mettait dans la main une large pièce de cent sous.

Etrange vieille fille ! Les épreuves de toute son existence, le mal de vivre, les éternelles souffrances de son corps, une si longue torture physique et morale l'avaient comme détachée et mise au-dessus de la vie. Son éducation, ce qu'elle avait vu, le spectacle de l'extrémité des choses, la Révolution l'avait formée au dédain des misères humaines. Et cette vieille femme à laquelle ne restait que le souffle, s'était élevée à une sereine philosophie, à un stoïcisme mâle, hautain, presque ironique. Quelquefois elle commençait à s'emporter contre une douleur un peu trop vive; puis brusquement, au milieu de sa plainte, elle se jetait à elle-même un mot de colère et de raillerie sur lequel sa figure même s'apaisait. Elle était gaie d'une gaieté de source, jaillissante et profonde, la gaieté des dévouements qui ont tout vu, du vieux soldat ou de la vieille sœur d'hôpital. Excellemment bonne, quelque chose pourtant manquait à sa bonté : le pardon. Jamais elle n'avait pu fléchir ni plier son caractère jusque-là. Un froissement, un mauvais procédé, un rien qui atteignait son cœur, la blessait pour toujours. Elle n'oubliait pas. Le temps, la mort même ne désarmait pas sa mémoire.

De religion, elle n'en avait pas. Née à une époque où la femme s'en passait, elle avait grandi dans un temps où il n'y avait plus d'église. La messe n'existait pas, quand elle était jeune fille. Rien ne lui avait donné l'habitude ni le besoin de Dieu; et elle avait toujours gardé pour les prêtres une espèce de répugnance haineuse qui devait tenir à quelque secrète histoire de famille dont elle ne parlait jamais. Pour toute foi, toute force et toute piété, elle avait l'orgueil de sa conscience; elle jugeait qu'il suffisait de tenir à l'estime de soi-même, pour bien faire et ne jamais faillir. Elle était tout entière formée ainsi singulièrement par les deux siècles où elle avait vécu, mélangée de l'un et de l'autre, trempée aux deux courants de l'ancien régime et de la Révolution. Depuis Louis XVI qui n'était pas monté à cheval au 10 août, elle n'estimait plus les rois : mais elle détestait la canaille. Elle voulait l'égalité, et elle avait horreur des parvenus. Elle était républicaine et aristocrate, mêlait le scepticisme aux préjugés, l'horreur de 93 qu'elle avait vu aux vagues et généreuses idées d'humanité qui l'avaient bercée.

Ses dehors étaient tout masculins. Elle avait la voix brusque, la parole franche, la langue des vieilles femmes du dix-huitième siècle, relevée d'un accent de peuple, une élocution à elle, garçonnière et colorée, passant par-dessus la pudeur des mots et hardie à appeler les choses par leur nom cru.

Cependant, les années passaient emportant la Restauration et la monarchie de Louis-Philippe. Elle voyait, un à un, tous ceux qu'elle avait aimés s'en aller, toute sa famille prendre le chemin du cimetière. La solitude se faisait autour d'elle, et elle restait étonnée et triste que la mort l'oubliât, elle qui y aurait si peu résisté, elle déjà toute inclinée vers la tombe, et obligée de baisser son cœur vers les petits enfants amenés à elle par les fils et les filles des amies qu'elle avait perdues. Son frère était mort. Sa chère *poule* n'était plus. La belle-sœur de la *poule* seule lui restait. Mais c'était une existence qui tremblait, prête à s'envoler. Foudroyée par la mort d'un enfant attendu pendant des années, la pauvre femme se mourait de la poitrine. Mlle de Varandeuil se chambra avec elle tous les jours, de midi à six heures, pendant quatre ans. Elle vécut à côté d'elle, tout ce temps, dans l'air renfermé et l'odeur des fumigations. Sans se laisser arrêter une heure par la goutte, les rhumatismes, elle apporta son temps, sa vie à cette agonie si douce qui regardait le ciel où sont les enfants morts. Et quand au cimetière Mlle de Varandeuil eut baisé le cercueil de la morte pour l'embrasser une dernière fois, il lui sembla qu'il n'y avait plus personne autour d'elle et qu'elle était toute seule sur la terre.

De ce jour, cédant aux infirmités qu'elle n'avait plus de raison de secouer, elle s'était mise à vivre de la vie étroite et renfermée des vieillards qui usent à la même place le tapis de leur chambre, ne sortant plus, ne lisant plus guère à cause de la fatigue de ses yeux, et restant le plus souvent enfoncée dans son fauteuil à revoir et à revivre le passé. Elle gardait des journées la même position, les yeux ouverts et rêvant, loin d'elle-même, loin de la chambre et de l'appartement, allant où ses souvenirs la menaient, à des visages lointains, à des lieux effacés, à des têtes chéries et pâles, perdue dans une somnolence solennelle que Germinie respectait en disant : – Mademoiselle est dans ses réflexions...

Un jour pourtant toutes les semaines, elle sortait. C'était même pour cette sortie, pour être plus près de l'endroit où elle voulait aller ce jour-là, qu'elle avait quitté son appartement de la rue Taitbout et qu'elle était venue se loger rue de Laval. Un jour chaque semaine, sans que rien pût l'en empêcher, même la maladie, elle allait au cimetière de Montmartre, là où reposaient son père, son frère, les femmes qu'elle regrettait, tous ceux qui avaient fini de souffrir avant elle. Des morts et de la Mort, elle avait un culte presque antique. La tombe lui était sacrée, chère, et amie. Elle aimait, pour l'attendre et être prête à son corps, la terre d'espérance et de délivrance où dormaient les siens. Ce jour-là, elle partait de bonne heure avec sa bonne qui lui donnait le bras et portait un pliant. Près du cimetière, elle entrait chez une marchande de couronnes qui la connaissait depuis de longues années, et qui l'hiver lui apportait sa chaufferette sous les pieds. Là, elle se reposait quelques instants; puis, chargeant Germinie de couronnes d'immortelles, elle passait la porte du cimetière, prenait l'allée à gauche du cèdre de l'entrée, et faisait lentement son pèlerinage de tombe en tombe. Elle jetait les fleurs flétries, balayait les feuilles mortes, nouait les couronnes, s'asseyait sur son pliant, regardait, songeait, détachait du bout de son ombrelle, distraitement, une moisissure de mousse sur la pierre plate. Puis elle se levait, se retournait comme pour dire au revoir à la tombe qu'elle quittait, allait plus loin, s'arrêtait encore, causait tout bas, comme elle avait déjà fait, avec ce qui dormait de son cœur sous cette pierre; et sa visite ainsi faite, de tous les morts de ses affections, elle revenait lentement, religieusement, s'enveloppant de silence et comme ayant peur de parler.

III

Dans sa rêverie, Mlle de Varandeuil avait fermé les yeux.

La parole de la bonne s'arrêta, et le reste de sa vie, qui était sur ses lèvres ce soir-là, rentra dans son cœur.

La fin de son histoire était ceci.

Lorsque la petite Germinie Lacerteux était arrivée à Paris, n'ayant pas encore quinze ans, ses sœurs, pressées de lui voir gagner sa vie et de lui mettre son pain à la main, l'avaient placée dans un petit café du boulevard où elle servait à la fois de femme de chambre à la maîtresse du café et d'aide aux garçons pour les gros ouvrages de l'établissement. L'enfant, sortie de son village et tombée là brusquement, se trouva dépaysée, tout effarouchée dans cette place, dans ce service. Elle sentait le premier instinct de ses pudeurs et la femme qu'elle allait être frissonner à ce contact perpétuel avec les garçons, à cette communauté de travail, de repas, d'existence avec des hommes; et chaque fois qu'elle avait une sortie et qu'elle allait chez ses sœurs, c'étaient des pleurs, des désespoirs, des scènes où, sans se plaindre précisément de rien, elle montrait comme une terreur de rentrer, disant qu'elle ne voulait plus rester là, qu'elle s'y déplaisait qu'elle aimait mieux retourner chez eux. On lui répondait qu'elle avait déjà assez coûté d'argent pour venir, que c'étaient des caprices, qu'elle était très bien où elle était, et on la renvoyait au café tout en larmes. Elle n'osait dire tout ce qu'elle souffrait à côté de ces garçons de café, effrontés, blagueurs, cyniques, nourris de restes de débauche, salis de tous les vices qu'ils servent, et mêlant au fond d'eux les pourritures d'un *arlequin* d'orgie. A toute heure, elle avait à subir les lâches plaisanteries, les mystifications cruelles, les méchancetés de ces hommes heureux d'avoir leur petit martyr dans cette petite fillette sauvage, ne sachant rien, l'air malingre et opprimé, peureuse et ombrageuse, maigre et pitoyablement vêtue de ses mauvaises petites robes de campagne. Etourdie, comme assommée sous ce supplice de toutes les heures, elle devint leur souffre-douleur. Ils se jouaient de ses ignorances, ils la trompaient et l'abusaient par des farces, ils l'accablaient sous la fatigue, ils l'hébétaient de risées continues et impitoyables qui poussaient presque à l'imbécillité cette intelligence ahurie. Puis encore ils la faisaient rougir de choses qu'ils lui disaient et dont elle se sentait honteuse, sans les comprendre. Ils touchaient avec des demi-mots d'ordure à la naïveté de ses quatorze ans. Et ils s'amusaient à mettre les yeux de sa curiosité d'enfant à la serrure des cabinets.

La petite voulait se confier à ses sœurs, elle n'osait. Comme, avec la nourriture, il lui venait un peu de chair au corps, un peu de couleur aux joues, une apparence de femme, les libertés augmentaient et s'enhardissaient. Il y avait des familiarités, des gestes, des approches, auxquels elle échappait et dont elle se sauvait pure, mais qui altéraient sa candeur en effleurant son innocence. Rudoyée, grondée, brutalisée par le maître de l'établissement, habitué à abuser de ses bonnes, et qui lui en voulait de n'avoir ni l'âge ni l'étoffe d'une maîtresse, elle ne trouvait un peu d'appui, un peu d'humanité qu'auprès de sa femme. Elle se mit à aimer cette femme avec une sorte de dévouement animal et à lui obéir avec des docilités de chien. Elle faisait toutes ses commissions, sans réflexion ni conscience. Elle allait porter ses lettres à ses amants, et elle était adroite à les porter. Elle se faisait agile, leste, ingénuement rusée, pour passer, glisser, filer entre les soupçons éveillés du mari, et sans trop savoir ce qu'elle faisait, ce qu'elle cachait, elle avait une méchante petite joie d'enfant et de singe à se dire vaguement qu'elle faisait un peu de mal à cet homme et à cette maison qui lui en faisaient tant. Il se trouvait aussi parmi ses camarades un vieux garçon du nom de Joseph qui la défendait, la prévenait des méchants tours complotés contre elle, et arrêtait, quand elle était là, les conversations trop libres avec l'autorité de ses cheveux blancs et d'un intérêt paternel. Cependant l'horreur de cette maison croissait chaque jour pour Germinie. Une semaine ses sœurs furent obligées de la ramener de force au café.

A quelques jours de là, comme il y avait une grande revue au Champ de Mars, les garçons eurent congé pour la journée. Il ne resta que Germinie et le vieux Joseph. Joseph était occupé dans une petite pièce noire à ranger du linge sale. Il dit à Germinie de venir l'aider. Elle entra, cria, tomba, pleura, supplia, lutta, appela désespérément... La maison vide resta sourde.

Revenue à elle, Germinie courut s'enfermer dans sa chambre. On ne la revit plus de la journée. Le lendemain, quand Joseph voulut lui parler et s'avança vers elle, elle eut un recul de terreur, un geste égaré, une épouvante folle. Longtemps toutes les fois qu'un homme s'approchait d'elle, elle se retirait involontairement d'un premier mouvement brusque, frémissant et nerveux, comme frappée de la peur d'une bête éperdue qui cherche par où se sauver. Joseph, qui craignait qu'elle ne le dénonçât, se laissa tenir à distance et respecta l'affreux dégoût qu'elle lui montrait.

Elle devint grosse. Un dimanche, elle avait été passer la soirée chez sa sœur la portière; après des vomissements, elle se trouva mal. Un médecin, locataire de la maison, prenait sa clef dans la loge : les deux sœurs apprirent par lui la position de leur cadette. Les révoltes d'orgueil intraitables et brutales qu'a l'honneur du peuple, les sévérités implacables de la dévotion, éclatèrent chez les deux femmes en colères indignées. Leur confusion se tourna en rage. Germinie reprit connaissance sous leurs coups, sous les injures, sous les blessures de leurs mains, sous les outrages de leur bouche. Il y avait là son beau-frère, qui ne lui pardonnait pas l'argent qu'avait coûté son voyage et qui la regardait d'un air goguenard avec une joie sournoise et féroce d'Auvergnat, avec un rire qui mit aux joues de la jeune fille plus de rouge encore que les soufflets de ses sœurs.

Elle reçut les coups, elle ne repoussa pas les injures. Elle ne chercha ni à se défendre, ni à s'excuser. Elle ne raconta point comment les choses s'étaient passées, et combien peu il y avait de sa volonté dans son malheur. Elle resta muette : elle avait une vague espérance qu'on la tuerait. Sa sœur aînée lui demandant s'il n'y avait pas eu de violence, lui disant qu'il y avait des commissaires de police, des tribunaux, elle ferma les yeux devant l'idée horrible d'étaler sa honte. Un instant seulement, lorsque le souvenir de sa mère lui fut jeté à la face, elle eut un regard, un éclair des yeux dont les deux femmes se sentirent la conscience traversée : elles se souvinrent que c'étaient elles qui l'avaient placée, retenue dans cette place, exposée, presque forcée à sa faute.

Le soir même, la plus jeune sœur de Germinie l'emmenait dans la rue Saint-Martin, chez une repriseuse de cachemires, avec laquelle elle logeait, et qui, presque folle de religion, était porte-bannière d'une confrérie de la Vierge. Elle la mit à coucher avec elle, par terre, sur un matelas, et l'ayant là toute la nuit sous la main, elle soulagea sur elle ses longues et venimeuses jalousies, le ressentiment des préférences, des caresses données à Germinie par sa mère, par son père. Ce furent mille petits supplices, des méchancetés brutales ou hypocrites, des coups de pied dont elle lui meurtrissait les jambes, des avancements de corps avec lesquels peu à peu elle poussait sa compagne de lit, par le froid de l'hiver, sur le carreau de la chambre sans feu. Dans la journée, la repriseuse s'emparait de Germinie, la catéchisait, la sermonnait et lui faisait, avec le détail des supplices de l'autre vie, une épouvantable peur matérielle de l'enfer dont elle lui faisait toucher les flammes.

Elle vécut là quatre mois, enfermée, sans qu'on lui permît de sortir. Au bout de quatre mois, elle accouchait d'un enfant mort. Quand elle fut rétablie, elle entra chez une épileuse de la rue Laffitte, et elle y eut, les premiers jours, la joie d'une sortie de prison.

Deux ou trois fois, dans ses courses, elle rencontra le vieux Joseph qui voulait l'épouser, courait après elle; elle se sauva de lui : le vieillard ne sut jamais qu'il avait été père.

Cependant, dans sa nouvelle place, Germinie dépérissait. La maison où on l'avait prise pour bonne à tout faire, était ce que les domestiques appellent « une baraque ». Gaspilleuse et mangeuse, sans ordre et sans argent, comme il arrive aux femmes dans les commerces de hasard et les métiers problématiques de Paris, l'épileuse, presque toujours entre une saisie et une partie, ne s'occupait guère de la façon dont se nourrissait sa petite bonne. Elle partait souvent pour toute la journée sans lui laisser de quoi dîner. La petite se rassasiait tant bien que mal de crudités quelconques, de salades, des choses vinaigrées qui trompent l'appétit des jeunes femmes, de charbon même qu'elle grignotait avec les goûts dépravés et les caprices d'estomac de son âge et de son sexe. Ce régime, au sortir d'une couche, dans un état de santé mal raffermi et demandant des fortifiants, maigrissait, épuisait, minait la jeune fille. Elle arrivait à faire peur. Son teint devenait de ce blanc qui paraît verdir au plein jour. Ses yeux gonflés se cernaient d'une grande ombre bleuâtre. Ses lèvres décolorées prenaient un ton de violettes fanées. Elle était essoufflée pour la moindre montée, et l'on souffrait auprès d'elle de cette incessante vibration qui s'échappait des artères de sa gorge. Les pieds lents, le corps affaissé, elle allait en se traînant, comme trop faible et pliant sous la vie. Les facultés et les sens à demi sommeillants, elle s'évanouissait pour un rien, pour la fatigue de peigner sa maîtresse.

Elle s'éteignait là tout doucement, quand sa sœur lui trouvait une autre place, chez un ancien acteur, un comique retiré, vivant de l'argent que lui avait apporté le rire de tout Paris. Le brave homme était vieux, et n'avait jamais eu d'enfant. Il prit en pitié la misérable fille, s'occupa d'elle, la soigna, la choya. Il la menait à la campagne. Il se promenait avec elle, sur les boulevards, au soleil, et se sentait mieux réchauffé à son bras. Il était heureux de la voir gaie. Souvent, pour l'amuser, il décrochait de sa garde-robe un costume à demi mangé, et tâchait de retrouver un bout de rôle qu'il ne se rappelait plus. Rien que la vue de cette petite bonne, son bonnet blanc, était un rayon de jeunesse qui lui revenait. La vieillesse du Jocrisse s'appuyait sur elle avec la camaraderie, les plaisirs et les enfances d'un cœur de grand-père. Mais il mourait au bout de quelques mois; et Germinie retombait à servir des femmes entretenues, des maîtresses de pensionnat, des boutiquières de passage, quand la mort subite d'une bonne la faisait entrer chez Mlle de Varandeuil, logée alors rue Taitbout, dans la maison dont sa sœur était portière.

IV

Ceux qui voient la fin de la religion catholique dans le temps où nous sommes, ne savent pas quelles racines puissantes et infinies elle pousse encore dans les profondeurs du peuple. Ils ne savent pas les enlacements secrets et délicats qu'elle a pour la femme du peuple. Ils ne savent pas ce qu'est la confession, ce qu'est le confesseur pour ces pauvres âmes de pauvres femmes. Dans le prêtre qui l'écoute et dont la voix lui arrive doucement, la femme de travail et de peine voit moins le ministre de Dieu, le juge de ses péchés, l'arbitre de son salut, que le confident de ses chagrins et l'ami de ses misères. Si grossière qu'elle soit, il y a toujours en elle un peu du fond de la femme, ce je ne sais quoi de fiévreux, de frissonnant, de sensitif et de blessé, une inquiétude et comme une aspiration de malade qui appelle les caresses de la parole ainsi que les bobos d'un enfant demandent le chantonnement d'une nourrice. Il lui faut, aussi bien qu'à la femme du monde, des soulagements d'expansion, de confidence, d'effusion. Car il est de la nature de son sexe de vouloir se répandre et s'appuyer. Il existe en elle des choses qu'elle a besoin de dire et sur lesquelles elle voudrait être interrogée, plainte, consolée. Elle rêve, pour des sentiments cachés et dont elle a la pudeur, un intérêt apitoyé, une sympathie. Que ses maîtres soient les meilleurs, les plus familiers, les plus rapprochés même de la femme qui les sert : ils n'auront pour elle que les bontés qu'on laisse tomber sur un animal domestique. Ils s'inquiéteront de la façon dont elle mange, dont elle se porte; ils soigneront la bête en elle, et ce sera tout. Ils n'imagineront pas qu'elle ait une autre place pour souffrir que son corps; et ils ne lui supposeront pas les malaises d'âme, les mélancolies et les douleurs immatérielles dont ils se soulagent par la confidence à leurs égaux. Pour eux, cette femme qui balaye et fait la cuisine n'a pas d'idées capables de la faire triste ou songeuse; et ils ne lui parlent jamais de ses pensées. A qui donc les portera-t-elle? Au prêtre qui les attend, les demande, et les accueille, à l'homme d'église qui est un homme du monde, un supérieur, un monsieur bien élevé, savant, parlant bien, toujours doux, accessible, patient, attentif et ne semblant rien mépriser de l'âme la plus humble, de la pénitente la plus mal mise. Seul, le prêtre est l'écouteur de la femme en bonnet. Seul, il s'inquiète de ses souffrances secrètes, de ce qui la trouble, de ce qui l'agite, de ce qui fait passer tout à coup dans une bonne, aussi bien que dans sa maîtresse, une envie de pleurer ou des lourdeurs d'orage. Il est seul à solliciter ses épanchements, à tirer d'elle ce que l'ironie de chaque jour y refoule, à s'occuper de sa santé morale; le seul qui l'élève au-dessus de sa vie de matière, le seul qui la touche avec des mots d'attendrissement, de charité, d'espérance, – des mots du ciel tels qu'elle n'en a jamais entendus dans la bouche des hommes de sa famille et des mâles de sa classe.

Entrée chez Mlle de Varandeuil, Germinie tomba dans une dévotion profonde et n'aima plus que l'église. Elle s'abandonna peu à peu à cette douceur de la confession, à cette voix de prêtre égale, sereine et basse, qui venait de l'ombre, à ses consultations qui ressemblaient à un attouchement de paroles caressantes, et dont elle sortait rafraîchie, légère, délivrée, heureuse, avec le chatouillement et le soulagement d'un pansement dans toutes les parties tendres, douloureuses et comprimées de son être.

Elle ne s'ouvrait et ne pouvait s'ouvrir que là. Sa maîtresse avait une certaine rudesse masculine qui repoussait l'expansion. Elle avait des brusqueries d'apostrophes et de phrases qui renfonçaient ce que Germinie eût voulu lui confier. Il était dans sa nature d'être brutale à toutes les jérémiades qui ne venaient point d'un mal ou d'un chagrin. Sa bonté virile n'était point miséricordieuse aux malaises de l'imagination, à ces tourments que se crée la pensée, à ces ennuis qui s'élèvent des nerfs de la femme et des troubles de son organisme. Souvent Germinie la trouvait insensible :

la vieille femme avait été seulement bronzée par son temps et par son existence. Elle avait l'écorce du cœur dure comme le corps. Ne se plaignant jamais, elle n'aimait pas les plaintes autour d'elle. Et du droit de toutes les larmes qu'elle n'avait pas versées, elle détestait les pleurs d'enfant chez les grandes personnes.

Bientôt le confessionnal fut comme un lieu de rendez-vous adorable et sacré pour la pensée de Germinie. Il eut tous les jours sa première idée, sa dernière prière. Dans la journée, elle s'y agenouillait comme en songe; et tout en travaillant il lui revenait dans les yeux avec son bois de chêne à filets d'or, son fronton à tête d'ange ailée, son rideau vert aux plis immobiles, le mystère d'ombre de ses deux côtés. Il lui semblait que maintenant toute sa vie aboutissait là, et que toutes ses heures y tendaient. Elle vivait la semaine pour être à ce jour désiré, promis, appelé. Dès le jeudi, des impatiences la prenaient; elle sentait, dans le redoublement d'une angoisse délicieuse, comme l'approche matérielle du bienheureux samedi soir : et le samedi venu, le service bâclé, le petit dîner de mademoiselle servi à la hâte, elle se sauvait et courait à Notre-Dame de Lorette, allant à la pénitence comme on va à l'amour. Les doigts mouillés à l'eau bénite, une génuflexion faite, elle passait entre les rangs de chaises, sur les dalles, avec le glissement d'une chatte qui se coule sur un tapis. Inclinée, presque rampante, elle avançait sans bruit, dans l'ombre des bas-côtés, jusqu'au confessionnal mystérieux et voilé qu'elle reconnaissait, et auprès duquel elle attendait son tour, perdue dans l'émotion d'attendre.

Le jeune prêtre qui la confessait se prêtait à ses fréquentes confessions. Il ne lui ménageait ni le temps, ni l'attention, ni la charité. Il la laissait longuement causer, longuement lui raconter toutes ses petites affaires. Il était indulgent à ses bavardages d'âme en peine, et lui permettait d'épancher ses plus petites amertumes. Il acceptait l'aveu de ses inquiétudes, de ses désirs, de ses troubles; il ne repoussait et ne dédaignait rien de cette confiance d'une servante qui lui parlait de toutes les choses délicates et secrètes de son être comme on en parlerait à une mère et à un médecin.

Ce prêtre était jeune. Il était bon. Il avait vécu de la vie du monde. Un grand chagrin l'avait jeté, brisé, dans cette robe où il portait le deuil de son cœur. Il restait de l'homme au fond de lui, et il écoutait, avec une pitié triste, ce malheureux cœur d'une bonne. Il comprenait que Germinie avait besoin de lui, qu'il la soutenait, qu'il l'affermissait, qu'il la sauvait d'elle-même et la retirait des tentations de sa nature. Il se sentait une mélancolique sympathie pour cette âme toute faite de tendresse, pour cette jeune fille à la fois ardente et molle, pour cette malheureuse, inconsciente d'elle-même, promise à la passion par tout son cœur, par tout son corps, et accusant dans toute sa personne la vocation du tempérament. Eclairé par l'expérience de son passé, il s'étonnait, il s'effrayait quelquefois des lueurs qui se levaient d'elle, de la flamme qui passait dans ses yeux à l'élancement d'amour d'une prière, de la pente où ses confessions glissaient, de ses retours vers cette scène de violence, cette scène où sa très sincère volonté de résistance paraissait au prêtre avoir été trahie par un étourdissement des sens plus fort qu'elle.

Cette fièvre de religion dura plusieurs années pendant lesquelles Germinie vécut concentrée, silencieuse, rayonnante, toute à Dieu, — au moins elle le croyait. Cependant peu à peu son confesseur avait cru s'apercevoir que toutes ses adorations se tournaient vers lui. A des regards, à des rougeurs, à des paroles qu'elle ne lui disait plus, à d'autres qu'elle s'enhardissait à lui dire pour la première fois, il comprit que la dévotion de sa pénitente s'égarait et s'exaltait en se trompant elle-même. Elle l'épiait à la sortie des offices, le suivait dans la sacristie, s'attachait à lui, courait dans l'église après sa soutane. Le confesseur essaya d'avertir Germinie, de détourner de lui cette ferveur amoureuse. Il devint plus réservé et s'arma de froideur. Désolée de ce changement, de cette indifférence, Germinie, aigrie et blessée, lui avoua un jour, en confession, les sentiments de haine qui lui venaient contre deux jeunes filles, les pénitentes préférées de l'abbé. Le prêtre alors, l'éloignant sans explication, la renvoya à un autre confesseur. Germinie alla se confesser une ou deux fois à cet autre confesseur; puis elle n'y alla plus; puis elle ne pensa plus même à y aller; et de toute sa religion, il ne lui resta plus à la pensée qu'une certaine douceur lointaine et comme l'affadissement d'une odeur d'encens éteint.

Elle en était là quand mademoiselle était tombée malade. Pendant tout le temps de sa maladie, ne voulant pas la quitter, Germinie n'alla pas à la messe. Et le premier dimanche où mademoiselle tout à fait remise n'eut plus besoin de ses soins, elle fut tout étonnée de voir « sa dévote » rester et ne pas se sauver à l'église.

— Ah ! çà, lui dit-elle, tu ne vas donc plus voir tes curés à présent ? Qu'est-ce qu'ils t'ont fait, hein ?

— Rien, fit Germinie.

V

— Voilà, mademoiselle !... Regardez-moi, dit Germinie.

C'était à quelques mois de là. Elle avait demandé à sa maîtresse la permission d'aller ce soir-là au bal de noce de la sœur de son épicier qui l'avait prise pour demoiselle d'honneur, et elle venait se faire voir en grande toilette dans sa robe de mousseline décolletée.

Mademoiselle leva la tête du vieux volume, imprimé gros, où elle lisait, ôta ses lunettes, les mit dans le livre pour marquer la page, et fit :

— Toi, ma bigote, toi, au bal ! Sais-tu, ma fille... ça me paraît tout farce ! Toi et le rigodon... Ma foi, il ne te manque plus que d'avoir envie de te marier ! Une chienne d'envie !... Mais si tu te maries, je te préviens : je ne te garde pas... oust ! Je n'ai pas envie de devenir la bonne de tes mioches !... Approche un peu... Oh ! oh ! mais... sac à papier ! mademoiselle Montre-tout ! On est bien coquette, je trouve, depuis quelque temps...

— Mais non, mademoiselle, essaya de dire Germinie.

— Avec cela que chez vous autres, reprit Mlle de Varandeuil en suivant son idée, les hommes sont de jolis cadets ! Ils te grugeront ce que tu as... sans compter les tapes... Mais le mariage... je suis sûre que ça te trotte la cervelle, cette histoire-là, de te marier quand tu vois les autres... C'est ça qui te donne cette frimousse-là, je parie ? Bon Dieu de Dieu ! Maintenant tourne un peu qu'on te voie, dit Mlle de Varandeuil avec son ton de caresse brusque; et, mettant ses deux mains maigres aux deux bras de son fauteuil, croisant ses deux jambes l'une sur l'autre, et remuant le bout de son pied, elle se mit à inspecter Germinie et sa toilette.

— Que diable ! dit-elle au bout de quelques instants d'attention muette, comment, c'est toi ?... Je n'ai donc jamais mis mes yeux pour te regarder... Bon Dieu, oui !... Ah ! mais... ah ! mais... Elle mâchonna encore quelques vagues exclamations entre ses dents. — Où diantre as-tu pris ce museau de chatte amoureuse ? fit-elle à la fin; et elle se mit à la regarder.

Germinie était laide. Ses cheveux, d'un châtain foncé et qui paraissaient noirs, frisottaient et se tortillaient en ondes revêches, en petites mèches dures et rebelles, échappées et soulevées sur sa tête malgré la pommade de ses bandeaux lissés. Son front petit, poli, bombé, s'avançait de l'ombre d'orbites profondes où s'enfonçaient et se cavaient presque maladivement ses yeux, de petits yeux éveillés, scintillants et ravivés par un clignement de petite fille qui mouillait et allumait leur rire. Ces yeux on ne les voyait ni bruns ni bleus : ils étaient d'un gris indéfinissable et changeant, d'un gris qui n'était pas une couleur, mais une lumière. L'émotion y passait dans le feu de la fièvre, le plaisir dans l'éclair d'une sorte d'ivresse, la passion dans une phosphorescence. Son nez court, relevé, largement troué, avec les narines ouvertes et respirantes, était de ces nez dont le peuple dit qu'il pleut dedans : sur l'une de ses ailes, à l'angle de l'œil, une grosse veine bleue se gonflait. La carrure de tête de la race lorraine se retrouvait dans ses pommettes larges, fortes, accusées, semées d'une volée de grains de petite vérole. La plus grande disgrâce de ce visage était la trop large distance entre le nez et la bouche. Cette disproportion donnait un caractère presque simiesque au bas de la tête, où une grande bouche, aux dents blanches, aux lèvres pleines, plates et comme écrasées, souriait d'un sourire étrange et vaguement irritant.

Sa robe décolletée laissait voir son cou, le haut de sa poitrine, ses épaules, la blancheur de son dos, contrastant avec le hâle de son visage. C'était une blancheur de lymphatique, la blancheur à la fois malade et angélique d'une chair qui ne vit pas. Elle avait laissé tomber ses bras le long d'elle, des bras ronds, polis, avec le joli trou d'une fossette au coude. Ses poignets étaient délicats; ses mains, qui ne sentaient pas le service, avaient des ongles de femme. Et mollement, dans une paresse de grâce, elle laissait jouer et rondir sa taille indolente, une taille à tenir dans une jarretière et que faisaient plus fine encore à l'œil le ressaut des hanches et le rebondissement des rondeurs ballonnant la robe, une taille impossible, ridicule de minceur, adorable comme tout ce qui, chez la femme, a la monstruosité de la petitesse.

De cette femme laide, s'échappait une âpre et mystérieuse séduction. L'ombre et la lumière, se heurtant et se brisant à son visage plein de creux et de saillies, y mettait ce rayonnement de volupté jeté par un peintre d'amour dans la pochade du portrait de sa maîtresse. Tout en elle, sa bouche, ses yeux, sa laideur même, avait une provocation et une sollicitation. Un charme aphrodisiaque sortait d'elle, qui s'attaquait et s'attachait à l'autre sexe. Elle dégageait le désir et en donnait la commotion. Une tentation sensuelle s'élevait naturellement et involontairement d'elle, de ses gestes, de sa marche, du moindre de ses remuements, de l'air où son corps avait laissé une de ses ondulations. A côté d'elle, on se sentait près d'une de ces créatures troublantes et inquiétantes, brûlantes du mal d'aimer et l'apportant aux autres, dont la figure revient à l'homme aux heures inassouvies, tourmente ses pensées lourdes de midi, hante ses nuits, viole ses songes.

Au milieu de l'examen de Mlle de Varandeuil, Germinie se baissa, se pencha sur elle, et lui embrassa la main à baisers pressés.

— Bon... bon... assez de lichades, dit mademoiselle. Tu vous userais la peau... avec ta façon d'embrasser... Allons, pars, amuse-toi, et tache de ne pas rentrer trop tard... ne t'éreinte pas.

Mlle de Varandeuil resta seule. Elle mit ses coudes sur ses genoux, regarda dans le feu, donna des coups de pincettes sur les tisons. Puis, comme elle avait l'habitude de faire dans ses grandes préoccupations, du plat de la main elle se frappa sur la nuque deux ou trois petits coups secs qui mirent tout de travers son serre-tête noir.

VI

En parlant mariage à Germinie, Mlle de Varandeuil touchait la cause du mal de Germinie. Elle mettait la main sur son ennui. L'irrégularité d'humeur de sa bonne, les dégoûts de sa vie, les langueurs, le vide et le mécontentement de son être, venaient de cette maladie que la médecine appelle *la mélancolie des vierges.* La souffrance de ses vingt-quatre ans était le désir ardent, irrité, poignant du mariage, de cette chose trop saintement honnête pour elle et qui lui semblait impossible devant l'aveu que sa probité de femme voulait faire de sa chute, de son indignité. Des pertes, des malheurs de famille venaient l'arracher à ses idées.

Son beau-frère, le mari de sa sœur portière, avait fait le rêve des Auvergnats : il avait voulu joindre aux profits de sa loge les gains du commerce de bric-à-brac. Il avait commencé modestement par cet étal dans la rue, aux portes des ventes après décès, où l'on voit, rangés sur du papier bleu, des flambeaux en plaqué, des ronds de serviette en ivoire, des lithographies coloriées, encadrées d'une dentelle d'or sur fond noir, et trois ou quatre volumes dépareillés de Buffon. Ce qu'il gagna sur les flambeaux en plaqué le grisa. Il loua dans une allée de passage, en face d'un raccommodeur de parapluies, une boutique noire, et il se mit à faire là le commerce de cette curiosité qui va et vient dans les salles basses de l'Hôtel des Commissaires priseurs. Il vendit des assiettes à coq, des morceaux du sabot de Jean-Jacques Rousseau, et des aquarelles de Ballue signées Watteau. A ce métier, il mangea ce qu'il avait gagné, puis s'endetta de quelques mille francs. Sa femme, pour remonter un peu le ménage et tâcher de sortir des dettes, demandait et obtenait une place d'ouvreuse de loges au Théâtre Historique. Elle faisait garder le soir sa porte par sa sœur la couturière, se couchait à une heure, se levait à cinq. Au bout de quelques mois, elle attrapa dans les corridors du théâtre une pleurésie qui traîna et l'enleva au bout de six semaines. La pauvre femme laissait une petite fille de trois ans, attaquée d'une rougeole qui avait pris le caractère le plus pernicieux dans l'empuantissement de la soupente et dans l'air où l'enfant respirait depuis plus d'un mois la mort de sa mère. Le père était parti au pays pour tâcher d'emprunter de l'argent. Il se remariait là-bas. On n'en eut plus de nouvelles.

En sortant de l'enterrement de sa sœur, Germinie courut chez une vieille femme vivant de ces curieuses industries qui empêchent à Paris la Misère de mourir complètement de faim. Cette vieille femme faisait plusieurs métiers. Tantôt elle coupait d'égale grandeur des crins de brosse, tantôt elle séparait des morceaux de pain d'épice. Quand cela chômait, elle faisait la cuisine et débarbouillait les enfants de petits marchands ambulants. Dans le Carême, elle se levait à quatre heures du matin, et allait prendre à Notre-Dame une chaise qu'elle revendait, lorsque le monde arrivait, dix ou douze sous. Pour se chauffer, dans le trou où elle logeait rue Saint-Victor, elle allait, à l'heure où le jour tombe, arracher en se cachant de l'écorce aux arbres du Luxembourg. Germinie, qui la connaissait pour lui donner toutes les semaines les croûtes de la cuisine, lui louait une chambre de domestique dans la maison au sixième, et l'y installait avec la petite fille. Elle fit cela d'un premier mouvement, sans réfléchir. Les duretés de sa sœur, lors de sa grossesse, elle ne se les rappelait plus : elle n'avait pas même eu besoin de les pardonner.

Germinie n'eut plus alors qu'une pensée : sa nièce. Elle voulait la faire revivre, et l'empêcha de mourir à force de la soigner. Elle s'échappait à tout moment de chez mademoiselle, grimpait quatre à quatre au sixième, courait embrasser l'enfant, lui donner de la tisane, l'arranger dans son lit, la voir, redescendait essoufflée et toute rouge de plaisir. Les soins, les caresses, ce souffle du cœur dont on ranime un petit être prêt à s'éteindre, les consultations, les visites de médecin, les médicamentations coûteuses, les remèdes des riches, Germinie n'épargna rien pour la petite et lui donna tout. Ses gages passaient à cela. Pendant près d'un an, elle lui fit prendre tous les matins du jus de viande : elle qui était dormeuse, se levait à cinq heures du matin pour le faire, et elle se réveillait toute seule, comme les mères. L'enfant était enfin sauvée, quand un matin Germinie reçut la visite de sa sœur la couturière, qui était mariée depuis deux ou trois ans avec un ouvrier mécanicien, et qui venait lui faire ses adieux : son mari suivait des camarades qu'on venait d'embaucher pour aller en Afrique. Elle partait avec lui et proposait à Germinie de lui prendre la petite et de l'emmener là-bas avec son enfant. Ils s'en chargeraient. Germinie n'aurait qu'à payer le voyage. C'était une séparation à laquelle il lui faudrait toujours se résoudre, à cause de sa maîtresse. Puis elle était sa tante aussi. Et elle ajoutait paroles sur paroles pour se faire donner l'enfant avec lequel, elle et son mari, comptaient, une fois en Afrique, apitoyer Germinie, lui attraper ses gages, lui carotter le cœur et la bourse.

Se séparer de sa nièce, cela coûtait beaucoup à Germinie. Elle avait mis un peu de son existence sur cette enfant. Elle s'y était attachée par les inquiétudes et les sacrifices. Elle l'avait disputée et reprise à la maladie : cette vie de la petite fille était son miracle. Cependant elle comprenait qu'elle ne pourrait jamais la prendre chez mademoiselle; que mademoiselle, à son âge, avec la fatigue de ses années et le besoin de tranquillité des vieilles gens, ne supporterait jamais le bruit toujours remuant d'un enfant. Puis, cette petite fille dans la maison prêtait aux cancans et faisait causer toute la rue : on disait que c'était sa fille. Germinie s'en ouvrit à sa maîtresse. Mlle de Varandeuil savait tout. Elle savait qu'elle avait pris sa nièce; mais elle avait fait semblant de l'ignorer, elle avait voulu fermer les yeux et ne rien voir pour tout permettre. Elle conseilla à Germinie de confier sa nièce à sa sœur, en lui montrant toutes les impossibilités de la garder, et lui donna l'argent pour payer le voyage du ménage.

Ce départ fut un déchirement pour Germinie. Elle se trouva isolée et inoccupée. N'ayant plus cette enfant, elle ne sut plus quoi aimer; son cœur s'ennuya, et, dans le vide d'âme où elle se trouvait sans cette petite, elle revint à la religion et reporta ses tendresses à l'église.

Au bout de trois mois, elle reçut la nouvelle de la mort de sa sœur. Le mari, qui était de la race des ouvriers geignards et pleurards, lui faisait dans sa lettre, avec de grosses phrases émues et des ficelles d'attendrissement, un tableau désolant de sa position, avec l'enterrement à payer, des fièvres qui l'empêchaient de travailler, deux enfants en bas âge, sans compter la petite, une maison sans femme pour faire chauffer la soupe. Germinie pleura sur la lettre; puis sa pensée se mit à vivre dans cette maison, à côté de ce pauvre homme, au milieu des pauvres enfants, dans cet affreux pays d'Afrique; et une vague envie de se dévouer commença à s'éveiller en elle. D'autres lettres suivaient, où, en la remerciant de ses secours, son beau-frère donnait à sa misère, à l'abandon où il se trouvait, au malheur qui l'enveloppait, une couleur encore plus dramatique, la couleur que le peuple donne aux choses avec ses souvenirs du boulevard du Crime et ses lambeaux de mauvaises lectures. Une fois prise à la blague de ce malheur, Germinie ne put s'en détacher. Elle croyait entendre, là-bas, des cris d'enfants l'appeler. Elle s'enfonçait, s'absorbait dans la résolution et le projet de partir. Elle était poursuivie de cette idée et de ce mot d'Afrique qu'elle remuait et retournait sans cesse au fond d'elle, sans une parole. Mlle de Varandeuil, la voyant si rêveuse et si triste, lui demanda ce qu'elle avait, mais en vain : Germinie ne parla pas. Elle était tiraillée, torturée entre ce qui lui semblait un devoir et ce qui lui paraissait une ingratitude, entre sa maîtresse et le sang de ses sœurs. Elle pensait qu'elle ne pouvait pas quitter mademoiselle. Et puis elle se disait que Dieu ne voulait pas qu'elle abandonnât sa famille. Elle regardait l'appartement en se disant : Il faut pourtant que je m'en aille ! Et puis elle avait peur que mademoiselle ne fût malade quand elle ne serait plus là. Une autre bonne ! A cette idée, elle était prise de jalousie, et elle croyait déjà voir quelqu'un lui voler sa maîtresse. A d'autres moments, ses idées de religion la jetant à des idées d'immolation, elle était toute prête à vouer son existence à celle de ce beau-frère. Elle voulait aller habiter avec cet homme qu'elle détestait, avec lequel elle avait toujours été mal, qui avait à peu près tué sa sœur de chagrin, qu'elle savait ivrogne et brutal; et tout ce qu'elle en attendait, tout ce qu'elle en craignait, la certitude et la peur de tout ce qu'elle aurait à souffrir, ne faisait que l'exalter, l'enflammer, la pousser au sacrifice avec plus d'impatience et d'ardeur. Tout cela souvent en un instant tombait : à un mot, à un geste de mademoiselle, Germinie revenait à elle-même et ne se reconnaissait plus. Elle se sentait tout entière et pour toujours rattachée à sa maîtresse, et elle éprouvait comme une horreur d'avoir seulement pensé à détacher sa vie de la sienne. Elle lutta ainsi deux ans. Puis un beau jour, par un hasard, elle apprit que sa nièce était morte quelques semaines après sa sœur : son beau-frère lui avait caché cette mort, pour la tenir et l'attirer à lui, avec ses quelques sous, en Afrique. A cette révélation, Germinie, perdant tout illusion, fut guérie d'un seul coup. A peine si elle se rappela qu'elle avait voulu partir.

VII

Vers ce temps, au bout de la rue, une petite crèmerie sans affaires changeait de propriétaire, à la suite de la vente du fonds par autorité de justice. La boutique était restaurée. On la repeignait. Les vitres de la devanture s'ornaient d'inscriptions en lettres jaunes. Des pyramides de chocolat de la Compagnie coloniale, des bols de café à fleurs, espacés de petis verres à liqueur, garnissaient les planches de l'étalage. A la porte brillait l'enseigne d'un pot au lait de cuivre coupé par le milieu.

La femme qui essayait de remonter ainsi la maison, la nouvelle crémière, était une personne d'une cinquantaine d'années, débordante d'embonpoint et gardant encore quelques restes de beauté à demi submergés sous sa graisse. On disait dans le quartier qu'elle s'était établie avec l'argent d'un vieux monsieur qu'elle avait servi jusqu'à sa mort dans son pays, près de Langres; car il se trouvait qu'elle était payse de Germinie, non du même village, mais d'un petit endroit à côté; et sans s'être jamais rencontrées ni vues là-bas, elle et la bonne de mademoiselle se connaissaient de nom, et avaient le rapprochement de connaissances communes, de souvenirs des mêmes lieux. La grosse femme était complimenteuse, doucereuse, caressante. Elle disait : Ma belle, à tout le monde, faisait la petite voix, et jouait l'enfant avec la langueur dolente des personnes corpulentes. Elle détestait les gros mots, rougissait, s'affarouchait pour un rien. Elle adorait les secrets, tournait tout en confidence, faisait des histoires, parlait toujours à l'oreille. Sa vie se passait à bavarder et à gémir. Elle plaignait les autres, elle se plaignait elle-même; elle se lamentait sur ses malheurs et sur son estomac. Quand elle avait trop mangé, elle disait dramatiquement : Je vais mourir. Et rien n'était aussi pathétique que ses indigestions. C'était une nature perpétuellement attendrie et larmoyante : elle pleurait indistinctement pour un cheval battu, pour quelqu'un qui était mort, pour du lait qui avait tourné. Elle pleurait sur les faits divers des journaux, elle pleurait en voyant passer des passants.

Germinie fut bien vite séduite et apitoyée par cette crémière câline, bavarde, toujours émue, appelant à elle l'expansion des autres et paraissant si tendre. Au bout de trois mois, presque rien n'entrait chez mademoiselle qui ne vînt de chez la mère Jupillon. Germinie s'y fournissait de tout ou à peu près. Elle passait des heures dans la boutique. Une fois là, elle avait peine à s'en aller, elle restait et ne pouvait se lever. Une lâcheté machinale la retenait. Sur la porte, elle causait encore, pour n'être pas encore partie. Elle se sentait attachée chez la crémière par l'invisible charme des endroits où l'on revient sans cesse et qui finissent par vous étreindre comme des choses qui vous aimeraient. Et puis la boutique, pour elle, c'étaient les trois chiens, les trois vilains chiens de Mme Jupillon; elle les avait toujours sur les genoux, elle les grondait, elle les embrassait, elle leur parlait; et quand elle avait chaud de leur chaleur, il lui passait dans le bas du cœur les contentements d'une bête qui se frotte à ses petits. La boutique, c'était encore pour elle toutes les histoires du quartier, le rendez-vous des cancans, la nouvelle du billet non payé par celle-ci, de la voiture de fleurs apportée à celle-là, un endroit à l'affût de tout, et où tout entrait, jusqu'au peignoir de dentelle allant en ville sur le bras d'une bonne.

Tout, à la longue, la liait là. Son intimité avec la crémière se resserrait par tous les liens mystérieux des amitiés de femmes du peuple, par le bavardage continuel, l'échange journalier des riens de la vie, les conversations pour parler, le retour du même bonjour et du même bonsoir, le partage des caresses aux mêmes animaux, les sommeils côte à côte et chaise contre chaise. La boutique finit par devenir son lieu d'acoquinement, un lieu où sa pensée, sa parole, ses membres même et son corps trouvaient des aises merveilleuses. Le bonheur arriva à être, pour elle, ce moment où le soir, assise et somnolente, dans un fauteuil de paille, auprès de la mère Jupillon endormie ses lunettes sur le nez, elle berçait les chiens roulés en boule dans la jupe de sa robe; et tandis que la lampe, prête à mourir, pâlissait sur le comptoir, elle restait, laissant son regard se perdre et s'éteindre doucement, avec ses idées, au fond de la boutique, sur l'arc de triomphe en coquilles d'escargot, reliées de vieille mousse, sous l'arc duquel était un petit Napoléon de cuivre.

VIII

Mme Jupillon, qui disait avoir été mariée et signait *Veuve Jupillon*, avait un fils. C'était encore un enfant. Elle l'avait mis à Saint-Nicolas, dans cette grande maison d'éducation religieuse où, pour trente francs par mois, une instruction rudimentaire et un métier sont donnés aux enfants du peuple, à beaucoup d'enfants naturels. Germinie prit l'habitude d'accompagner le jeudi madame Jupillon lorsqu'elle allait voir *Bibi*. Cette visite devint pour elle une distraction et une attente. Elle faisait dépêcher la mère, arrivait en avance à l'omnibus, et elle était toute contente d'y monter avec un gros panier de provisions sur lequel elle croisait ses bras pendant la route.

Là-dessus, il arriva à la mère Jupillon un mal à la jambe, un anthrax qui l'empêcha de marcher pendant près de dix-huit mois. Germinie alla seule à Saint-Nicolas, et comme elle était prompte et facile à se donner aux autres, elle s'occupa de cet enfant comme s'il lui tenait par quelque chose. Elle ne manquait pas un jeudi, et arrivait toujours les mains pleines de la desserte de la semaine, de gâteaux, de fruits, de sucreries qu'elle achetait. Elle embrassait le gamin, s'inquiétait de sa santé, tâtait s'il avait son gilet de tricot sous sa blouse, le trouvait trop rouge d'avoir couru, lui essuyait la figure avec son mouchoir, et lui faisait montrer le dessous de ses souliers pour voir s'ils n'étaient pas troués. Elle lui demandait si on était content de lui, s'il faisait bien ses devoirs, s'il avait eu beaucoup de bons points. Elle lui parlait de sa mère, et lui recommandait de bien aimer le bon Dieu; et jusqu'à ce que la cloche de deux heures sonnât, elle se promenait avec lui dans la cour : l'enfant lui donnait le bras, tout fier d'être avec une femme mieux habillée que la plupart de celles qui venaient, avec une femme en soie. Il avait envie d'apprendre le flageolet : cela ne coûtait que cinq francs par mois. Mais sa mère ne voulait pas les donner. Germinie, en cachette, lui apporta chaque mois les cent sous. C'était une humiliation pour lui, quand il sortait en promenade, et les deux ou trois fois par an qu'il venait chez sa mère, de porter la petite blouse d'uniforme. A sa fête, une année, Germinie déplia devant lui un gros paquet : elle lui avait fait faire une tunique; à peine si dans toute la pension, vingt de ses camarades étaient de famille assez aisée pour en porter.

Elle le gâta ainsi quelques années, ne le laissant souffrir du désir de rien, flattant, dans l'enfant pauvre, les caprices et les orgueils de l'enfant riche, lui adoucissant les privations et les duretés de cette école professionnelle qui forme à la vie ouvrière, porte la blouse, mange à l'assiette de faïence brune, et trempe à son mâle apprentissage le peuple pour le travail.

Cependant le garçon grandissait. Germinie ne s'en apercevait pas : elle le voyait toujours enfant. Par habitude, elle se baissait toujours pour l'embrasser. Un jour elle fut appelée devant l'abbé qui dirigeait la pension. L'abbé lui parla de renvoyer le jeune Jupillon. Il s'agissait de mauvais livres surpris entre ses mains. Germinie, tremblante à l'idée des coups qui attendaient l'enfant chez sa mère, pria, supplia, implora : elle finit par obtenir de l'abbé la grâce du coupable. En redescendant, elle voulut gronder Jupillon; mais au premier mot de sa morale, Bibi lui jeta tout à coup en plein visage un regard et un sourire où il n'y avait plus rien de l'enfant qu'il était hier. Elle baissa les yeux, et ce fut elle qui rougit. Quinze jours se passèrent sans qu'elle revînt à Saint-Nicolas.

IX

Dans le temps où le fils Jupillon sortit de pension, la bonne d'une femme entretenue qui demeurait au-dessous de mademoiselle venait quelquefois passer la soirée chez Mme Jupillon avec Germinie. Originaire de ce grand duché de Luxembourg qui fournit Paris de cochers de coupé et de bonnes de lorettes, cette fille était ce que l'on appelle populacièrement « une grande bringue »; elle avait un air de cavale, des sourcils de porteur d'eau, des yeux fous. Elle se mit bientôt à venir tous les soirs. Elle payait des gâteaux et des petits verres à tout le monde, s'amusait à faire gaminer le petit Jupillon, jouait avec lui à des jeux de main, s'asseyait sur lui, lui jetait au nez qu'il était beau, le traitait en enfant, et le plaisantait, en polissonnant, de n'être pas encore un homme. Le jeune garçon, heureux et tout fier de ces attentions de la première femme qui s'occupait de lui, laissait voir au bout de peu de temps ses préférences pour Adèle : ainsi s'appelait la nouvelle venue.

Germinie était passionnément jalouse. La jalousie était le fond de sa nature; c'était la lie et l'amertume de ses tendresses. Ceux qu'elle aimait, elle voulait les avoir tout à elle, les posséder absolument. Elle exigeait qu'ils n'aimassent qu'elle. Elle ne pouvait admettre qu'ils pussent distraire et donner à d'autres la moindre parcelle de leur affection : cette affection, depuis qu'elle l'avait méritée, n'était plus à eux; ils n'étaient plus maîtres d'en disposer. Elle détestait les gens que sa maîtresse avait l'air de recevoir mieux que les autres, et d'accueillir intimement. Par sa mine de mauvaise humeur et son air rechigné, elle avait éloigné, à peu près chassé de la maison, deux ou trois vieilles amies de mademoiselle dont les visites la faisaient souffrir comme si ces vieilles femmes venaient dérober quelque chose dans l'appartement, lui prendre un peu de sa maîtresse. Des gens qu'elle avait aimés lui étaient devenus odieux : elle n'avait pas trouvé qu'ils l'aimassent assez; elle les haïssait pour tout l'amour qu'elle avait voulu d'eux. En tout, son cœur était exigeant et despote. Donnant tout, il demandait tout. Dans ses affections, au moindre indice de refroidissement, au moindre signe de partage, elle éclatait et se dévorait, passait des nuits à pleurer, prenait le monde en exécration.

Voyant cette femme s'installer dans la boutique, se

familiariser avec le jeune homme, toutes les jalousies de Germinie s'inquiétèrent et se tournèrent en rage. Sa haine se souleva et se révolta, avec son dégoût, contre cette créature affichée, éhontée, que l'on voyait le dimanche attablée sur les boulevards extérieurs avec des militaires, et qui avait le lundi des bleus au visage. Elle employa tout pour la faire éloigner par Mme Jupillon; mais c'était une des meilleures pratiques de la crèmerie, et la crémière se refusa tout doucement à l'écarter. Germinie se retourna vers le fils, lui dit que c'était une malheureuse. Mais cela ne fit qu'attacher le jeune homme à cette vilaine femme dont la mauvaise réputation le flattait. D'ailleurs, il avait les cruelles taquineries de la jeunesse, et il redoublait d'amabilité auprès d'elle, rien que pour voir « le nez » que faisait Germinie, et jouir de la désoler. Bientôt Germinie s'aperçut que cette femme avait des intentions plus sérieuses qu'elle ne se l'était d'abord imaginé : elle comprit ce qu'elle voulait de cet enfant, car c'était toujours un enfant pour elle que ce grand jeune homme de dix-sept ans. Dès lors, elle s'attacha à leurs pas; elle ne les quitta plus, elle ne les laissa pas un moments seuls, elle se mit de leurs parties, au théâtre, à la campagne, entra dans toutes leurs promenades, fut toujours là, présente et gênante, essayant de retenir la bonne et de lui rendre la pudeur avec un mot à voix basse : — Un enfant ! tu n'as pas honte ? lui disait-elle. L'autre, comme à une bonne farce, partait d'un gros rire. Dans ces sorties du spectacle, animées, échauffées par la fièvre de la représentation et l'excitation du théâtre, dans ces retours de la campagne, chargés du soleil de tout le jour, grisés de ciel et de grand air, fouettés du vin du dîner, au milieu des jeux et des libertés auxquels s'enhardissent à la nuit les ivresses de plaisir, les joies de ripaille et les sens en goguette de la femme du peuple, Germinie essayait d'être toujours entre la bonne et Jupillon. Elle tâchait à chaque minute de rompre ces amours bras dessus, bras dessous, de les délier, de les désaccoupler. Sans se lasser, elle les séparait, les retirait continuellement l'un de l'autre. Elle mettait son corps entre ces corps qui se cherchaient. Elle se glissait entre ces gestes qui voulaient se toucher; elle se glissait entre ces lèvres tendues et ces bouches qui s'offraient. Mais de tout ce qu'elle empêchait, elle avait l'effleurement et l'atteinte. Elle sentait le frôlement de ces mains qu'elle séparait, de ces caresses qu'elle arrêtait au passage et qui se trompaient en s'égarant sur elle. Des baisers qu'elle dénouait, il lui passait contre la joue le souffle et l'haleine. Sans le vouloir, et troublée d'une certaine horreur, elle se mêlait aux étreintes, elle prenait une part des désirs dans ce frottement et cette lutte qui diminuaient chaque jour autour de sa personne le respect et la retenue du jeune homme.

Il arriva qu'un jour elle fut moins forte contre elle-même qu'elle n'avait été jusque-là. Cette fois, elle ne se déroba pas si brusquement aux avances. Jupillon sentit qu'elle s'y arrêtait. Germinie le sentit mieux que lui; mais elle était à bout d'efforts et de tourments, épuisée de souffrir. Cet amour d'une autre, qu'elle avait détourné de Jupillon, elle se l'était lentement entré tout entier dans le cœur. Maintenant, il y était enfoncé, et toute saignante de jalousie, elle se trouvait affaiblie, sans résistance, défaillante comme une personne blessée à mort devant le bonheur qui lui venait.

Pourtant elle repoussa les tentatives, les hardiesses du jeune homme, sans rien dire, sans parler. Elle ne songeait pas à lui appartenir autrement ni à se livrer davantage. Elle vivait de la pensée d'aimer, croyant qu'elle en vivrait toujours. Et dans le ravissement qui lui soulevait l'âme, elle écartait sa chute et repoussait ses sens. Elle demeurait frémissante et pure, perdue et suspendue dans des abîmes de tendresse, ne goûtant et ne voulant de l'amant que la caresse, comme si son cœur n'était fait que pour la douceur d'embrasser.

X

Cet amour heureux et non satisfait produisit dans l'être physique de Germinie un singulier phénomène physiologique. On aurait dit que la passion qui circulait en elle renouvelait et transformait son tempérament lymphatique. Il ne lui semblait plus puiser la vie comme autrefois, goutte à goutte, à une source avare : une force généreuse et pleine lui coulait dans les veines; le feu d'un sang riche lui courait dans le corps. Elle sentait une chaude santé la remplir, et il lui passait des joies de vivre qui battaient des ailes dans sa poitrine comme un oiseau dans du soleil.

Une merveilleuse animation lui était venue. La misérable énergie nerveuse qui la soutenait avait fait place à une activité bien portante, à une allégresse bruyante, remuante, débordante. Elle ne connaissait plus ses anciennes faiblesses, l'accablement, la prostration, l'assoupissement, les molles paresses. Ses matins si lourds et si engourdis étaient aujourd'hui des réveils vifs et clairs qui s'ouvraient en une seconde à la gaieté du jour. Elle s'habillait en hâte, folâtrement : ses doigts prestes allaient tout seuls, et elle s'étonnait d'être si vive, si pleine d'entrain à ces heures défaillantes de l'avant-déjeuner où elle s'était senti si souvent le cœur sur les lèvres. Et toute la journée c'était en elle la même bonne humeur du corps, la même gaieté dans le mouvement. Il lui fallait toujours aller, marcher, courir, agir, se dépenser. Par instant, ce qu'elle avait vécu lui paraissait éteint; les sensations d'être qu'elle avait éprouvées jusque-là se reculaient pour elle dans le lointain d'un songe et dans le fond d'une mémoire endormie. Le passé était derrière elle, comme si elle l'avait traversé avec le voile d'un évanouissement et l'inconscience d'une somnambule. C'était la première fois qu'elle avait le sentiment, l'impression à la fois âpre et douce, violente et divine, du jeu de la vie éclatant dans sa plénitude, sa régularité, sa puissance.

Elle montait et descendait pour un rien. Sur un mot de mademoiselle, elle dégringolait les cinq étages. Quand elle était assise, ses pieds dansaient sur le parquet. Elle frottait, nettoyait, rangeait, battait, secouait, lavait, sans repos ni trêve, toujours à l'ouvrage, remplissant l'appartement de ses allées, de ses venues, du tapage incessant de sa personne.

– Mon Dieu ! lui disait sa maîtresse étourdie comme par le bruit d'un enfant, es-tu bousculante, Germinie ! l'es-tu assez !

Un jour, en entrant dans la cuisine de Germinie, mademoiselle vit un peu de terre dans une boîte à cigares posée sur le plomb. – Qu'est-ce que c'est ça ?

lui dit-elle. – C'est du gazon... que j'ai semé... pour voir, fit Germinie. – Tu aimes donc le gazon maintenant ?... Il ne te manque plus que d'avoir des serins !

XI

Au bout de quelques mois, la vie, toute la vie de Germinie appartint à la crémière. Le service de mademoiselle n'était guère assujettissant et lui prenait bien peu de temps. Un merlan, une côtelette, c'était toute la cuisine à faire. Le soir, mademoiselle aurait pu la garder auprès d'elle pour lui tenir compagnie : elle aimait mieux l'envoyer promener, la pousser dehors, lui faire prendre un peu d'air, de distraction. Elle ne lui demandait que d'être rentrée à dix heures pour l'aider à se mettre au lit; et encore quand Germinie se trouvait en retard, mademoiselle se déshabillait et se couchait fort bien toute seule. Toutes ces heures que lui laissait sa maîtresse, Germinie vint les vivre et les passer dans la boutique. Elle descendait maintenant à la crémerie, dès le matin, à l'ouverture des volets que la plupart du temps elle rentrait, prenait son café au lait, restait jusqu'à neuf heures, remontait pour le chocolat de mademoiselle, et du déjeuner au dîner elle trouvait le moyen de revenir deux ou trois fois, s'attardant et bavardant dans l'arrière-boutique pour la moindre commission. – Quelle pie borgne tu fais ! lui disait mademoiselle avec une voix qui grognait et un regard qui souriait.

A cinq heures et demie, le petit dîner desservi, elle

descendait quatre à quatre les escaliers, s'installait chez la mère Jupillon, y attendait dix heures, regrimpait les cinq étages, et en cinq minutes déshabillait sa maîtresse qui se laissait faire, tout en étant un peu étonnée de la voir si pressée d'aller se coucher : elle se rappelait le temps où Germinie avait la manie de porter son sommeil de fauteuil en fauteuil, et de ne jamais vouloir monter à sa chambre. La bougie soufflée fumait encore sur la table de nuit de mademoiselle que Germinie était déjà chez la crémière, cette fois pour jusqu'à minuit, une heure; elle ne partait souvent que quand un sergent de ville, voyant de la lumière, cognait aux volets et faisait fermer.

Pour être toujours là et avoir le droit de toujours y être, pour s'inscruster dans cette boutique, ne jamais quitter des yeux l'homme de son amour, le couver, le garder, se frotter perpétuellement à lui, elle s'était faite la domestique de la maison. Elle balayait la boutique, elle préparait la cuisine de la mère et la pâtée des chiens. Elle servait le fils; elle faisait son lit, elle brossait ses habits, elle cirait ses chaussures, heureuse de fière de toucher à ce qu'il touchait, émue de mettre la main où il mettait son corps, prête à baiser sur le cuir de ses bottes la boue qui venait de lui !

Elle faisait l'ouvrage, elle tenait la boutique, elle servait les pratiques : Mme Jupillon se reposait de tout sur elle; et tandis que la bonne fille travaillait et suait, la grosse femme, se donnant sur sa porte de majestueux loisirs de rentière, échouée sur une chaise en travers du trottoir, humant la fraîcheur de la rue, tâtait et retâtait sous son tablier, dans sa poche de marchande, ce délicieux argent de gain, l'argent de la vente qui sonne si doux à l'oreille du petit commerce de Paris que le boutiquier retiré reste tout mélancolique aux premiers jours de n'en avoir plus sous les doigts le tintement et le frétillement.

XII

Quand le printemps fut venu : — Si nous allions à l'entrée des champs ? disait presque tous les soirs Germinie à Jupillon.

Jupillon mettait sa chemise de flanelle à carreaux rouges et noirs, sa casquette en velours noir; et ils partaient pour ce que les gens du quartier appellent « l'entrée des champs. »

Ils montaient la chaussée de Clignancourt, et avec le flot des Parisiens de faubourg se pressant à aller boire un peu d'air, ils marchaient vers ce grand morceau de ciel se levant tout droit des pavés, au haut de la montée, entre les deux lignes des maisons, et tout vide quand un omnibus n'en débouchait pas. La chaleur tombait, les maisons n'avaient plus de soleil qu'à leur faîte et à leurs cheminées. Comme d'une grande porte ouverte sur la campagne, il venait du bout de la rue, du ciel, un souffle d'espace et de liberté.

Au Château-Rouge, ils trouvaient le premier arbre, les premières feuilles. Puis, à la rue du Château, l'horizon s'ouvrait devant eux dans une douceur éblouissante. La campagne, au loin, s'étendait, étincelante et vague, perdue dans le poudroiement d'or de sept heures. Tout flottait dans cette poussière de jour que le jour laisse derrière lui sur la verdure qu'il efface et les maisons qu'il fait roses.

Ils descendaient, suivaient le trottoir charbonné de jeux de *marelle*, de longs murs par-dessus lesquels passait une branche, des lignes de maisons brisées, espacées de jardins. A leur gauche, se levaient des têtes d'arbres toutes pleines de lumière, des bouquets de feuilles transpercés du soleil couchant qui mettait des raies de feu sur les barreaux des grilles de fer. Après les jardins, ils passaient les palissades, les enclos à vendre, les constructions jetées en avant dans les rues projetées et tendant au vide leurs pierres d'attente, les murailles pleines à leur pied de tas de culs de bouteilles, de grandes et plates maisons de plâtre, aux fenêtres encombrées de cages et de linges, avec l'Y d'un plomb à chaque étage, des entrées de terrains aux apparences de basse-cour avec des tertres broutés par des chèvres.

Çà et là, ils s'arrêtaient, sentaient les fleurs, l'odeur d'un maigre lilas poussant dans une étroite cour. Germinie cueillait une feuille en passant et la mordillait.

Des vols d'hirondelles, joyeux, circulaires et fous, tournaient et se nouaient sur sa tête. Les oiseaux s'appelaient. Le ciel répondait aux cages. Elle entendait tout chanter autour d'elle, et elle regardait d'un œil heureux les femmes en camisole aux fenêtres, les hommes en manches de chemise dans les jardinets, les mères, sur le pas des portes, avec de la marmaille entre les jambes.

La descente finissait, le pavé cessait. A la rue succédait une large route, blanche, crayeuse, poudreuse, faite de débris, de platras, d'émiettements de chaux et de briques, effondrée, sillonnée par les ornières, luisantes au bord, que font le fer de grosses roues et l'écrasement des charrois de pierres de taille. Alors commençait ce qui vient où Paris finit, ce qui pousse où l'herbe ne pousse pas, un de ces paysages d'aridité que les grandes villes créent autour d'elles, cette première zone de banlieue *intra muros* où la nature est tarie, la terre usée, la campagne semée d'écailles d'huîtres. Ce n'était plus que des terrains à demi clos, montrant des charettes et des camions les brancards en l'air sur le ciel, des chantiers à scier des pierres, des usines en planches, des maisons d'ouvriers en construction, trouées et tout à jour, portant le drapeau des maçons, des landes de sable gris et blanc, des jardins de maraîchers tirés au cordeau tout en bas des fondrières vers lesquelles descend, en coulées de pierrailles, le remblayage de la route.

Bientôt se dressait le dernier réverbère pendu à un poteau vert. Du monde allait et venait toujours. La route vivait et amusait l'œil. Germinie croisait des femmes portant la canne de leur mari, des lorettes en soie au bras de leurs frères en blouse, des vieilles en madras se promenant, avec le repos du travail, les bras croisés. Des ouvriers tiraient leurs enfants dans de petites voitures, des gamins revenaient, avec leurs lignes, de pêcher à Saint-Ouen, des gens traînaient au bout d'un bâton des branches d'acacia en fleur.

Quelquefois une femme enceinte passait tendant les bras devant elle à un tout petit enfant, et mettait sur un mur l'ombre de sa grossesse.

Tous allaient tranquillement, bienheureusement, d'un pas qui voulait s'attarder, avec le dandinement allègre et la paresse heureuse de la promenade. Personne ne se pressait, et sur la ligne toute plate de l'horizon, traversée de temps en temps par la fumée blanche d'un train de chemin de fer, les groupes de promeneurs faisaient des taches noires, presque immobiles, au loin.

Ils arrivaient derrière Montmartre à ces espèces de grands fossés, à ces carrés en contrebas où se croisent de petits sentiers foulés et gris. Un peu d'herbe était là frisée, jaunie et veloutée par le soleil qu'on apercevait se couchant tout en feu dans les entre-deux des maisons. Et Germinie aimait à y retrouver les cardeuses de matelas au travail, les chevaux d'équarissage pâturant la terre pelée, les pantalons garance des soldats jouant aux boules, les enfants enlevant un cerf-volant noir dans le ciel clair. Au bout de cela, l'on tournait, pour aller traverser le pont du chemin de fer, par ce mauvais campement de chiffonniers, le quartier des limousins du bas Clignancourt. Ils passaient vite contre ces maisons bâties de démolitions volées, et suant les horreurs qu'elles cachent; ces huttes, tenant de la cabane et du terrier, effrayaient vaguement Germinie : elle y sentait tapis tous les crimes de la Nuit.

Mais aux fortifications, son plaisir revenait. Elle courait s'asseoir avec Jupillon sur le talus. A côté d'elle, étaient des familles en tas, des ouvriers couchés à plat sur le ventre, de petits rentiers regardant les horizons avec une lunette d'approche, des philosophes de misère, arc-boutés des deux mains sur leurs genoux, l'habit gras de vieillesse, le chapeau noir aussi roux que leur barbe rousse. L'air était plein de bruits d'orgue. Au-dessous d'elle, dans le fossé, des sociétés jouaient aux quatre coins. Devant les yeux, elle avait une foule bariolée, des blouses blanches, des tabliers bleus d'enfants qui couraient, un jeu de bague qui tournait, des cafés, des débits de vin, des fritureries, des jeux de macarons, des tirs à demi cachés dans un bouquet de verdure d'où s'élevaient des mâts aux flammes tricolores; puis au-delà, dans une vapeur, dans une brume bleuâtre, une ligne de têtes d'arbres dessinait une route. Sur la droite, elle apercevait Saint-Denis et le grand vaisseau de sa basilique; sur la gauche, au-dessus d'une file de maisons qui s'effaçaient, le disque du soleil se couchant sur Saint-Ouen était d'un feu couleur cerise et laissait tomber dans le bas du ciel gris comme des colonnes rouges qui le portaient en tremblant. Souvent le ballon d'un enfant qui jouait passait une seconde sur cet éblouissement.

Ils descendaient, passaient la porte, longeaient les débits de saucisson de Lorraine, les marchands de gaufres, les cabarets en planches, les tonnelles sans verdure et au bois encore blanc où un pêle-mêle d'hommes, de femmes, d'enfants, mangeaient des pommes de terre frites, des moules et des crevettes, et ils arrivaient au premier champ, à la première herbe vivante : sur le bord de l'herbe, il y avait une voiture à bras chargée de pain d'épice et de pastilles de menthe, et une marchande de coco vendait à boire sur une table dans le sillon... Etrange campagne où tout se mêlait, la fumée de la friture à la vapeur du soir, le bruit des palets d'un jeu de tonneau au silence versé du ciel, l'odeur de la poudrette à la senteur des blés verts, la barrière à l'idylle, et la Foire à la Nature! Germinie en jouissait pourtant; et poussant Jupillon plus loin, marchant juste au bord du chemin, elle se mettait à passer, en marchant, ses jambes dans les blés pour sentir sur ses bas leur fraîcheur et leur chatouillement.

Quand ils revenaient, elle voulait remonter sur le talus. Il n'y avait plus de soleil. Le ciel était gris en bas, rose au milieu, bleuâtre en haut. Les horizons s'assombrissaient; les verdures se fonçaient, s'assourdissaient, les toits de zinc des cabarets prenaient des lumières de lune, des feux commençaient à piquer l'ombre, la foule devenait grisâtre, les blancs de linge devenaient bleus. Tout peu à peu s'effaçait, s'estompait, se perdait dans un reste mourant de jour sans couleur, et de l'ombre qui s'épaississait commençait à monter, avec le tapage des crécelles, le bruit d'un peuple qui s'anime à la nuit, et du vin qui commence à chanter. Sur le talus, le haut des grandes herbes se balançait sous la brise qui les inclinait. Germinie se décidait à partir. Elle revenait, toute remplie de la nuit tombante, s'abandonnant à l'incertaine vision des choses entrevues, passant les maisons sans lumière, revoyant tout sur son chemin comme pâli, lassée par la route dure à ses pieds, et contente d'être lasse, lente, fatiguée, défaillante à demi, et se trouvant bien.

Aux premiers réverbères allumés de la rue du Château, elle tombait d'un rêve sur le pavé.

XIII

Mme Jupillon avait, quand elle voyait Germinie, une physionomie de bonheur, quand elle l'embrassait des effusions, quand elle lui parlait des caresses de la voix, quand elle la regardait des douceurs de regard. La bonté de l'énorme femme semblait, avec elle, s'abandonner à l'émotion, à la tendresse, à la confiance d'une sorte de tendresse maternelle. Elle faisait entrer Germinie dans la confidence de ses comptes de marchande, de ses secrets de femme, du fond le plus intime de sa vie. Elle semblait se livrer à elle comme à une personne de son sang qu'on initie à des intérêts de famille. Quand elle parlait d'avenir, il était toujours question de Germinie comme de quelqu'un dont elle ne devait être jamais séparée et qui faisait partie de la maison. Souvent, elle laissait échapper de certains sourires discrets et mystérieux, des sourires qui avaient l'air de tout voir et de ne pas se fâcher. Quelquefois aussi, quand son fils était assis à côté de Germinie, arrêtant tout à coup sur eux des yeux qui se mouillaient, des yeux de mère, elle embrassait le couple d'un regard qui semblait unir et bénir les deux têtes de ses enfants.

Sans jamais parler, sans prononcer un mot qui pût être un engagement, sans s'ouvrir ni se lier, et tout en répétant que son fils était encore bien jeune pour entrer en ménage, elle encouragea les espérances et les illusions de Germinie par l'attitude de toute sa personne, ses airs de secrète indulgence et de complicité de cœur, par ces silences où elle semblait lui ouvrir les bras d'une belle-mère. Et déployant tous ses talents de fausseté, usant de ses mines de sentiment, de sa finesse bon enfant, de cette ruse ronde et enveloppée qu'ont les gens gras, la grosse femme arrivait à faire tomber devant l'assurance, la promesse tacite de ce mariage, les dernières résistances de Germinie qui à la fin se laissait arracher par l'ardeur du jeune homme ce qu'elle croyait donner d'avance à l'amour du mari.

Dans tout ce jeu, la crémière n'avait voulu qu'une chose : s'attacher et conserver une domestique qui ne lui coûtait rien.

XIV

Comme Germinie descendait un jour l'escalier de service, elle entendit une voix l'appeler par-dessus la rampe, et Adèle lui crier de lui remonter deux sous de beurre et dix sous d'absinthe.

— Ah ! tu t'assiéras bien une minute, par exemple, lui dit Adèle quand elle lui rapporta l'absinthe et le beurre. On ne te voit plus, tu n'entres plus... Voyons ! tu as bien le temps d'être avec ta vieille... C'est moi qui ne pourrais pas vivre avec une figure d'antéchrist comme ça ! Reste donc... C'est la maison sans ouvrage ici aujourd'hui... Il n'y a pas le sou... Madame est couchée... Toutes les fois qu'il n'y a pas d'argent, elle se couche, madame; elle reste au lit toute la journée à lire des romans. Veux-tu de ça ? Et elle lui offrit son verre d'absinthe. — Non ? c'est vrai, toi, tu ne bois pas... C'est drôle de ne pas boire... T'as bien tort... Dis donc, tu seras bien gentille de me faire un mot pour mon chéri... Labourieux... tu sais bien, je t'en ai parlé... Tiens, v'la la plume à madame... et de son papier, qui sent bon... Y es-tu ?... En v'la un vrai, ma chère, c't'homme-là ! Il est dans la boucherie, je t'ai dit... Ah ! par exemple, il ne faut pas le contrarier !... Quand il vient de boire un verre de sang, après avoir tué ses bêtes, il est comme fou... et si vous l'obstinez... ah !

dame, il cogne !... Mais qu'est-ce que tu veux ? C'est d'être fort qu'il est comme ça... Si tu le voyais se taper sur la poitrine des coups à tuer un bœuf, et vous dire : Ça, c'est un mur !... Ah ! c'est un monsieur, celui-là !... Soignes-y sa lettre, hein ? Que ça l'entortille... Dis-lui des choses gentilles, tu sais... et un peu tristes... Il adore ça... Au spectacle, il n'aime que quand on pleure... Tiens ! mets que c'est toi qui écrives à un amoureux...

Germinie se mit à écrire.

— Dis donc, Germinie ! Tu ne sais pas ? Une drôle d'idée qui a passé par la tête de madame... Est-ce curieux des femmes comme ça, qui peuvent aller dans le plus grand, qui peuvent tout avoir, se payer des rois si ça leur va ! Et il n'y a pas à dire... c'est que quand on est comme madame, quand on a ce corps-là !... Et puis des affutiots comme elles s'en mettent tout plein, tout leur tralala de robes, de la dentelle partout, enfin tout, qu'est-ce que tu veux qu'on y résiste ? Et si ce n'est par un monsieur, si c'est quelqu'un comme nous... juge comme cela le pince encore plus : c'est ça qui lui monte le coco, une femme en velours... Oui, ma chère, figure-toi, v'la t'il pas que madame est toquée de ce gamin de Jupillon ! Il ne nous manquait plus que ça pour crever de faim, ici !

Germinie, la plume levée sur la lettre commencée, regardait Adèle en la dévorant des yeux.

— Tu en restes de là, n'est-ce pas ? dit Adèle en lampant et savourant l'absinthe à petites gorgées, la figure allumée de joie devant le visage décomposé de Germinie. Ah ! le fait est que c'est cocasse; mais pour vrai, c'est vrai, je t'en flanque mon billet... Elle a remarqué le gamin sur le pas de la boutique, l'autre jour en revenant des Courses... Elle est entrée deux ou trois fois sous prétexte d'acheter quelque chose. Elle doit se faire apporter de la parfumerie... je crois, demain... Ah ! bast, n'est-ce pas ? Ça les regarde... Eh bien ? et ma lettre ? Ça t'embête ce que je t'ai dit ? Tu faisais ta bégueule... Moi je ne savais pas... Ah ! bien, c'est ça, nous y sommes... Ce que tu me disais pour le petit... je crois bien que tu ne voulais pas qu'on y touche ! Farceuse !

Et sur un geste de dénégation de Germinie :

— Va donc, va donc ! reprit Adèle. Qué que ça me fait ? Un enfant que, si on le mouchait, il lui sortirait du lait ! Merci ! Ce n'est pas mon genre... Enfin, ce sont tes affaires... Voyons maintenant ma lettre, hein ?

Germinie se pencha sur la feuille de papier. Mais elle avait la fièvre; ses doigts nerveux faisaient cracher la plume. — Tiens, fit-elle en la rejetant au bout de quelques instants, je ne sais pas ce que j'ai aujourd'hui... Je t'écrirai cela un autre jour...

— Comme tu voudras, ma petite... mais j'y compte. Viens donc demain... Je te raconterai les farces de madame... Nous rirons !

Et, la porte fermée, Adèle se mit à pouffer de rire : il ne lui en avait coûté qu'une blague pour avoir le secret de Germinie.

XV

L'amour n'avait été pour le jeune Jupillon que la satisfaction d'une certaine curiosité du mal, cherchant dans la connaissance et la possession d'une femme le droit et le plaisir de la mépriser. Cet homme, sortant de l'enfance, avait apporté à sa première liaison, pour toute ardeur et toute flamme, les froids instincts de polissonnerie qu'éveillent chez les enfants les mauvais livres, les confidences de camarades, les conversations de pension, le premier souffle d'impureté qui déflore le désir. Ce que le jeune homme met autour de la femme qui lui cède, ce dont il la voile, les caresses, les mots aimants, les imaginations de tendresse, rien de cela n'existait pour Jupillon. La femme n'était pour lui qu'une image obscène; et une passion de femme lui paraissait uniquement je ne sais quoi de défendu, d'illicite, de grossier, de cynique et de drôle, une chose excellente pour la désillusion et l'ironie.

L'ironie, — l'ironie basse, lâche et mauvaise du bas peuple, — c'était tout ce garçon. Il incarnait le type de ces Parisiens qui portent sur la figure le scepticisme gouailleur de la grande ville de blague où ils sont nés. Le sourire, cet esprit et cette malice de la physionomie parisienne, était toujours chez lui moqueur, impertinent. Jupillon avait la gaieté de la bouche méchante, presque de la cruauté aux deux coins des lèvres retroussées et tressaillantes de mouvements nerveux. Sur son visage pâle des pâleurs que renvoie au teint l'eau-forte mordant le cuivre, dans ses petits traits nets, décidés, effrontés, se mêlaient la crânerie, l'énergie, l'insouciance, l'intelligence, l'impudence, toutes sortes d'expressions coquines qu'adoucissait chez lui, à de certaines heures, un air de câlinerie féline. Son état de coupeur de gants, – il s'était arrêté à la ganterie, après deux ou trois essais malheureux d'apprentissages divers, – l'habitude de travailler à la vitrine, d'être un spectacle pour les passants, avaient donné à toute sa personne un aplomb et des élégances de *poseur*. A l'atelier sur la rue, avec sa chemise blanche, sa petite cravate noire à la Colin, son pantalon serré sur les reins, il avait pris les dandinements, les prétentions de tenue, les grâces « canaille » de l'ouvrier regardé. Et de douteuses élégances, la raie au milieu de la tête, les cheveux sur les tempes, des cols de chemise rabattus lui découvrant tout le cou, la recherche des apparences et des coquetteries féminines, lui donnaient une tournure incertaine, que faisaient plus ambiguë sa figure imberbe et seulement tachée de deux petits pinceaux de moustache, ses traits sans sexe où la passion et la colère mettaient tout le mauvais d'une mauvaise petite tête de femme. Mais pour Germinie tous ces airs et ce genre de Jupillon étaient de la distinction.

Ainsi fait, n'ayant rien en lui pour aimer, incapable de se laisser attacher même par ses sens, Jupillon se trouva tout embarrassé et tout ennuyé devant cette adoration qui s'enivrait d'elle-même et dont la fureur allait toujours croissant. Germinie l'assommait. Il la trouvait ridicule dans l'humiliation, comique dans le dévouement. Il en était las, dégoûté, insupporté. Il avait assez de son amour, assez de sa personne. Et il ne tarda pas à s'en écarter, sans charité, sans pitié. Il se sauva d'elle. Il échappa à ses rendez-vous. Il prétexta des contretemps, des courses à faire, un travail pressé. Le soir, elle l'attendait, il ne venait pas; elle le croyait occupé, il était à quelque billard borgne, à quelque bal de barrière.

XVI

C'était bal à la *Boule-Noire,* un jeudi. On dansait.

La salle avait le caractère moderne des lieux de plaisir du peuple. Elle était éclatante d'une richesse fausse et d'un luxe pauvre. On y voyait des peintures et des tables de marchands de vin, des appareils de gaz dorés et des verres à boire un *poisson* d'eau-de-vie, du velours et des bancs en bois, les misères et la rusticité d'une guinguette dans le décor d'un palais de carton.

Des lambrequins de velours grenat avec un galon d'or, pendu aux fenêtres, se répétaient économiquement en peinture sous les glaces éclairées d'un bras à trois lumières. Aux murs, dans de grands panneaux blancs, des pastorales de Boucher, cerclées d'un cadre peint, alternaient avec les Saisons de Prudhon, étonnées d'être là; et sur les dessus des fenêtres et des portes, des Amours hydropiques jouaient entre cinq roses décollées d'un pot de pommade de coiffeur de banlieue. Des poteaux carrés, tachés de maigres arabesques, soutenaient le milieu de la salle, au centre de laquelle une petite tribune octogone portait l'orchestre. Une barrière de chêne à hauteur d'appui et qui servait de dossier à une maigre banquette rouge, enfermait la danse. Et contre cette barrière, en dehors, des tables peintes en vert, avec des bancs de bois se serraient sur deux rangs, et entouraient le bal avec un café.

Dans l'enceinte de la danse, sous le feu aigu et les flammes dardées du gaz, étaient toutes sortes de femmes vêtues de lainages sombres, passés, flétris, des femmes en bonnet de tulle noir, des femmes en paletot noir, des femmes en caracos élimés et râpés aux coutures, des femmes engoncées dans la palatine en fourrure des marchandes en plein vent et des boutiquières d'allées. Au milieu de cela pas un col qui encadrât la jeunesse des visages, pas un bout de jupon clair s'envolant du tourbillon de la danse, pas un réveillon de blanc dans ces femmes sombres jusqu'au bout de leurs bottines ternes, et tout habillées des couleurs de la misère. Cette absence de linge mettait dans le bal un deuil de pauvreté; elle donnait à toutes ces figures quelque chose de triste et de sale, d'éteint, de terreux, comme un vague aspect sinistre où se mêlait le retour de l'Hôpital au retour du Mont-de-piété !

Une vieille en cheveux, la raie sur le côté de la tête, passait, devant les tables, une corbeille remplie de morceaux de gâteau de Savoie et de pommes rouges. De temps en temps la danse, dans son branle et son tournoiement, montrait un bas sale, le type juif d'une vendeuse d'éponges de la rue, des doigts rouges au bout de mitaines noires, une figure bise à moustache, une sous-jupe tachée de la crotte de l'avant-veille, une crinoline d'occasion forcée et toute bossue, de l'indienne de village à fleurs, un morceau de défroque de femme entretenue.

Les hommes avaient le paletot, la petite casquette flasque rabattue par-derrière, le cache-nez de laine dénoué et pendant dans le dos. Ils invitaient les femmes en les tirant par les rubans de leurs bonnets, volant derrière elles. Quelques-uns, en chapeau, en redingotes, en chemises de couleur, avaient un air de domesticité insolente et d'écurie de grande maison.

Tout sautait et s'agitait. Les danseuses se démenaient, tortillaient, cabriolaient, animées, pataudes, et déchaînées sous le coup de fouet d'une joie bestiale. Et dans les avant-deux, l'on entendait des adresses se donner : Impasse du Dépotoir.

Ce fut là que Germinie entra, au moment où finissait le quadrille sur l'air de la *Casquette du père Bugeaud,* dans lequel les cymbales, les grelots de poste, le tambour, avaient donné à la danse l'étourdissement et la folie de leur bruit. D'un regard elle embrassa la salle, tous les hommes ramenant leurs danseuses à la place marquée par leurs casquettes : on l'avait trompée; *il* n'y était pas, elle ne le vit pas. Cependant elle attendit. Elle entra dans l'enceinte du bal, et s'assit, en tâchant de ne pas avoir l'air trop gêné, sur le bord d'une banquette. A leurs bonnets de linge, elle avait jugé que les femmes assises en file à côté d'elle étaient des domestiques comme elle : des camarades l'intimidaient moins que ces petites filles du bal, en cheveux et en filet, les mains dans les poches de leur paletot, l'œil effronté, la bouche chantonnante. Mais bientôt elle éveilla, même sur son banc, une attention malveillante. Son chapeau, – une douzaine de femmes seulement dans le bal portaient chapeau, – son jupon à dents dont le blanc passait sous sa robe, la broche d'or de son châle, firent autour d'elle une curiosité hostile. On lui jeta des regards, des sourires qui lui voulaient du mal. Toutes les femmes avaient l'air de se demander d'où sortait cette nouvelle venue, et de se dire qu'elle venait prendre les amants des autres. Des amies qui se promenaient dans la salle, nouées comme pour une valse, avec leurs mains glissées à la taille, en passant devant elle, lui faisaient baisser les yeux, puis s'éloignaient avec des haussements d'épaule, en tournant la tête.

Elle changeait de place : elle retrouvait les mêmes sourires, la même hostilité, les mêmes chuchotements. Elle alla jusqu'au fond de la salle : tous ces yeux de femmes l'y suivaient; elle se sentait enveloppée de regards de méchanceté et d'envie, depuis le bas de sa robe jusqu'aux fleurs de son chapeau. Elle était rouge. Par moments elle craignait de pleurer. Elle voulait s'en aller, mais le courage lui manquait pour traverser la salle toute seule.

Elle se mit à regarder machinalement une vieille femme faisant lentement le tour de la salle d'un pas silencieux comme le vol d'un oiseau de nuit qui tourne. Un chapeau noir, couleur de papier brûlé, enfermait ses bandeaux de cheveux grisonnants. De ses épaules d'homme, carrées et remontées, pendait un tartan écossais aux couleurs mortes. Arrivée à la porte, elle jeta un dernier regard dans la salle, et l'embrassa toute de l'œil d'un vautour qui cherche de la viande, et n'en trouve pas.

Tout à coup, on cria : c'était un garde de Paris qui jetait à la porte un petit jeune homme essayant de lui mordre les mains et se cramponnant aux tables contre lesquelles, en tombant, il faisait le bruit sec d'une chose qui se casse...

Comme Germinie détournait la tête, elle aperçut Jupillon : il était là, dans un rentrant de fenêtre, à une table verte, fumant, entre deux femmes. L'une était une grande blonde, aux cheveux de chanvre rares et frisotés, la figure plate et bête, les yeux ronds. Une chemise de flanelle rouge lui plissait au dos, et elle faisait sauter avec les deux mains les deux poches d'un tablier noir sur sa jupe marron. L'autre, petite, noireaude, toute rouge de s'être débarbouillée au savon, était encapuchonnée, avec une coquetterie de harangère, dans une capeline de tricot blanc à bordure bleue.

Jupillon avait reconnu Germinie. Quand il la vit se lever et venir à lui, les yeux fixes, il se pencha à l'oreille de la femme en capeline, et se carrant dans sa pose, les deux coudes sur la table, il attendit.

— Tiens ! te v'là, fit-il quand Germinie fut devant lui immobile, droite, muette. En voilà une, de surprise !... Garçon ! un autre saladier !

Et vidant le saladier de vin sucré dans le verre des deux femmes : — Voyons, reprit-il, ne fais pas ta tête... Mets-toi là...

Et comme Germinie ne bougeait pas : — Va donc ! C'est des dames à mes amis... demande-leur ! — Mélie, dit à l'autre femme la femme à la capeline, avec sa voix de *mauvaise gale,* tu ne vois donc pas ? C'est la mère à monsieur ! Fais y donc place à c'te dame, puisqu'elle veut bien boire avec nous...

Germinie jeta à la femme un regard d'assassin.

— Eh bien ! quoi ? reprit la femme; ça vous vexe, madame ? Excusez ! fallait prévenir... Quel âge donc qu'elle se croit, hein, Mélie ? Sapristi ! Tu les choisis jeunes, toi, tu ne te gênes pas !...

Jupillon souriait en dessous, se dandinait, ricanait en dedans. Toute sa personne laissait percer la joie lâche qu'ont les méchants à voir souffrir ceux qui souffrent de les aimer.

– J'ai à te parler... à toi... pas ici... en bas, lui dit Germinie.

– Bien de l'agrément ! Arrives-tu, Mélie ? dit la femme à la capeline en rallumant un bout de cigare éteint, oublié par Jupillon sur la table, près d'un rond de citron.

– Qu'est-ce que tu veux ? fit Jupillon remué malgré lui par l'accent de Germinie.

– Viens !

Et elle se mit à marcher devant lui. Sur son passage, on se pressait, on riait. Elle entendait des voix, des phrases, un murmure de huées.

XVII

Jupillon promit à Germinie de ne plus retourner au bal. Mais le jeune homme avait un commencement de réputation à la Brididi, dans ces bastringues de barrière, à la *Boule-Noire,* à la *Reine Blanche,* à l'*Ermitage.* Il était devenu le danseur qui fait lever les consommateurs des tables, le danseur qui suspend toute une salle à la semelle de sa botte jetée à deux pouces au-dessus de sa tête, le danseur qu'invitent et que rafraîchissent quelquefois, pour danser avec elles, les danseuses de l'endroit. Le bal pour lui n'était plus seulement le bal, c'était un théâtre, un public, une popularité, des applaudissements, le murmure flatteur de son nom dans des groupes, l'ovation d'une gloire de cancan dans le feu des quinquets.

Le dimanche, il n'alla pas à la *Boule-Noire;* mais le jeudi qui suivit ce dimanche, il y retourna; et Germinie, voyant bien qu'elle ne pouvait l'empêcher d'y aller, se décida à l'y suivre et à y rester tout le temps qu'il y restait. Assise à une table, au fond dans le coin le moins éclairé de la salle, elle le suivait et le guettait des yeux pendant toute la contredanse; et le quadrille fini, s'il tardait, elle allait le reprendre, le retirer presque de force des mains et des caresses des femmes s'obstinant à le tirailler, à le retenir par un jeu de méchanceté.

Comme bientôt on la connut, l'injure autour d'elle ne fut plus vague, sourde, lointaine, comme au premier bal. Les paroles l'attaquèrent en face, les rires lui parlèrent tout haut. Elle fut obligée de passer ses trois heures dans les risées qui la désignaient, la montraient du doigt, la nommaient, lui clouaient son âge sur la figure. Elle était à tout moment obligée d'essuyer ce mot : la vieille ! que les jeunes drôlesses lui crachaient en passant, par-dessus l'épaule. Encore celles-là la regardaient-elles; mais souvent des danseuses invitées à boire par Jupillon, amenées par lui à la table où était Germinie, buvant le saladier de vin chaud qu'elle payait, restaient accoudées, la joue sur la main, paraissant ne pas voir qu'il y avait une femme là, avançant sur sa place comme sur une place vide, et ne lui répondant pas quand elle leur parlait. Germinie eût tué ces femmes que Jupillon lui faisait régaler et qui la méprisaient tant qu'elles ne s'apercevaient pas seulement de sa présence.

Il arriva qu'à bout de souffrances, révoltée de tout ce qu'elle buvait là d'humiliations, elle eut l'idée de danser, elle aussi. Elle ne voyait que ce moyen de ne pas laisser son amant à d'autres, de le tenir toute la soirée, peut-être à l'attacher à son succès si elle avait la chance de réussir. Tout un mois elle travailla, en cachette, pour arriver à danser. Elle répéta les figures, les pas. Elle força son corps, elle sua à chercher ces coups de reins, ces tours de jupe qu'elle voyait applaudir. Au bout de cela, elle se risqua : mais tout la démonta et ajouta à sa gaucherie, le milieu hostile dans lequel elle se sentait, les sourires d'étonnement et de pitié qui avaient couru sur les lèvres lorsqu'elle avait pris place dans l'enceinte de la danse. Elle fut si ridicule et si moquée qu'elle n'eut pas le courage de recommencer. Elle se renfonça sombrement dans son coin obscur, n'en sortant que pour aller chercher et ramener Jupillon avec la muette violence d'une femme qui arrache son homme au cabaret et le remporte par le bras.

Le bruit se répandit bientôt dans la rue que Germinie allait à ces bals, qu'elle n'en manquait pas un. La fruitière, chez laquelle Adèle avait déjà bavardé, envoya son fils « pour voir; » il revint en disant que c'était vrai, et raconta toutes les misères qu'on faisait à Germinie et qui ne l'empêchaient pas de revenir. Alors il n'y eut plus de doute dans le quartier sur les relations de la domestique de mademoiselle avec Jupillon, relations que quelques âmes charitables contestaient encore. Le scandale éclata, et, en une semaine, la pauvre fille, traînée dans toutes les médisances du quartier, baptisée et saluée des plus sales noms de la langue des rues, tomba d'un coup, de l'estime la plus hautement témoignée, au mépris le plus brutalement affiché.

Jusque-là son orgueil – et il était grand – avait joui de ce respect, de cette considération qui entoure, dans les quartiers de lorettes, la domestique qui sert honnêtement une personne honnête. On l'avait habituée à des égards, à des déférences, à des attentions. Elle était à part de ses camarades. Sa probité insoupçonnable, sa conduite dont il n'y avait rien à dire, sa position de confiance chez mademoiselle, ce qui rejaillissait sur elle de l'honorabilité de sa maîtresse, faisaient que les marchands la traitaient sur un autre pied que les autres bonnes. On lui parlait la casquette à la main; on lui disait toujours : *mademoiselle Germinie.* On se dépêchait de la servir; on lui avançait l'unique chaise de la boutique pour la faire attendre. Lors même qu'elle marchandait, on restait poli avec elle, et on ne l'appelait pas *râleuse.* Les plaisanteries un peu trop vives s'arrêtaient devant elle. Elle était invitée aux grands repas, aux fêtes de famille, consultée sur les affaires.

Tout changea dès que furent connues ses relations avec Jupillon, ses assiduités à la *Boule-Noire.* Le quartier se vengea de l'avoir respectée. Les bonnes éhontées de la maison s'approchèrent d'elle comme d'une semblable. Une, dont l'amant était à Mazas, lui dit « Ma chère. » Les hommes l'abordèrent avec familiarité, la tutoyèrent du regard, du ton, du geste, de la main. Les enfants mêmes, sur le trottoir, autrefois dressés à lui faire « un beau serviteur, » se sauvèrent d'elle comme d'une personne dont on leur avait dit d'avoir peur. Elle se sentait traitée sous la main, servie à la diable. Elle ne pouvait faire un pas sans marcher dans le mépris et recevoir sa honte sur la joue.

Ce fut pour elle une horrible déchéance d'elle-même. Elle souffrit comme si on lui arrachait, lambeau à lambeau, son honneur dans le ruisseau. Mais à mesure qu'elle souffrait, elle se serrait contre son amour et se cramponnait à lui. Elle ne lui en voulait pas, elle ne lui reprochait rien. Elle s'y attachait par toutes les larmes qu'il faisait pleurer à son orgueil. Et toute repliée, resserrée sur sa faute, on la voyait dans cette rue où elle passait tout à l'heure fière et le front haut, aller furtive et fuyante, l'échine basse, le regard oblique, inquiète d'être reconnue, pressant le pas devant les boutiques qui lui balayaient leurs médisances sur les talons.

XVIII

Jupillon se plaignait sans cesse de l'ennui de travailler pour les autres, de ne pas être « à ses pièces », de ne pouvoir trouver dans la bourse de sa mère quinze ou dix-huit cents francs. Il ne demandait pas une plus grosse somme pour louer deux chambres au rez-de-chaussée et monter un petit fonds de ganterie. Et déjà il faisait ses plans et ses rêves : il s'établirait dans le quartier, quartier excellent pour son commerce, plein d'acheteuses et de gâcheuses de chevreaux à cinq francs. Aux gants, il joindrait bientôt la parfumerie, les cravates; puis avec de gros bénéfices, son fonds revendu, il irait prendre un magasin rue Richelieu.

Chaque fois qu'il parlait de cela, Germinie lui demandait mille explications. Elle voulait savoir tout ce qu'il faut pour s'établir. Elle se faisait nommer les outils, les accessoires, indiquer leurs prix, leurs débitants. Elle l'interrogeait sur son état, son travail, si curieusement, si longuement, qu'à la fin Jupillon impatienté finissait par lui dire :

— Qu'est-ce que ça te fait tout ça ? L'ouvrage m'embête déjà assez; ne m'en parle pas !

Un dimanche, elle montait avec lui vers Montmartre. Au lieu de prendre par la rue Frochot, elle prit par la rue Pigalle.

— Mais ce n'est pas par là, lui dit Jupillon. — Je sais bien, dit-elle, viens toujours.

Elle lui avait pris le bras et marchait en se détournant un peu de lui pour qu'il ne vit pas ce qui passait sur son visage. Au milieu de la rue Fontaine-Saint-Georges, elle l'arrêta brusquement devant deux fenêtres de rez-de-chaussée, et lui dit : — Tiens ! Elle tremblait de joie.

Jupillon regarda : il vit entre les deux fenêtres sur une plaque à lettres de cuivre qui brillaient :

Magasin de Ganterie
JUPILLON

Il vit des rideaux blancs à la première fenêtre. A travers les carreaux de la seconde, il aperçut des casiers, des cartons, et devant, le petit établi de son état, avec les grands ciseaux, le pot à *retailles,* et le couteau à *piquer* pour *déborder* les peaux.

— Ta clef est chez le portier, lui dit-elle.

Ils entrèrent dans la première pièce, dans le magasin.

Elle se mit à vouloir tout lui montrer. Elle lui ouvrait les cartons, et elle riait. Puis poussant la porte de l'autre chambre : — Vois-tu, tu n'étoufferas pas là comme dans la soupente de ta mère... Ça te plaît-il ? Oh ! ce n'est pas beau, mais c'est propre... Je t'aurais voulu de l'acajou... ça te plaît-il, cette descente de lit là ?... Et le papier... je n'y pensais plus... Elle lui mit dans la main une quittance de loyer. — Tiens ! c'est pour six mois... Ah ! dame, il faut que tu te mettes tout de suite à gagner de l'argent... Voilà mes quatre sous de la caisse d'épargne finis du coup... Ah ! tiens, laisse-moi m'asseoir... T'as l'air si content... ça me fait un effet... ça me tourne... je n'ai plus de jambes...

Et elle se laissa glisser sur une chaise. Jupillon se pencha sur elle pour l'embrasser.

— Ah ! oui, il n'y en a plus, lui dit-elle, en lui voyant chercher de l'œil ses boucles d'oreilles. C'est comme mes bagues... Tiens, vois-tu, plus rien...

Et elle lui montra ses mains dégarnies des pauvres bijoux qu'elle avait travaillé si longtemps à s'acheter.

— Ç'a été le fauteuil, tout ça, vois-tu... mais il est tout crin...

Et comme Jupillon restait devant elle avec l'air d'un homme embarrassé qui cherche les phrases d'un remerciement :

— Mais tu es tout drôle... Qu'est-ce que tu as ?... Ah ! c'est pour ça ?... Et elle lui montra la chambre. — T'es bête !... je t'aime, n'est-ce pas ? Eh bien ?

Germinie dit cela simplement, comme le cœur dit les choses sublimes.

XIX

Elle devint enceinte.

D'abord elle douta, elle n'osait le croire. Puis, quand elle fut certaine d'être grosse, une immense joie la remplit, une joie qui lui noya l'âme. Son bonheur fut si grand et si fort qu'il étouffa d'un seul coup les angoisses, les craintes, le tremblement de pensées qui se mêle d'ordinaire à la maternité des femmes non mariées et leur empoisonne l'attente de l'enfantement, la divine espérance vivante et remuante en elles. L'idée du scandale de sa liaison découverte, de l'éclat de sa faute dans le quartier, l'idée de cette chose abominable qui l'avait fait toujours penser au suicide : le déshonneur, même la peur de se voir découverte par mademoiselle, d'être chassée par elle, rien de tout cela ne put toucher à sa félicité. Comme si elle l'eût déjà soulevé dans ses bras devant elle, l'enfant qu'elle attendait ne lui laissait rien voir que lui; et se cachant à peine, elle portait presque fièrement, sous les regards de la rue, sa honte de femme dans l'orgueil et le rayonnement de la mère qu'elle allait être.

Elle se désolait seulement d'avoir dépensé toutes ses économies, d'être sans argent et en avance de plusieurs mois sur ses gages avec sa maîtresse. Elle regrettait amèrement d'être pauvre pour recevoir son enfant. Souvent en passant rue Saint-Lazare, elle s'arrêtait devant un magasin de blanc à l'étalage duquel étaient exposées des layettes d'enfants riches. Elle dévorait des yeux tout ce joli linge ouvragé et coquet, les bavettes de piqué, la longue robe à courte taille garnie de broderies anglaises, toute cette toilette de chérubin et de poupée. Une terrible envie, l'envie d'une femme grosse, la prenait de briser la glace et de voler tout cela : derrière l'échafaudage de l'étalage, les commis habitués à la voir stationner se la montraient en riant.

Puis encore par instants, dans ce bonheur qui l'inondait, dans ce ravissement de joie qui soulevait tout son être, une inquiétude la traversait. Elle se demandait comment le père accepterait son enfant. Deux ou trois fois, elle avait voulu lui annoncer sa grossesse, et n'avait pas osé. Enfin un jour, lui voyant la figure qu'elle attendait depuis si longtemps pour lui tout dire, une figure où il y avait un peu de tendresse, elle lui avoua, en rougissant, et comme en lui demandant pardon, ce qui la rendait si heureuse. – En voilà une idée ! fit Jupillon.

Puis, quand elle l'eut assuré que ce n'était pas une idée, qu'elle était positivement grosse de cinq mois : – De la chance ! reprit le jeune homme. – Merci ! et il jura. – Veux-tu me dire un peu qu'est-ce qui lui donnera la becquée, à ce moineau-là ?

– Oh ! sois tranquille !... il ne pâtira pas, ça me regarde... Et puis ça sera si gentil !... N'aie pas peur, on ne saura rien... Je m'arrangerai... Tiens ! les derniers jours, je marcherai comme ça, la tête en arrière... je ne porterai plus de jupons... je me serrerai, tu verras !... On ne s'apercevra de rien, je te dis... Un petit enfant, à nous deux, songe donc !

– Enfin puisque ça y est, ça y est, n'est-ce pas ? fit le jeune homme.

– Dis donc, hasarda timidement Germinie, si tu le disais à ta mère ?

— A m'man ?... Ah ! non, par exemple... Il faut que tu accouches... Ensuite de ça, nous apporterons le moutard à la maison... Ça lui donnera un coup, et peut-être qu'elle nous lâchera son consentement.

XX

Le jour des Rois arriva. C'était le jour d'un grand dîner donné régulièrement chaque année par Mlle de Varandeuil. Elle invitait ce jour-là tous les enfants de sa famille, ou de ses amitiés, petits ou grands. A peine si le petit appartement pouvait les contenir. On était obligé de mettre une partie des meubles sur le carré. Et l'on dressait une table dans chacune des deux pièces qui formaient tout l'appartement de mademoiselle. Pour les enfants, ce jour était une grande joie qu'ils se promettaient huit jours d'avance. Ils montaient en courant l'escalier, derrière les garçons pâtissiers. A table, ils mangeaient trop sans être grondés. Le soir ils ne voulaient pas se coucher, grimpaient sur les chaises, et faisaient un tapage qui donnait toujours à Mlle de Varandeuil une migraine le lendemain; mais elle ne leur en voulait pas : elle avait eu les bonheurs d'une fête de grand'mère à les entendre, à les voir, à leur nouer par-derrière la serviette blanche qui les faisait paraître si roses. Et pour rien au monde elle n'eût manqué de donner ce dîner, qui remplissait son appartement de vieille fille de toutes ces petites têtes blondes de petits diables, et y mettait en un jour du bruit, de la jeunesse et des rires pour un an.

Germinie était en train de faire ce dîner. Elle fouettait une crème dans une terrine sur ses genoux, quand tout à coup elle sentit les premières douleurs. Elle se regarda dans le bout de glace cassée qu'elle avait au-dessus de son buffet de cuisine : elle se vit pâle. Elle descendit chez Adèle : – Donne-moi le rouge à ta maîtresse, lui dit-elle. Et elle s'en mit sur les joues. Puis elle remonta, et ne voulant pas s'écouter souffrir, elle finit son dîner. Il fallait le servir, elle le servit. Au dessert, pour donner des assiettes, elle s'appuyait aux meubles, se retenait au dossier des chaises, cachant sa torture avec l'horrible sourire crispé des gens dont les entrailles se tordent.

– Ah ! çà, tu es malade ?... lui dit sa maîtresse en la regardant.

– Oui, mademoiselle, un peu... c'est peut-être le charbon, la cuisine...

– Allons, va te coucher... on n'a plus besoin de toi, tu desserviras demain.

Elle redescendit chez Adèle.

– Ça y est, lui dit-elle, vite un fiacre... C'est rue de la Huchette, que tu m'as dit, en face d'un planeur de cuivre, ta sage-femme, n'est-ce pas ? Tu n'as pas une plume, du papier ?

Et elle se mit à écrire un mot pour sa maîtresse. Elle lui disait qu'elle était trop souffrante, qu'elle allait à l'hôpital, qu'elle ne lui disait pas où, parce qu'elle se fatiguerait à venir la voir, que dans huit jours, elle serait revenue.

– Voilà ! fit Adèle essoufflée en lui donnant le numéro du fiacre.

– Je peux y rester... lui dit Germinie, pas un mot à mademoiselle... Voilà tout... Jure-moi, pas un mot !

Elle descendait l'escalier, lorsqu'elle rencontra Jupillon :

– Tiens ! fit-il, où vas-tu ? tu sors ?

– Je vais accoucher... Ça m'a pris dans la journée... Il y avait un grand dîner... Ah ! ç'a été dur !.... Pourquoi viens-tu ? Je t'avais dit de ne jamais venir, je ne veux pas !

– C'est que... je vais te dire... dans ce moment-ci j'ai absolument besoin de quarante francs. Mais là, vrai, absolument besoin.

– Quarante francs ! Mais je n'ai que juste pour la sage-femme...

– C'est embêtant... voilà ! Que veux-tu ? Et il lui donna le bras pour l'aider à descendre. – Cristi ! je vais avoir du mal à les avoir tout de même.

Il avait ouvert la portière de la voiture : – Où faut-il qu'il te mène ?

– A la Bourbe... lui dit Germinie. Et elle lui glissa les quarante francs dans la main.

– Laisse donc, fit Jupillon.

– Ah ! va... là ou autre part ! Et puis j'ai encore sept francs.

Le fiacre partit.

Jupillon resta un moment immobile sur le trottoir, regardant les deux napoléons dans sa main. Puis il se mit à courir après le fiacre, et, l'arrêtant, il dit à Germinie par la portière :

– Au moins, je vais te conduire ?

– Non, je souffre trop... J'aime mieux être seule, lui répondit Germinie, en se tortillant sur les coussins du fiacre.

Au bout d'une éternelle demi-heure, le fiacre s'arrêta rue de Port-Royal, devant une porte noire surmontée d'une lanterne violette qui annonçait aux étudiants en médecine de passage dans la rue qu'il y avait, cette nuit-là et dans ce moment-là, la curiosité et l'intérêt d'un accouchement laborieux à la Maternité.

Le cocher descendit de son siège et sonna. Le concierge, aidé d'une fille de salle, prenant Germinie sous les bras, la monta à l'un des quatre lits de la salle d'accouchement. Une fois dans le lit, ses douleurs se calmèrent un peu. Elle regarda autour d'elle, vit les autres lits vides, et au fond de l'immense pièce, une grande cheminée de campagne flambante d'un grand feu devant lequel, accrochés à une barre de fer, séchaient des langes, des draps, des alèses.

Une demi-heure après, Germinie accouchait; elle mit au monde une petite fille. On roula son lit dans une autre salle. Elle était là depuis plusieurs heures, abîmée dans ce doux affaissement de la délivrance qui suit les épouvantables déchirements de l'enfantement, tout heureuse et tout étonnée de vivre encore, nageant dans le soulagement et profondément pénétrée du vague bonheur d'avoir créé. Tout à coup, un cri : — Je me meurs ! lui fit regarder à côté d'elle : elle vit une de ses voisines jeter ses bras autour du cou d'une élève sage-femme de garde, retomber presque aussitôt, remuer un instant sous les draps, puis ne plus bouger. Presque au même instant, d'un lit à côté, il s'éleva un autre cri horrible, perçant, terrifié, le cri de quelqu'un qui voit la mort : c'était une femme qui appelait avec des mains désespérées la jeune élève; l'élève accourut, se pencha, et tomba raide évanouie par terre.

Alors le silence revint; mais entre ces deux mortes

et cette demi-morte que le froid du carreau mit plus d'une heure à faire revenir, Germinie et les autres femmes encore vivantes dans la salle restèrent sans même oser tirer la sonnette d'appel et de secours pendue dans chaque lit.

Il y avait alors à la Maternité une de ces terribles épidémies puerpérales qui soufflent la mort sur la fécondité humaine, un de ces empoisonnements de l'air qui vident, en courant, par rangées, les lits des accouchées, et qui autrefois faisaient fermer la Clinique : on croirait voir passer la peste, une peste qui noircit les visages en quelques heures, enlève tout, emporte les plus fortes, les plus jeunes, une peste qui sort des berceaux, la Peste noire des mères ! C'était tout autour de Germinie, à toute heure, la nuit surtout, des morts telles qu'en fait la fièvre de lait, des morts qui semblaient violer la nature, des morts tourmentées, furieuses de cris, troublées d'hallucination et de délire, des agonies auxquelles il fallait mettre la camisole de force de la folie, des agonies qui s'élançaient tout à coup, hors d'un lit, en emportant les draps, et faisaient frissonner toute la salle de l'idée de voir revenir les mortes de l'amphithéâtre ! La vie s'en allait là comme arrachée du corps. La maladie même y avait une forme d'horreur et une monstruosité d'apparence. Dans les lits, aux lueurs des lampes, les draps se soulevaient vaguement et horriblement, au milieu, sous les enflures de la péritonite.

Pendant cinq jours, Germinie, pelotonnée et se ramassant dans son lit, fermant comme elle pouvait les yeux et les oreilles, eut la force de combattre toutes ces terreurs et de n'y céder que par moments. Elle voulait vivre et elle se rattachait à ses forces par la pensée de son enfant, par le souvenir de mademoiselle. Mais le sixième jour, elle fut à bout d'énergie, son courage l'abandonna. Un froid lui passa dans l'âme. Elle se dit que tout était fini. Cette main que la mort vous pose sur l'épaule, le pressentiment de mourir, la touchait déjà. Elle sentait cette première atteinte de l'épidémie, la croyance de lui appartenir et l'impression d'en être déjà à demi possédée. Sans se résigner, elle s'abandonnait. A peine si sa vie, vaincue d'avance, faisait encore l'effort de se débattre. Elle en était là, lorsqu'une tête se pencha, comme une lumière, sur son lit.

C'était la tête de la plus jeune des élèves, une tête blonde, aux grands cheveux d'or, aux yeux bleus si doux que les mourantes voyaient le ciel s'y ouvrir. En l'apercevant, les femmes dans le délire disaient : – Tiens ! la sainte Vierge !

– Mon enfant, dit l'élève à Germinie, vous allez demander tout de suite votre permis. Il faut vous en aller. Vous vous mettrez bien chaudement. Vous vous garnirez bien... Aussitôt que vous serez chez vous couchée, vous prendrez quelque chose de bouillant, de la tisane, du tilleul... Vous tâcherez de suer.... Comme ça, vous n'aurez pas de mal... Mais allez-vous-en... Ici, cette nuit, fit-elle en promenant son regard sur les lits, il ne ferait pas bon pour vous... Ne dites pas que c'est moi qui vous fais partir : vous me feriez mettre à la porte...

XXI

Germinie se rétablit en quelques jours. La joie et l'orgueil d'avoir donné le jour à une petite créature où sa chair était mêlée à la chair de l'homme qu'elle aimait, le bonheur d'être mère, la sauvèrent des suites d'une couche mal soignée. Elle revint à la santé, et elle eut à vivre un air de plaisir que sa maîtresse ne lui avait jamais vu.

Tous les dimanches, quelque temps qu'il fît, elle s'en allait sur les onze heures : mademoiselle croyait qu'elle allait voir une amie à la campagne, et elle était enchantée du bien que faisaient à sa bonne ces journées au grand air. Germinie prenait Jupillon qui se laissait emmener sans trop rechigner, et ils partaient pour Pommeuse où était l'enfant, et où les attendait un bon déjeuner commandé par la mère. Une fois dans le wagon du chemin de fer de Mulhouse, Germinie ne parlait plus, ne répondait plus. Penchée à la portière, elle semblait avoir toutes ses pensées devant elle. Elle regardait, comme si son désir voulait dépasser la vapeur. Le train à peine arrêté, elle sautait, jetait son billet à l'homme des billets, et courait dans le chemin de Pommeuse, laissant Jupillon derrière elle. Elle approchait, elle arrivait, elle y était : c'était là ! Elle fondait sur son enfant, l'enlevait des bras de la nourrice avec des mains jalouses, — des mains de mère ! — le pressait, le serrait, l'embrassait, le dévorait de baisers, de regards, de rires ! Elle l'admirait un instant, puis égarée, bienheureuse, folle d'amour, le couvrait jusqu'au bout de ses petits pieds nus des tendresses de sa bouche. On déjeunait. Elle s'attablait, l'enfant sur ses genoux, et ne mangeait pas : elle l'avait tant embrassé qu'elle ne l'avait pas encore vu, et elle se mettait à chercher, à détailler la ressemblance de la petite avec eux deux. Un trait était à lui, un autre à elle : — C'est ton nez... c'est mes yeux... Elle aura les cheveux comme les tiens avec le temps... Ils friseront !... Vois-tu, voilà tes mains... c'est tout toi... Et c'était pendant des heures ce radotage intarissable et charmant des femmes qui veulent faire à un homme la part de leur fille. Jupillon se prêtait à tout cela sans trop d'impatience, grâce à des cigares à trois sous que Germinie tirait de sa poche et qu'elle lui donnait un à un. Puis il avait trouvé une distraction : au bout du jardin passait le Morin. Jupillon était parisien : il aimait la pêche à la ligne.

Et l'été venu, ils se tenaient là toute la journée, au fond du jardin, au bord de l'eau, Jupillon sur une planche à laver jetée sur deux piquets, sa ligne à la main, Germinie, son enfant dans sa jupe, assise par terre sous le néflier penché sur la rivière. Le jour étincelait; le soleil brûlait la grande eau courante d'où se levaient des éclairs de miroir. C'était comme une joie de feu du ciel et de la rivière, au milieu de laquelle Germinie tenait sa fille debout et la faisait piétiner sur elle, nue et rose, avec sa brassière écourtée, la peau tremblante de soleil par places, la chair frappée de rayons comme de la chair d'ange qu'elle avait vue dans les tableaux. Elle ressentait de divines douceurs, quand la petite avec ces mains tâtillonnantes des enfants qui ne parlent pas encore, lui touchait le menton, la bouche, les joues, s'obstinait à lui mettre les doigts dans les yeux, les arrêtait, en jouant, sur son regard, et promenait sur tout son visage le chatouillement et le tourment de ces chères petites menottes qui semblent chercher à l'aveuglette la face d'une mère; c'était comme si la vie et la chaleur de son enfant lui erraient sur la figure. De temps en temps, envoyant par-dessus la tête de la petite la moitié de son sourire à Jupillon, elle lui criait : – Mais regarde-la donc !

Puis, l'enfant s'endormait avec cette bouche ouverte qui rit au sommeil. Germinie se penchait sur son souffle; elle écoutait son repos. Et peu à peu bercée à cette respiration d'enfant, elle s'oubliait délicieusement à regarder ce pauvre lieu de son bonheur, le jardin agreste, les pommiers aux feuilles garnies de petits escargots jaunes, aux pommes rosées du côté du midi, les *rames* où s'enroulaient, au pied, tordues et grillées, les tiges de pois, le carré de choux, les quatre tournesols dans le petit rond au milieu de l'allée; puis, tout près d'elle, au bord de la rivière, les places d'herbe remplies de *foirolle,* les têtes blanches des orties contre le mur, les boîtes de laveuses et les bouteilles d'eau de lessive, la botte de paille éparpillée par la folie d'un jeune chien sortant de l'eau. Elle regardait et rêvait. Elle songeait au passé, en ayant son avenir sur les genoux. De l'herbe, des arbres, de la rivière qui étaient là, elle refaisait, avec le souvenir, le rustique jardin de sa rustique enfance. Elle revoyait les deux pierres descendant à l'eau où sa mère, avant de la coucher, l'été, lui lavait les pieds quand elle était toute petite...

– Dites donc, père Remalard, dit, par une des plus chaudes journées d'août, Jupillon, posté sur sa planche, au bonhomme qui le regardait, – savez-vous que ça ne pique pas pour un liard avec le ver rouge ?

– Y faudrait de l'asticot, dit sentencieusement le paysan.

– Eh bien ! on se payera de l'asticot ! Père Remalard, faut avoir un mou de veau jeudi, vous m'accrocherez ça dans c't arbre... et dimanche nous verrons bien.

Le dimanche, Jupillon fit une pêche miraculeuse, et Germinie entendit la première syllabe sortir de la bouche de sa fille.

XXII

Le mercredi matin, en descendant, Germinie trouva une lettre pour elle. Dans cette lettre, écrite au revers d'une quittance de blanchisseur, la femme Remalard lui disait que son enfant était tombée malade presque aussitôt qu'elle était partie; que depuis elle allait toujours plus mal; qu'elle avait consulté le docteur; qu'il lui avait parlé d'une mauvaise mouche qui avait piqué la petite; qu'elle avait été la faire voir une seconde fois; qu'elle ne savait plus que faire; qu'elle avait fait faire des pèlerinages pour elle. La lettre finissait : « Si vous voyiez comme j'ai de l'embarras pour votre petite... si vous voyiez comme elle est gentille quand elle n'endure pas le mal ! »

Cette lettre fit à Germinie l'effet d'un grand coup qui vous pousse en avant. Elle sortit et se dirigea machinalement du côté du chemin de fer qui menait chez sa petite. Elle était en cheveux et en pantoufles; mais elle n'y songeait pas. Il fallait qu'elle vît son enfant, qu'elle le vît tout de suite. Après, elle reviendrait. Elle pensa un moment au déjeuner de mademoiselle, puis l'oublia. Tout à coup, à mi-chemin dans la rue, elle vit l'heure à l'horloge d'un bureau de fiacres : elle se rappela qu'il n'y avait point de départ à cette heure-là. Elle retourna sur ses pas, se dit qu'elle allait bâcler le déjeuner, puis qu'elle trouverait un prétexte pour être libre le reste de la journée. Mais le déjeuner servi, elle ne trouva rien : elle avait la tête si pleine de son enfant qu'elle ne put inventer un mensonge; son imagination était stupide. Et puis, si elle avait parlé, demandé, elle aurait éclaté; elle se sentait sur les lèvres : C'est pour voir ma petite ! La nuit, elle n'osa se sauver; mademoiselle avait été un peu souffrante la nuit précédente : elle avait peur qu'elle n'eût besoin d'elle.

Le lendemain, quand elle entra chez mademoiselle avec une histoire imaginée la nuit, toute prête à lui demander à sortir, mademoiselle lui dit, en lisant la lettre qu'elle lui avait remontée de chez le portier : — Ah ! c'est ma vieille de Belleuse qui a besoin de toi toute la journée pour l'aider à ses confitures... Allons, mes deux œufs, en poste, et décampe... Hein, quoi, ça te chiffonne ?... Qu'est-ce qu'il y a ?

— Moi ?... mais pas du tout, eut la force de dire Germinie.

Tout ce long jour, elle le passa au feu des bassines, au ficèlement des pots, dans la torture des gens que la vie cloue loin du mal de ceux qu'ils aiment. Elle eut le déchirement des malheureux qui ne peuvent aller où sont leurs inquiétudes, et creusant jusqu'au fond le désespoir de l'éloignement et de l'incertitude, se figurent à toute minute qu'on va mourir sans eux.

En ne trouvant pas de lettre le jeudi soir, pas de lettre le vendredi matin, elle se rassura. Si la petite allait plus mal, la nourrice lui aurait écrit. La petite allait mieux; elle se la figurait sauvée, guérie. Cela manque toujours de mourir, et cela reprend si vite, les enfants ! Et puis la sienne était forte. Elle se décida à attendre, à patienter jusqu'au dimanche dont elle n'était plus séparée que par quarante-huit heures, trompant le reste de ses craintes avec les superstitions qui disent oui à l'espérance, se persuadant que sa fille était « réchappée », parce que le matin la première personne qu'elle avait rencontrée était un homme, parce qu'elle avait vu dans la rue un cheval rouge, parce qu'elle avait deviné qu'un passant tournerait à telle rue, parce qu'elle avait remonté un étage en tant d'enjambées.

Le samedi, dans la matinée, en entrant chez la mère Jupillon, elle la trouva en train de pleurer de grosses larmes sur une motte de beurre qu'elle recouvrait d'un linge mouillé.

— Ah ! c'est vous, fit la mère Jupillon. Cette pauvre charbonnière !... J'en pleure, tenez ! Elle sort d'ici... C'est que vous ne savez pas... Ils ne peuvent se faire la figure propre dans leur état qu'avec du beurre... Et voilà que son amour de petite fille... Elle est à la mort, vous savez ce chéri d'enfant... Ce que c'est que de nous ! Ah ! mon Dieu, oui... Eh bien ! elle lui a dit comme ça tout à l'heure : Maman, je veux que tu me débarbouilles au beurre, tout de suite... pour le bon Dieu... Hi ! hi !

Et la mère Jupillon se mit à sangloter.

Germinie s'était sauvée. De la journée elle ne put tenir en place. A tout moment, elle montait dans sa chambre préparer les petites affaires qu'elle voulait apporter à sa petite le lendemain, pour la mettre « blanchement », lui faire une petite toilette de ressuscitée. Comme elle redescendait le soir pour aller coucher mademoiselle, Adèle lui remit une lettre qu'elle avait trouvée pour elle en bas.

XXIII

Mademoiselle avait commencé à se déshabiller, quand Germinie entra dans sa chambre, fit quelques pas, se laissa tomber sur une chaise, et presque aussitôt, après deux ou trois soupirs, longs, profonds, arrachés et douloureux, mademoiselle la vit, se renversant et se tordant, rouler à bas de la chaise et tomber à terre. Elle voulut la relever; mais Germinie était agitée de mouvements convulsifs si violents que la vieille femme fut obligée de laisser retomber sur le parquet ce corps furieux dont tous les membres contractés et ramassés un moment sur eux-mêmes se lançaient à droite, à gauche, au hasard, partaient avec le bruit sec de la détente d'un ressort, jetaient à bas tout ce qu'ils cognaient. Aux cris de mademoiselle sur le carré, une bonne courut chez un médecin d'à côté qu'elle ne trouva pas; quatre autres femmes de la maison aidèrent mademoiselle à enlever Germinie et à la porter sur le lit de sa chambre, où on l'étendit, après lui avoir coupé les lacets de son corset.

Les terribles secousses, les détentes nerveuses des membres, les craquements de tendons avaient cessé; mais sur le cou, sur la poitrine que découvrait la robe dégrafée, passaient des mouvements ondulatoires pareils à des vagues levées sous la peau et que l'on voyait courir jusqu'aux pieds, dans un frémissement de jupe. La tête renversée, la figure rouge, les yeux pleins d'une tendresse triste, de cette angoisse douce qu'ont les yeux des blessés, de grosses veines se dessinant sous le menton, haletante et ne répondant pas aux questions, Germinie portait les deux mains à sa gorge, à son cou, et les égratignait; elle semblait vouloir arracher de là la sensation de quelque chose montant et descendant au dedans d'elle. Vainement on lui faisait respirer de l'éther, boire de l'eau de fleur d'oranger : les ondes de douleur qui passaient dans son corps continuaient à le parcourir; et dans son visage persistait cette même expression de douceur mélancolique et d'anxiété sentimentale qui semblait mettre une souffrance d'âme sur la souffrance de chair de tous ses traits. Longtemps, tout parut blesser ses sens et les affecter douloureusement, l'éclat de la lumière, le bruit des voix, le parfum des choses. Enfin, au bout d'une heure, tout à coup des pleurs, un déluge s'échappant de ses yeux, emportait la terrible crise. Ce ne fut plus qu'un tressaillement de loin en loin, dans ce corps accablé, bientôt apaisé par la lassitude, par un brisement général. Il fallut porter Germinie dans sa chambre.

La lettre que lui avait remise Adèle, était la nouvelle de la mort de sa fille.

XXIV

A la suite de cette crise, Germinie tomba dans un abrutissement de douleur. Pendant des mois, elle resta insensible à tout; pendant des mois, envahie et remplie tout entière par la pensée du petit être qui n'était plus, elle porta dans ses entrailles la mort de son enfant comme elle avait porté sa vie. Tous les soirs, quand elle remontait dans sa chambre, elle tirait de la malle placée au pied de son lit le béguin et la brassière de sa pauvre chérie. Elle les regardait, elle les touchait; elle les étendait sur sa couverture; elle restait des heures à pleurer dessus, à les baiser, à leur parler, à leur dire les mots qui font causer le chagrin d'une mère avec l'ombre d'une petite fille.

Pleurant sa fille, la malheureuse se pleurait elle-même. Une voix lui murmurait que, cet enfant vivant, elle était sauvée; que cet enfant à aimer, c'était sa Providence; que tout ce qu'elle redoutait d'elle-même irait sur cette tête et s'y sanctifierait, ses tendresses, ses élancements, ses ardeurs, tous les feux de sa nature. Il lui semblait sentir d'avance son cœur de mère apaiser et purifier son cœur de femme. Dans sa fille, elle voyait je ne sais quoi de céleste qui la rachèterait et la guérirait, comme un petit ange de la délivrance, sorti de ses fautes pour la disputer et la reprendre aux influences mauvaises qui la poursuivaient et dont elle se croyait parfois possédée.

Quand elle commença à sortir de ce premier anéantissement de son désespoir, quand, la perception de la vie et la sensation des choses lui revenant, elle regarda autour d'elle avec des yeux qui voyaient, elle fut réveillée de sa douleur par une amertume aiguë.

Devenue trop grosse, trop lourde pour le service de sa crémerie, et trouvant qu'elle avait encore trop à faire malgré tout ce que faisait Germinie, Mme Jupillon avait fait venir pour l'aider une nièce de son pays. C'était la jeunesse de la campagne que cette petite, une femme où il y avait encore de l'enfant, vive et vivace, les yeux noirs et pleins de soleil, les lèvres comme une chair de cerise, pleines, rondes et rouges, l'été de son pays dans le teint, la chaleur de la santé dans son sang. Ardente et naïve, la jeune fille était allée, aux premiers jours, vers son cousin, simplement, naturellement, par cette pente d'un même âge qui fait chercher la jeunesse à la jeunesse. Elle s'était jetée au-devant de lui avec l'impudeur de l'innocence, une effronterie candide, les libertés qu'apprennent les champs, la folie heureuse d'une riche nature, toutes sortes d'audaces, d'ignorances, d'ingénuités hardies et de coquetteries rustiques contre lesquelles la vanité de son cousin n'avait point su se défendre. A côté de cet enfant, Germinie n'eut plus de repos. La jeune fille la blessait à toutes les minutes, par sa présence, son contact, ses caresses, tout ce qui avouait l'amour dans son corps amoureux. L'occupation qu'elle avait de Jupillon, le service qui l'approchait de lui, les émerveillements de provinciale qu'elle lui montrait, les demi-confidences qu'elle laissait venir à ses lèvres, le jeune homme sorti, sa gaîté, ses plaisanteries, sa bonne humeur bien portante, tout exaspérait Germinie, tout soulevait en elle de sourdes colères; tout blessait ce cœur entier et si jaloux que les animaux mêmes le faisaient souffrir en paraissant aimer quelqu'un qu'il aimait.

Elle n'osait parler à la mère Jupillon, lui dénoncer la petite, de peur de se trahir; mais toutes les fois qu'elle se trouvait seule avec Jupillon, elle éclatait en récriminations, en plaintes, en querelles. Elle lui rappelait une circonstance, un mot, quelque chose qu'il avait fait, dit, répondu, un rien oublié par lui, et qui saignait toujours en elle. – Es-tu folle ? lui disait Jupillon, une gamine !... – Une gamine, ça ?... laisse donc ! qu'elle a des yeux que tous les hommes la regardent dans la rue !... L'autre jour je suis sortie avec elle... j'étais honteuse... Je ne sais pas comment elle a fait, nous avons été suivies tout le temps par un monsieur... – Eh bien ! qu'est-ce qu'il y a ? Elle est jolie, voilà ! – Jolie ! jolie ! Et sur ce mot Germinie se jetait, comme à coups de griffes, sur la figure de la jeune fille, et la déchirait en paroles enragées.

Souvent elle finissait par dire à Jupillon : – Tiens ! tu l'aimes ! – Eh bien ! après ? répondait Jupillon auquel ne déplaisaient pas ces disputes, la vue et le jeu de cette colère qu'il piquait avec des taquineries, l'amusement de cette femme qu'il voyait, sous ses sarcasmes et son sang-froid, perdre à demi la raison, s'égarer, trébucher dans un commencement de folie, donner de la tête contre les murs.

A la suite de ces scènes qui se répétaient, revenaient presque chaque jour, une révolution se faisait dans ce caractère mobile, extrême et sans milieu, dans cette âme où les violences se touchaient. Longuement empoisonné, l'amour se décomposait et se tournait en haine. Germinie se mettait à détester son amant, à chercher tout ce qui pouvait le lui faire détester davantage. Et sa pensée revenant à sa fille, à la perte de son enfant, à la cause de sa mort, elle se persuadait que c'était lui qui l'avait tuée. Elle lui voyait des mains d'assassin. Elle le prenait en horreur, elle s'éloignait, se sauvait de lui comme de la malédiction de sa vie, avec l'épouvante qu'on a de quelqu'un qui est votre Malheur !

XXV

Un matin, après une nuit où elle avait retourné en elle toutes ses idées de désolation et de haine, entrant chez la crémière prendre ses quatre sous de lait, Germinie trouva dans l'arrière-boutique deux ou trois bonnes de la rue qui « tuaient le ver ». Attablées, elles sirotaient des cancans et des liqueurs.

— Tiens ! dit Adèle, en frappant de son verre contre la table, te v'là déjà, mademoiselle de Varandeuil ?

— Qu'est-ce que c'est que ça ? fit Germinie en prenant le verre d'Adèle. J'en veux...

— T'as si soif que ça à ce matin ?... De l'eau-de-vie et de l'absinthe, rien que ça !... le *mélo* de mon *piou,* tu sais bien ? le militaire... il ne buvait que ça... C'est raide, hein ?

— Ah ! oui, dit Germinie avec le mouvement de lèvres et le plissement d'yeux d'un enfant auquel on donne un verre de liqueur au dessert d'un grand dîner.

— C'est bon tout de même... — Son cœur se levait. — Madame Jupillon... la bouteille par ici... je paye.

Et elle jeta de l'argent sur la table. Au bout de trois verres, elle cria : — Je suis *paf* ! Et elle partit d'un éclat de rire.

Mlle de Varandeuil avait été ce matin-là toucher son petit semestre de rentes. Quand elle rentra à onze heures, elle sonna une fois, deux fois : rien ne vint. Ah ! se dit-elle, elle sera descendue. Elle ouvrit avec sa clef, alla à sa chambre, entra : les matelas et les draps de son lit en train d'être fait retombaient jetés sur deux chaises; et Germinie était étendue en travers de la paillasse, dormant inerte, comme une masse, dans l'avachissement d'une soudaine léthargie.

Au bruit de mademoiselle, Germinie se releva d'un bond, passa sa main sur ses yeux : — Hein ? fit-elle, comme si on l'appelait; son regard rêvait.

— Qu'est-ce qu'il y a ? fit Mlle de Varandeuil effrayée. Tu es tombée ? As-tu quelque chose ?

— Moi ! non, répondit Germinie, j'ai dormi... Quelle heure est-il ? Ce n'est rien... Ah ! c'est bête...

Et elle se mit à fourrager la paillasse en tournant le dos à sa maîtresse pour lui cacher le rouge de la boisson sur son visage.

XXVI

Un dimanche matin, Jupillon s'habillait dans la chambre que lui avait meublée Germinie. Sa mère assise le contemplait avec cet ébahissement d'orgueil qu'ont les yeux des mères du peuple devant un fils qui se met en *monsieur.* — C'est que t'es mis comme le jeune homme du premier ! lui dit-elle. On dirait son paletot... C'est pas pour dire, mais le riche te va joliment, à toi...

Jupillon, en train de faire le nœud de sa cravate, ne répondit pas.

— Tu vas en faire, de ces malheureuses ! reprit la mère Jupillon, et donnant à sa voix un ton d'insinuation caressante : — Dis donc, bibi, que je te dise, grand mauvais sujet : les jeunesses qui fautent, tant pis pour elles ! ça les regarde, c'est leur affaire... Tu es un homme, n'est-ce pas ?... t'as l'âge, t'as le physique, t'as tout... Moi je peux pas toujours te tenir à l'attache... Alors, que je m'ai dit, autant l'une que l'autre... Va pour celle-là... Et j'ai fait celle qui ne voit rien... Eh bien ! oui, pour Germinie... Comme t'avais là ton agrément... Ça t'empêchait de manger ton argent avec de mauvaises femmes... et puis je n'y voyais pas d'inconvénients à cette fille, jusqu'à maintenant... Mais c'est plus ça à c't'heure... Ils font des histoires dans le quartier... un tas d'horreurs qu'ils disent sur nous... Des vipères, quoi !... Tout ça, nous sommes au-dessus, je sais bien... Quand on a été honnête toute sa vie, Dieu merci !... Mais on ne sait jamais ce qui retourne : mademoiselle n'aurait qu'à mettre le nez dans les affaires de sa bonne... Moi d'abord la justice, rien que l'idée, ça me retourne les sens... Qu'est-ce que tu dis de ça, hein, bibi ?

— Dame, maman... ce que tu voudras.

— Ah ! je savais bien que tu l'aimais, ta bonne chérie de maman ! fit en l'embrassant la monstrueuse femme. — Eh bien ! invite-la à dîner ce soir... Tu monteras deux bouteilles de notre Lunel... du deux francs... de celui qui tape... et qu'elle vienne sûr... Fais-lui des yeux... Qu'elle croie que c'est aujourd'hui le grand jour... Mets tes beaux gants : tu seras plus révérend...

Le soir Germinie arriva sur les sept heures, tout heureuse, toute gaie, tout espérante, la tête remplie de rêves par l'air de mystère mis par Jupillon à l'invitation de sa mère. L'on dîna, l'on but, l'on rit. La mère Jupillon commença à laisser tomber des regards émus, mouillés, noyés sur le couple assis en face d'elle. Au café, elle dit, comme pour rester seule avec Germinie :

— Bibi, tu sais que tu as une course à faire ce soir...

Jupillon sortit. Mme Jupillon, tout en prenant son café à petites gorgées, tourna alors vers Germinie le visage d'une mère qui demande le secret d'une fille, et enveloppe d'avance sa confession du pardon de ses indulgences. Un instant, les deux femmes restèrent ainsi, silencieuses, l'une attendant que l'autre parlât, l'autre ayant le cri de son cœur au bord de ses lèvres. Tout à coup Germinie s'élança de sa chaise et se précipita dans les bras de la grosse femme : — Si vous saviez, Mme Jupillon !...

Elle parlait, pleurait, embrassait. — Oh ! vous ne m'en voudrez pas !... Eh bien ! oui, je l'aime... j'en ai eu un enfant... C'est vrai, je l'aime... Voilà trois ans...

A chaque mot, la figure de Mme Jupillon s'était refroidie et glacée. Elle écarta sèchement Germinie, et de sa voix la plus dolente, avec un accent de lamentation et de désolation désespérée, elle se mit à dire comme une personne qui suffoque : — Oh ! mon Dieu !... vous !... me dire des choses comme ça !... à moi !... à sa mère !... en face ! Mon Dieu, faut-il !... Mon fils... un enfant... un innocent d'enfant ! Vous avez eu le front de me le débaucher !... Et vous me dites encore que c'est vous ! Non, ce n'est pas Dieu possible !... Moi qui avais si confiance... C'est à ne plus pouvoir vivre... Il n'y a donc plus de sûreté en ce monde !... Ah ! mademoiselle, tout de même, je n'aurais jamais cru ça de vous !... Bon ! voilà des choses qui me tournent... Ah ! tenez, ça me fait une révolution... je me connais, je suis capable d'en faire une maladie !

— Madame Jupillon ! madame Jupillon ! murmurait d'un ton d'imploration Germinie en se mourant de honte et de douleur sur la chaise où elle était retombée. Je vous demande pardon... Ç'a été plus fort que moi... Et puis je pensais... j'avais cru...

— Vous aviez cru !... Ah ! mon Dieu, vous aviez cru ! Qu'est-ce que vous aviez cru ? Vous la femme de mon fils, n'est-ce pas ? Ah ! Seigneur Dieu ! c'est-il possible, ma pauvre enfant ?

Et prenant, à mesure qu'elle lançait à Germinie de ces mots qui font plaie, une voix plus plaintive et plus gémissante, la mère Jupillon reprit : — Mais, ma pauvre fille, voyons, faut une raison... Qu'est-ce que j'ai toujours dit ? Que ça serait à faire, si vous aviez dix ans de moins sur votre naissance. Voyons, votre date, c'est 1820 que vous m'avez dit... et nous voilà en 49... Vous marchez sur vos trente ans, savez-vous, ma brave enfant... Tenez ! ça me fait mal de vous dire ça... Je voudrais tant ne pas vous faire de la peine... Mais il n'y a qu'à vous voir, ma pauvre demoiselle... Que voulez-vous ? C'est l'âge... Vos cheveux... on mettrait un doigt dans votre raie...

— Mais, dit Germinie en qui une noire colère commençait à gronder, ce qu'il me doit, votre fils ?... Mon argent ? L'argent que j'ai retiré de la caisse d'épargne, l'argent que j'ai emprunté pour lui, l'argent que j'ai...

— Ah ! de l'argent ? il vous doit ? Ah ! oui, ce que vous lui avez prêté pour commencer à travailler... Eh bien ! v'la-t-il pas ! Est-ce que vous croyez avoir affaire à des voleurs ? Est-ce qu'on a envie de vous le nier, votre argent, quoiqu'il n'y ait pas de papier... à preuve que l'autre jour... ça me revient... cet honnête homme d'enfant voulait faire l'écrit de ça, au cas qu'il viendrait à mourir... Mais tout de suite, on est des filous, voilà, ça ne fait pas un pli ! Ah ! mon Dieu, si c'est la peine de vivre dans un temps comme ça ! Ah ! je suis bien punie de m'être attachée à vous ! Mais tenez, voilà que j'y vois clair à présent... Ah ! vous êtes politique, vous !... Vous avez voulu vous payer mon fils, et pour toute la vie !... Excusez ! Ah ! bien merci... C'est moins cher de vous le rendre, votre argent... Le reste d'un garçon de café !... mon pauvre cher enfant ! Dieu l'en préserve !

Germinie avait arraché de la patère son châle et son chapeau. Elle était dehors.

XXVII

Mademoiselle était assise dans un grand fauteuil au coin de la cheminée où dormait toujours un peu de braise sous les cendres. Son serre-tête noir, abaissé sur les rides de son front, lui descendait presque jusqu'aux yeux. Sa robe noire, en forme de fourreau, laissait pointer ses os, plissait maigrement sur la maigreur de son corps et tombait tout droit de ses genoux. Un petit châle noir croisé était noué derrière son dos à la façon des petites filles. Elle avait posé sur ses cuisses ses mains retournées et à demi ouvertes, de pauvres mains de vieille femme, gauches et raidies, enflées aux articulations et aux nœuds des doigts par la goutte. Enfoncée dans la pose fléchie et cassée qui fait soulever la tête aux vieillards pour vous voir et vous parler, elle se tenait ramassée et comme enterrée dans tout ce noir d'où ne sortaient que son visage jauni par la bile des tons du vieil ivoire, et la flamme chaude de son regard brun. A la voir, à voir ses yeux vivants et gais, ce corps misérable, cette robe de pauvreté, cette noblesse à porter l'âge en tous ses deuils, on eût cru voir une fée aux Petits-Ménages.

Germinie était à côté d'elle. La vieille demoiselle se mit à lui dire : – Il y est toujours le bourrelet sous la porte, hein, Germinie ?

– Oui, mademoiselle.

– Sais-tu, ma fille, reprit Mlle de Varandeuil après un silence, sais-tu que quand on est né dans un des plus beaux hôtels de la rue Royale... qu'on a dû posséder le Grand et le Petit-Charolais... qu'on a dû avoir pour campagne le château de Clichy-la-Garenne... qu'il fallait deux domestiques pour porter le plat d'argent sur lequel on servait le rôti chez votre grand'mère... sais-tu qu'il faut encore pas mal de philosophie, – et mademoiselle se passa avec difficulté une main sur les épaules, – pour se voir finir ici... dans ce diable de nid à rhumatismes où, malgré tous les bourrelets du monde, il vous passe de ces gueux de courants d'air... C'est cela, ranime un peu le feu...

Et allongeant ses pieds vers Germinie agenouillée devant la cheminée, les lui mettant, en riant, sous le nez : – Sais-tu qu'il en faut pas mal de cette philosophie-là... pour porter des bas percés !... Bête ! ce n'est pas pour te gronder; je sais bien, tu ne peux tout faire... Par exemple, tu pourrais bien faire venir une femme pour raccommoder... Ce n'est pas bien difficile... Pourquoi ne dis-tu pas à cette petite qui est venue l'année dernière ? Elle avait une figure qui me revenait.

– Oh ! elle était noire comme une taupe, mademoiselle.

– Bon ! j'étais sûre... Toi d'abord, tu ne trouves jamais personne de bien... Ce n'est pas vrai ça ? Mais est-ce que ce n'était pas une nièce de la mère Jupillon ? On pourrait la prendre un jour... deux jours par semaine...

– Jamais cette traînée-là ne remettra les pieds ici.

– Allons, encore des histoires ! Tu es étonnante toi pour adorer les gens, et puis ne plus pouvoir les voir... Qu'est-ce qu'elle t'a fait ?

– C'est une perdue, je vous dis.

– Bah ! qu'est-ce que ça fait à mon linge !

– Mais, mademoiselle...

– Eh bien ! trouve-m'en une autre... Je n'y tiens pas à celle-là... Mais trouve-m'en une.

– Oh ! les femmes qu'on fait venir ne travaillent pas... Je vous raccommoderai, moi... Il n'y a besoin de personne.

– Toi ?... Oh ! si nous comptons sur ton aiguille !... dit gaiement mademoiselle; et puis est-ce que la mère Jupillon te laissera jamais le temps...

— Madame Jupillon ?... Ah ! pour la poussière que je ferai maintenant chez elle !...

— Bah ! Comment ? Elle aussi ! la voilà dans les lanlaire ?... Oh ! oh ! Dépêche-toi de faire une autre connaissance, car sans cela, bon Dieu de Dieu ! nous allons avoir de vilains jours !

XXVIII

L'hiver de cette année dut assurer à Mlle de Varandeuil une part de paradis. Elle eut à subir tous les contrecoups du chagrin de sa bonne, le tourment de ses nerfs, la vengeance de ses humeurs contrariées, aigries, et où les approches du printemps allaient bientôt mettre cette espèce de folie méchante que donnent aux sensibilités maladives la saison critique, le travail de la nature, la fécondation inquiète et irritante de l'été.

Germinie se mit à avoir des yeux essuyés qui ne pleuraient plus, mais qui avaient pleuré. Elle eut un éternel : — Je n'ai rien, mademoiselle, — dit de cette voix sourde qui étouffe un secret. Elle prit des poses muettes et désolées, des attitudes d'enterrement, de ces airs avec lesquels le corps d'une femme dégage de la tristesse et fait un ennui de son ombre. Avec sa figure, son regard, sa bouche, les plis de sa robe, sa présence, avec le bruit qu'elle faisait en travaillant dans la pièce à côté, avec son silence même, elle enveloppait mademoiselle du désespoir de sa personne. Au moindre mot, elle se hérissait. Mademoiselle ne pouvait plus lui adresser une observation, lui demander la moindre chose, témoigner une volonté, un désir : tout était pris par elle comme un reproche. Elle avait là-dessus des sorties farouches. Elle grognait en pleurant : — Ah ! je suis bien malheureuse ! Je vois bien que mademoiselle ne m'aime plus ! Sa *grippe* contre les gens trouvait des bougonnements sublimes : — Elle vient toujours quand il pleut celle-là ! disait-elle, pour un peu de crotte laissé sur le tapis par Mme de Belleuse. La semaine du jour de l'an, cette semaine où tout ce qui restait de parents et d'alliés à Mlle de Varandeuil montait sans exception, les plus riches comme les plus pauvres, ses cinq étages, et attendait à sa porte, sur le carré, pour se relayer sur les six chaises de sa chambre, Germinie redoubla de mauvaise humeur, de remarques impertinentes, de plaintes maussades. A tout moment, forgeant des torts à sa maîtresse, elle la punissait par un mutisme que rien ne pouvait rompre. Alors, c'étaient des rages d'ouvrage. Tout autour d'elle, mademoiselle entendait à travers les cloisons des coups de balai et de plumeau furieux, des frottements, des battements saccadés, le travail nerveux de la domestique qui semble dire en malmenant les meubles : — Eh bien, on le fait ton ouvrage !

Les vieilles gens sont patients avec les anciens domestiques. L'habitude, la volonté qui s'éteint, l'horreur du changement, la crainte des nouveaux visages, tout les dispose à des faiblesses, à des concessions, à des lâchetés. Malgré sa vivacité, sa facilité à s'emporter, à éclater, à jeter feu et flamme, mademoiselle ne disait rien. Elle avait l'air de ne rien voir. Elle faisait semblant de lire quand Germinie entrait. Elle attendait, racoquinée dans son fauteuil, que l'humeur de sa bonne se passât ou crevât. Elle baissait le dos sous l'orage; elle n'avait contre sa bonne, ni un mot, ni une pensée d'amertume. Elle la plaignait seulement, pour la faire autant souffrir.

C'est que Germinie n'était pas une bonne pour Mlle de Varandeuil, elle était le Dévouement qui devait lui fermer les yeux. Cette vieille femme isolée et oubliée par la mort, seule au bout de sa vie, traînant ses affections de tombe en tombe, avait trouvé sa dernière amie dans sa domestique. Elle avait mis son cœur sur elle comme sur une fille d'adoption, et elle était malheureuse surtout de ne pouvoir la consoler. D'ailleurs, par instants, du fond de ses mélancolies sombres et de ses humeurs mauvaises, Germinie lui revenait et se jetait à genoux devant sa bonté. Tout à coup, pour un rayon de soleil, pour une chanson de mendiant, pour un de ces riens qui passent dans l'air et détendent l'âme, elle fondait en larmes et en tendresse; c'étaient des effusions brûlantes, un bonheur d'embrasser, comme une joie de revivre qui effaçait tout. D'autres fois, c'était pour un bobo de mademoiselle; la vieille bonne se retrouvait aussitôt avec le sourire de son visage et la douceur de ses mains. Quelquefois, dans ces moments-là, mademoiselle lui disait : — Voyons, ma fille... tu as quelque chose... Voyons, dis ? Et Germinie répondait : — Non, mademoiselle, c'est le temps... — Le temps ! répétait mademoiselle d'un air de doute, le temps...

XXIX

Par une soirée de mars, la mère et le fils Jupillon causaient, au coin du poêle de leur arrière-boutique.

Jupillon venait de tomber au sort. L'argent que la mère avait mis de côté pour le racheter avait été mangé par six mois de mauvaises affaires, par des crédits à des lorettes de la rue, qui avaient mis un beau matin la clef sous le paillasson de leur porte. Lui-même, en mauvaises affaires, était sous le coup d'une saisie. Dans la journée, il était allé demander à son ancien patron de lui avancer de quoi s'acheter un homme. Mais le vieux parfumeur ne lui pardonnait pas de l'avoir quitté et de s'être établi : il avait refusé net.

La mère Jupillon désolée se lamentait en larmoyant. Elle répétait le numéro tiré par son fils. — Vingt-deux ! vingt-deux !... Et elle disait : — Je t'avais pourtant cousu dans ton paletot une araignée noire, *velouteuse*, avec sa toile !... Ah ! j'aurais bien plutôt dû faire comme on m'avait dit, te mettre ton béguin avec lequel on t'a baptisé... Ah ! le bon Dieu n'est pas juste !... Et le fils de la fruitière qui en a eu un de bon !... Soyez donc honnête !... Et ces deux coquines du 18 qui lèvent justement le pied avec mon argent !... Je crois bien qu'elles m'en donnaient de ces poignées de main... Elles me refont de plus de sept cents francs, sais-tu ? Et la moricaude d'en face... et cette affreuse petite qui avait le front de manger des pots de fraise de vingt francs... ce qu'elles m'en emportent encore, celles-là ! Mais va, tu n'es pas encore parti, tout de même... Je vendrai plutôt la crémerie... je me remettrai en service, je ferai la cuisine, je ferai des ménages, je ferai tout !... Pour toi, mais je tirerais de l'argent d'un caillou !

Jupillon fumait et laissait dire sa mère. Quand elle eut fini : – Assez causé ! maman... tout ça, c'est des mots, fit-il. Tu te tourmentes la digestion, ce n'est pas la peine... Tu n'as besoin de rien vendre... t'as pas besoin de te fouler... je me rachèterai et sans que ça te coûte un sou, veux-tu parier ?

– Jésus ! fit Mme Jupillon.

– J'ai mon idée.

Et après un silence, Jupillon reprit : Je n'ai pas voulu te contrarier, à cause de Germinie... tu sais, lors des histoires... t'as cru qu'il était temps de me la casser avec elle... qu'elle nous ferait des affaires... et tu l'as flanquée à la porte, raide... Moi, ce n'était pas mon plan... je trouvais qu'elle n'était pas si mauvaise que cela pour le beurre de la maison... Mais enfin, t'as cru bien faire... Et puis, peut-être, au fait, tu as bien fait : au lieu de la calmer, tu l'as chauffée pour moi... mais chauffée... je l'ai rencontrée une ou deux fois... elle est d'un changé... Elle sèche, quoi !

– Mais tu sais bien, elle n'a plus le sou...

– A elle, je ne dis pas... Mais què que ça fait ? Elle trouvera... Elle est encore bonne pour 2,300 balles, va !

– Et si tu es compromis ?

– Oh ! elle ne les volera pas...

– Savoir !

– Eh bien ! ça ne sera qu'à sa maîtresse... Est-ce que tu crois que sa Mademoiselle la fera pincer pour ça ? Elle la chassera, et puis ça restera là... Nous lui conseillerons de prendre l'air d'un autre quartier...

voilà... et nous ne la verrons plus... Mais ce serait trop bête qu'elle vole... Elle s'arrangera, elle cherchera, elle se retournera... je ne sais pas comment, par exemple, mais tu comprends, ça la regarde. C'est le moment de montrer ses talents... Au fait, tu ne sais pas, on dit que sa vieille est souffrante... Si elle venait à s'en aller, cette bonne demoiselle, et qu'elle lui laisse tout le bibelot, comme ça court dans le quartier... hein ? m'man, ça serait encore pas mal bête de l'avoir envoyée à la balançoire ? Il faut mettre des gants, vois-tu, m'man, quand c'est des personnes auxquelles il peut tomber comme ça quatre ou cinq mille livres de rente sur le casaquin...

— Ah ! mon Dieu... qu'est-ce que tu me dis ! Mais après la scène que je lui ai faite... oh ! non, elle ne voudra jamais revenir ici.

— Eh bien ! moi je te la ramènerai... et pas plus tard que ce soir, fit Jupillon en se levant, et roulant une cigarette entre les doigts : — Tu sais, dit-il à sa mère, pas d'excuses, c'est inutile... Et de la froideur... Aie l'air de la recevoir seulement pour moi, par faiblesse... On ne sait pas ce qui peut arriver : faut toujours se garder à carreau.

XXX

Jupillon se promenait de long en large, sur le trottoir, devant la maison de Germinie, quand Germinie sortit.

— Bonsoir, Germinie, lui dit-il dans le dos.

Elle se retourna comme sous un coup, et fit instinctivement en avant, sans lui répondre, deux ou trois pas qui se sauvaient.

– Germinie !

Jupillon ne lui dit que cela, sans bouger, sans la suivre. Elle revint à lui comme une bête ramenée à la main et dont on retire la corde.

– Quoi ? fit-elle. C'est-il encore de l'argent, hein ?... ou des sottises de ta mère à me dire ?

– Non, c'est que je m'en vais, lui dit Jupillon d'un air sérieux. Je suis tombé au sort... et je pars.

– Tu pars ? dit-elle. Ses idées avaient l'air de n'être pas éveillées.

– Tiens, Germinie, reprit Jupillon... Je t'ai fait de la peine... Je n'ai pas été gentil avec toi... je sais bien... Il y a eu un peu de ma cousine... Qu'est-ce que tu veux ?

– Tu pars ? reprit Germinie en lui prenant le bras. Ne mens pas... tu pars ?

– Puisque je te dis qu'oui... et que c'est vrai... Je n'attends plus que ma feuille de route... Il faut plus de deux mille francs pour un homme cette année... On dit qu'il va y avoir la guerre : enfin, c'est une chance...

Et, tout en parlant, il faisait descendre la rue à Germinie.

– Où me mènes-tu ? lui dit-elle.

– Chez m'man donc... pour qu'on se raccommode toutes les deux, et que ça finisse, les histoires...

– Après ce qu'elle m'a dit ? Jamais !

Et Germinie repoussa le bras de Jupillon.

– Alors, si c'est comme ça, adieu.

Et Jupillon leva sa casquette.

— Faudra-t-il que je t'écrive du régiment ?

Germinie eut un instant de silence, un moment d'hésitation. Puis brusquement : — Marchons, dit-elle, et faisant signe à Jupillon de marcher à côté d'elle, elle remonta la rue.

Tous deux se mirent à aller à côté l'un de l'autre, sans rien dire. Ils arrivèrent à une route pavée qui se reculait et s'allongeait éternellement entre deux lignes de réverbères, entre deux rangées d'arbres tortillés jetant au ciel une poignée de branches sèches et plaquant à de grands murs plats leur ombre immobile et maigre. Là, sous le ciel aigu et glacé d'une réverbération de neige, ils marchaient longtemps, s'enfonçant dans le vague, l'infini, l'inconnu d'une rue qui suit toujours le même mur, les mêmes arbres, les mêmes réverbères, et conduit toujours à la même nuit. L'air humide et chargé qu'ils respiraient sentait le sucre, le suif et la charogne. Par moments, il leur passait comme un flamboiement devant les yeux : c'était une tapissière dont la lanterne donnait sur des bestiaux éventrés et des carrés de viande saignante jetés sur la croupe d'un cheval blanc : ce feu sur ces chairs, dans l'obscurité, ruisselait en incendie de pourpre, en fournaise de sang.

— Eh bien ! as-tu fait tes réflexions ? fit Jupillon. Ce n'est pas gai, sais-tu ? ta petite avenue Trudaine.

— Marchons, répondit Germinie.

Et elle recommença, sans parler, sa marche saccadée, violente, agitée de tous les tumultes de son âme. Ses pensées passaient dans ses gestes. L'égarement venait à son pas, la folie à ses mains. Par moments, elle avait, derrière elle, l'ombre d'une femme de la Salpêtrière. Deux ou trois passants s'arrêtèrent un instant, la regardèrent, puis, comme ils étaient de Paris, passèrent.

Tout à coup elle s'arrêta, et faisant un geste de résolution désespérée : — Ah ! mon Dieu, une épingle de plus dans la pelote, fit-elle. — Allons !

Et elle prit le bras de Jupillon.

— Oh ! je sais bien, lui dit Jupillon quand ils furent près de la crémerie, ma mère n'a pas été juste pour toi. Vois-tu, elle a été trop honnête toute sa vie, cette femme... Elle ne sait pas, elle ne comprend pas... Et puis, tiens, je vais te dire, moi, le fond de tout : c'est qu'elle m'aime tant qu'elle est jalouse des femmes qui m'aiment... Entre donc, va !

Et il la poussa dans les bras de Mme Jupillon qui l'embrassa, lui marmotta quelques paroles de regret, et se dépêcha de pleurer pour se tirer d'embarras et faire la scène plus attendrissante.

Tout ce soir-là, Germinie resta les yeux fixés sur Jupillon, l'effrayant presque avec son regard.

— Allons, lui dit-il en la reconduisant, ne sois donc pas bonnet de nuit comme ça... Il faut une philosophie en ce monde... Eh bien ! me voilà soldat... voilà tout ! On n'en revient pas toujours, c'est vrai... Mais enfin... Tiens ! je veux que nous nous amusions, les quinze jours qui me restent... parce que c'est autant de pris... et que si je ne reviens pas... Eh bien ! je t'aurai au moins laissée sur un bon souvenir de moi...

Germinie ne répondit rien.

XXXI

De huit jours, Germinie ne remit pas les pieds dans la boutique.

Les Jupillon, ne la voyant pas revenir, commençaient à désespérer. Enfin, un soir, sur les dix heures et demie, elle poussa la porte, entra sans dire bonjour ni bonsoir, alla à la petite table où étaient assis la mère et le fils à demi sommeillants, posa sous sa main, fermée avec un serrement de griffe, un vieux morceau de toile qui sonna.

— Voilà ! fit-elle.

Et lâchant les coins du morceau de toile, elle répandit ce qui était dedans : il coula sur la table de gras billets de banque recollés par-derrière, rattachés avec des épingles, de vieux louis à l'or verdi, des pièces de cent sous toutes noires, des pièces de quarante sous, des pièces de dix sous, de l'argent de pauvre, de l'argent de travail, de l'argent de tirelire, de l'argent sali par des mains sales, fatigué dans le porte-monnaie de cuir, usé dans le comptoir plein de sous, — de l'argent sentant la sueur. Un moment, elle regarda tout ce qui était étalé comme pour se convaincre les yeux; puis avec une voix triste et douce, la voix de son sacrifice, elle dit seulement à Mme Jupillon :

— Ça y est... C'est les deux mille trois cents francs... pour qu'il se rachète...

— Ah ! ma bonne Germinie ! fit la grosse femme en suffoquant sous une première émotion; et elle se jeta au cou de Germinie qui se laissa embrasser. Oh ! vous allez prendre quelque chose avec nous, une tasse de café...

— Non, merci, dit Germinie, je suis rompue... Dame ! j'ai eu à courir, allez, pour les trouver... Je vais me coucher... Une autre fois...

Et elle sortit.

Elle avait eu « à courir », comme elle disait, pour rassembler une pareille somme, réaliser cette chose impossible : trouver deux mille trois cents francs, deux mille trois cents francs dont elle n'avait pas les premiers cinq francs ! Elle les avait quêtés, mendiés, arrachés pièce à pièce, presque sou à sou. Elle les avait ramassés, grattés ici et là, sur les uns, sur les autres, par emprunts de deux cents, de cent francs, de cinquante francs, de vingt francs, de ce qu'on avait voulu. Elle avait emprunté à son portier, à son épicier, à sa fruitière, à sa marchande de volaille, à sa blanchisseuse; elle avait emprunté aux fournisseurs du quartier, aux fournisseurs des quartiers qu'elle avait d'abord habités avec mademoiselle. Elle avait fait entrer dans la somme tous les argents, jusqu'à la misérable monnaie de son porteur d'eau. Elle avait quémandé partout, extorqué humblement, prié, supplié, inventé des histoires, dévoré la honte de mentir et de voir qu'on ne la croyait pas. L'humiliation d'avouer qu'elle n'avait pas d'argent placé, comme on le croyait et comme par orgueil elle le laissait croire, la commisération de gens qu'elle méprisait, les refus, les aumônes, elle avait tout subi, essuyé ce qu'elle n'aurait pas essuyé pour trouver du pain, et non une fois auprès d'une personne, mais auprès de trente, de quarante, auprès de tous ceux qui lui avaient donné ou dont elle avait espéré quelque chose.

Enfin cet argent, elle l'avait réuni; mais il était son maître et la possédait pour toujours. Elle appartenait aux obligations qu'elle avait aux gens, au service que lui avaient rendu ses fournisseurs en sachant bien ce qu'ils faisaient. Elle appartenait à sa dette, à ce qu'elle aurait à payer chaque année. Elle le savait; elle savait que tous ses gages y passeraient, qu'avec les arrangements usuraires laissés par elle au gré de ses créanciers, les reconnaissances exigées par eux, les trois cents francs de mademoiselle ne feraient guère que payer les intérêts des deux mille trois cents francs de son emprunt. Elle savait qu'elle devrait, qu'elle devrait toujours, qu'elle était à jamais vouée aux privations, à la gêne, à tous les retranchements de l'entretien, de la toilette. Sur les Jupillon, elle n'avait pas beaucoup plus d'illusions que sur son avenir. Son argent avec eux était perdu, elle en avait le pressentiment. Elle n'avait pas même fait le calcul que ce sacrifice toucherait le jeune homme. Elle avait agi d'un premier mouvement. On lui aurait dit de mourir pour qu'il ne partît pas, qu'elle fût morte. L'idée de le voir militaire, cette idée du champ de bataille, du canon, des blessées, devant laquelle, de terreur, la femme ferme les yeux, l'avait décidée à faire plus que mourir : à vendre sa vie pour cet homme, à signer pour lui sa misère éternelle !

XXXII

C'est un effet ordinaire des désordres nerveux de l'organisme de dérégler les joies et les peines humaines, de leur ôter la proportion et l'équilibre, et de les pousser à l'extrémité de leur excès. Il semble que, sous l'influence de cette maladie d'impressionnabilité, les sensations aiguisées, raffinées, spiritualisées, dépassent leur mesure et leur limite naturelles, atteignent au-delà d'elles-mêmes, et mettent une sorte d'infini dans la jouissance et la souffrance de la créature. Maintenant les rares joies qu'avait encore Germinie étaient des joies folles, des joies dont elle sortait ivre et avec les caractères physiques de l'ivresse. – Mais, ma fille, ne pouvait s'empêcher de lui dire Mademoiselle, on croirait que tu es grise. – Pour une fois qu'on s'amuse, répondait Germinie, mademoiselle vous le fait bien payer. Et quand elle retombait dans ses peines, dans ses chagrins, dans ses inquiétudes, c'était une désolation plus intense encore, plus furieuse et délirante que sa gaieté.

Le moment était arrivé où la terrible vérité, entrevue, puis voilée par des illusions dernières, finissait par apparaître à Germinie. Elle voyait qu'elle n'avait pu attacher Jupillon par le dévouement de son amour, le dépouillement de tout ce qu'elle avait, tous ces sacrifices d'argent qui engageaient sa vie dans l'embarras et les transes d'une dette impossible à payer. Elle sentait qu'il lui apportait à regret son amour, un amour où il mettait l'humiliation d'une charité. Quand elle lui avait annoncé qu'elle était une seconde fois grosse, cet homme, qu'elle allait faire encore père, lui avait dit : Eh bien ! c'est amusant les femmes comme toi ! toujours pleine ou fraîche vide alors !... Il lui venait les idées, les soupçons qui viennent au véritable amour quand on le trompe, les pressentiments de cœur qui disent aux femmes qu'elles ne sont plus seules à posséder leur amant, et qu'il y en a une autre parce qu'il doit y en avoir une autre.

Elle ne se plaignait plus, elle ne pleurait plus, elle ne récriminait plus. Elle renonçait à une lutte avec cet homme armé de froideur, qui savait si bien, avec ses ironies glacées de voyou, outrager sa passion, sa déraison, ses folies de tendresse. Et elle se mettait à attendre dans une angoisse résignée, quoi ? Elle ne savait : peut-être qu'il ne voulût plus d'elle !

Navrée et silencieuse, elle épiait Jupillon; elle le guettait, elle le surveillait; elle essayait de le faire parler, en jetant des mots dans ses distractions. Elle tournait autour de lui, ne voyait, ne saisissait, ne surprenait rien, et cependant elle restait persuadée qu'il y avait quelque chose et que ce qu'elle craignait était vrai : elle sentait une femme dans l'air.

Un matin, comme elle était descendue de meilleure heure qu'à son habitude, elle l'aperçut à quelques pas devant elle sur le trottoir. Il était habillé; il se regardait en marchant. De temps en temps, pour voir le vernis de ses bottes, il levait un peu le bas de son pantalon. Elle se mit à le suivre. Il allait tout droit sans se retourner. Elle arriva derrière lui à la place Bréda. Il y avait sur la place, à côté de la station de voitures, une femme qui se promenait. Germinie ne la voyait que de dos. Jupillon alla à elle, la femme se retourna : c'était sa cousine. Ils se mirent à marcher à côté l'un de l'autre, allant et revenant sur la place; puis par la rue Bréda, ils se dirigèrent vers la rue de Navarin. Là, la jeune fille prit le bras de Jupillon, ne s'appuya pas d'abord, puis peu à peu, à mesure qu'ils allaient, elle s'inclina avec le mouvement d'une branche qu'on fait plier et se laissa aller à lui. Ils marchaient lentement, si lentement, que Germinie était parfois forcée de s'arrêter pour ne pas être trop près d'eux. Ils montèrent la rue des Martyrs, traversèrent la rue de la Tour-d'Auvergne, descendirent la rue Montholon. Jupillon parlait; la cousine ne disait rien, écoutait Jupillon, et, distraite comme une femme qui respire un bouquet, allait en jetant de côté de temps en temps un petit regard vague, un petit coup d'œil d'enfant qui a peur.

Arrivés à la rue Lamartine devant le passage des Deux-Sœurs, ils tournèrent sur eux-mêmes; Germinie n'eut que le temps de se jeter dans une porte d'allée. Ils passèrent sans la voir. La petite était sérieuse et paresseuse à marcher. Jupillon lui parlait dans le cou. Un moment ils s'arrêtèrent : Jupillon faisait de grands gestes; la jeune fille regardait fixement le pavé. Germinie crut qu'ils allaient se quitter; mais ils se remirent à marcher ensemble et firent quatre ou cinq tours, revenant et repassant devant le passage. A la fin, ils y entrèrent. Germinie s'élança de sa cachette, bondit sur leurs pas. De la grille du passage elle vit un bout de robe disparaître dans la porte d'un petit hôtel meublé, à côté d'une boutique de liquoriste. Elle courut à cette porte, regarda dans l'escalier, ne vit plus rien... Alors tout son sang lui monta à la tête avec une idée, une seule idée que répétait sa bouche idiote : Du vitriol !... du vitriol !... du vitriol ! Et sa pensée devenant instantanément l'action même de sa pensée, son délire la transportant tout à coup dans son crime, elle montait l'escalier avec la bouteille bien cachée sous son châle; elle frappait à la porte très fort, et toujours... On finissait par venir; il entrebâillait la porte... Elle ne lui disait ni son nom, ni rien... Elle passait sans s'occuper de lui... Elle était forte à le tuer ! et elle allait au lit, à *elle* ! Elle lui prenait le bras, elle lui disait : Oui, c'est moi... en voilà pour ta vie ! Et sur sa figure, sur sa gorge, sur sa peau, sur tout ce qu'elle avait de jeune et d'orgueilleux, de beau pour l'amour, Germinie voyait le vitriol marquer, brûler, creuser, bouillonner, faire quelque chose d'horrible qui l'inondait de joie ! La bouteille était vide, et elle riait !... Et, dans son affreux rêve, son corps aussi rêvant, ses pieds se mirent à marcher. Son pas alla devant elle, descendit le passage, prit la rue, la mena chez un épicier. Il y avait dix minutes qu'elle était là plantée devant le comptoir, avec des yeux qui n'y voyaient pas, les yeux vides et perdus de quelqu'un qui va assassiner. — Voyons, qu'est-ce que vous demandez ? lui dit l'épicière impatientée, presque effrayée de cette femme qui ne bougeait pas.

— Ce que je demande ?... fit Germinie. Elle était si pleine et si possédée de ce qu'elle voulait, qu'elle avait cru demander du vitriol. — Ce que je demande ?... Elle se passa la main sur son front. — Ah ! tiens, je ne sais plus...

Et elle sortit en trébuchant de la boutique.

XXXIII

Dans la torture de cette vie, où elle souffrait mort et passion, Germinie, cherchant à étourdir les horreurs de sa pensée, était revenue au verre qu'elle avait pris un matin des mains d'Adèle et qui lui avait donné toute une journée d'oubli. De ce jour, elle avait bu. Elle avait bu à ces petites *lichades* matinales des bonnes de femmes entretenues. Elle avait bu avec l'une, elle avait bu avec l'autre. Elle avait bu avec des hommes qui venaient déjeuner chez la crémière; elle avait bu avec Adèle qui buvait comme un homme et qui prenait un vil plaisir à voir descendre aussi bas qu'elle cette bonne de femme honnête.

D'abord, elle avait eu besoin, pour boire, d'entraînement, de société, du choc des verres, de l'excitation de la parole, de la chaleur des défis; puis bientôt elle était arrivée à boire seule. C'est alors qu'elle avait bu dans le verre à demi plein, remonté sous son tablier et caché dans un recoin de la cuisine; qu'elle avait bu solitairement et désespérément ces mélanges de vin blanc et d'eau-de-vie qu'elle avalait coup sur coup jusqu'à ce qu'elle y eût trouvé ce dont elle avait soif : le sommeil. Car ce qu'elle voulait ce n'était point la fièvre de tête, le trouble heureux, la folie vivante, le rêve éveillé et délirant de l'ivresse; ce qu'il lui fallait, ce qu'elle demandait, c'était le noir bonheur du sommeil, d'un sommeil sans mémoire et sans rêve, d'un sommeil de plomb tombant sur elle comme un coup d'assommoir sur la tête d'un bœuf : et elle le trouvait dans ces liqueurs mêlées qui la foudroyaient et lui couchaient la face sur la toile cirée de la table de cuisine.

Dormir de ce sommeil écrasant, rouler, le jour, dans cette nuit, cela était devenu pour elle comme la trêve et la délivrance d'une existence qu'elle n'avait plus le courage de continuer ni de finir. Un immense besoin de néant, c'était tout ce qu'elle éprouvait dans l'éveil. Les heures de sa vie qu'elle vivait de sang-froid, en se voyant elle-même, en regardant dans sa conscience, en assistant à ces hontes, lui semblaient si abominables ! Elle aimait mieux les mourir. Il n'y avait plus que le sommeil au monde pour lui faire tout oublier, le sommeil congestionné de l'Ivrognerie qui berce avec les bras de la Mort.

Là, dans ce verre, qu'elle se forçait à boire et qu'elle vidait avec frénésie, ses souffrances, ses douleurs, tout son horrible présent allait se noyer, disparaître. Dans une demi-heure, sa pensée ne penserait plus, sa vie n'existerait plus; rien d'elle ne serait plus pour elle, et il n'y aurait plus même de temps à côté d'elle. « Je bois mes embêtements », avait-elle répondu à une femme qui lui avait dit qu'elle s'abîmerait la santé à boire. Et comme dans les réactions qui suivaient ses ivresses, il lui revenait un plus douloureux sentiment d'elle-même, une désolation et une détestation plus grandes de ses fautes et de ses malheurs, elle cherchait des alcools plus forts, de l'eau-de-vie plus dure, elle buvait jusqu'à de l'absinthe pure pour tomber dans une léthargie plus inerte, et faire plus complet son évanouissement à toutes choses.

Elle finit par atteindre ainsi à des moitiés de journée d'anéantissement, dont elle ne sortait qu'à demi éveillée avec une intelligence stupéfiée, des perceptions émoussées, des mains qui faisaient les choses par habitude, des gestes de somnambule, un corps et une âme où la pensée, la volonté, le souvenir semblaient avoir encore la somnolence et le vague des heures confuses du matin.

XXXIV

Une demi-heure après l'affreuse rencontre où, sa pensée touchant au crime comme avec les doigts, elle avait voulu, elle avait cru défigurer sa rivale avec du vitriol, Germinie rentrait rue de Laval, en remontant de chez l'épicier une bouteille d'eau-de-vie.

Depuis deux semaines, elle était maîtresse de l'appartement, libre de ses ivresses et de ses abrutissements. Mlle de Varandeuil, qui d'habitude ne bougeait guère, était, par extraordinaire, allée passer six semaines chez une de ses vieilles amies en province; et elle n'avait pas voulu emmener Germinie avec elle, par crainte de donner aux autres domestiques le mauvais exemple et la jalousie d'une bonne habituée aux douceurs du service et traitée sur un autre pied qu'eux.

Entrée dans la chambre de mademoiselle, Germinie ne prit que le temps de jeter à terre son châle et son chapeau, et elle se mit à boire, le goulot de la bouteille d'eau-de-vie entre les dents, à gorgées précipitées jusqu'à ce que tout dans la chambre tournât autour d'elle, et qu'il n'y eût plus rien de la journée dans sa tête. Alors, chancelante, se sentant tomber, elle voulut se mettre sur le lit de sa maîtresse pour dormir; l'ivresse la jeta de côté sur la table de nuit. De là, elle roula à terre, ne remua plus : elle ronflait. Mais le coup avait été si violent que dans la nuit elle eut une fausse couche, suivie d'une de ces pertes par où la vie s'écoule. Elle voulut se relever, aller appeler sur le carré, elle essaya de se mettre sur ses pieds : elle ne le put pas. Elle se sentait glisser à la mort, y entrer, y descendre avec une lenteur molle. Enfin, s'arrachant un dernier effort, elle se traîna jusqu'à la porte de l'escalier; mais là, il lui fut impossible de se soulever jusqu'à la serrure, impossible de crier. Et elle aurait fini d'y mourir, si Adèle, dans la matinée, en passant, inquiète d'entendre un gémissement, n'avait été chercher un serrurier pour ouvrir la porte, et une sage-femme pour délivrer la mourante.

Quand, au bout d'un mois, mademoiselle revint, elle trouva Germinie levée, mais d'une faiblesse si grande qu'elle était obligée de s'asseoir à tout moment, et d'une pâleur telle qu'elle n'avait plus l'air d'avoir de sang dans le corps. On lui dit qu'elle avait eu une perte dont elle avait manqué mourir : mademoiselle ne soupçonna rien.

XXXV

Germinie accueillit le retour de mademoiselle avec des caresses attendries, mouillées de larmes. Sa tendresse ressemblait à celle d'un enfant malade; elle en avait la lente douceur, l'air de prière, la tristesse de souffrance peureuse et effarouchée. De ses mains pâles aux veines bleues, elle cherchait à toucher sa maîtresse. Elle s'approchait d'elle avec une sorte d'humilité tremblante et fervente. Le plus souvent, assise en face d'elle sur un tabouret et la regardant d'en bas, avec les yeux d'un chien, elle se soulevait de temps en temps pour aller l'embrasser sur quelque endroit de sa robe, revenait s'asseoir, puis un instant après recommençait.

Il y avait du déchirement et de l'imploration dans ces caresses, dans ces baisers de Germinie. La mort qu'elle avait entendue venir à elle comme une personne, avec le pas de quelqu'un, ces heures de défaillance où, dans le lit, seule avec elle-même, elle avait revu sa vie et remonté son passé, le ressouvenir et la honte de tout ce qu'elle avait caché à Mlle de Varandeuil, la terreur d'un jugement de Dieu se levant du fond de ses anciennes idées de religion, tous les reproches, toutes les peurs qui se penchent à l'oreille d'une agonie, avaient fait dans sa conscience une suprême épouvante; et le remords, le remords qu'elle n'avait jamais pu tuer en elle, était maintenant tout vivant et tout criant dans son être affaibli, ébranlé, encore mal renoué à la vie, à peine rattaché à la croyance de vivre.

Germinie n'était point une de ces natures heureuses qui font le mal et en laissent le souvenir derrière elles, sans que le regret de leurs pensées y retourne jamais. Elle n'avait pas, comme Adèle, une de ces grosses organisations matérielles qui ne se laissent traverser par rien que par des impressions animales. Elle n'avait pas une de ces consciences qui se dérobent à la souffrance par l'abrutissement et par cette épaisse stupidité dans laquelle une femme végète, naïvement fautive. Chez elle, une sensibilité maladive, une sorte d'éréthisme cérébral, une disposition de tête à toujours travailler, à s'agiter dans l'amertume, l'inquiétude, le mécontentement d'elle-même, un sens moral qui s'était comme redressé en elle après chacune de ses déchéances, tous les dons de délicatesse, d'élection et de malheur s'unissaient pour la torturer, et retourner, chaque jour, plus avant et plus cruellement dans son désespoir, le tourment de ce qui n'aurait guère mis de si longues douleurs chez beaucoup de ses pareilles.

Germinie cédait à l'entraînement de la passion; mais aussitôt qu'elle y avait cédé, elle se prenait en mépris. Dans le plaisir même, elle ne pouvait s'oublier entièrement et se perdre. Il se levait toujours dans sa distraction l'image de mademoiselle avec son austère et maternelle figure. A mesure qu'elle s'abandonnait et descendait de son honnêteté, Germinie ne sentait pas l'impudeur lui venir. Les dégradations où elle s'abîmait ne la fortifiaient point contre le dégoût et l'horreur d'elle-même. L'habitude ne lui apportait pas l'endurcissement. Sa conscience souillée rejetait ses souillures, se débattait dans ses hontes, se déchirait dans ses repentirs, et ne lui laissait pas même une seconde la pleine jouissance du vice, l'entier étourdissement de la chute.

Aussi quand mademoiselle, oubliant la domestique qu'elle était, se penchait sur elle avec une de ces familiarités brusques de la voix et du geste qui l'approchaient tout près de son cœur, Germinie confuse, prise tout à coup de timidités rougissantes, devenait muette et comme imbécile sous l'horrible douleur de voir toute son indignité. Elle s'enfuyait, elle s'arrachait sous un prétexte à cette affection si odieusement trompée et qui, en la touchant, remuait et faisait frissonner tous ses remords.

XXXVI

Le miracle de cette vie de désordre et de déchirement, de cette vie honteuse et brisée, fut qu'elle n'éclatât pas. Germinie n'en laissa rien jaillir au-dehors, elle n'en laissa rien monter à ses lèvres, elle n'en laissa rien voir dans sa physionomie, rien paraître dans son air, et le fond maudit de son existence resta toujours caché à sa maîtresse.

Il était bien arrivé quelquefois à Mlle de Varandeuil de sentir à côté d'elle vaguement un secret dans sa bonne, quelque chose qu'elle lui cachait, une obscurité dans sa vie. Elle avait eu des instants de doute, de défiance, une inquiétude instinctive, des commencements de perception confuse, le flair d'une trace qui va en s'enfonçant et se perd dans du sombre. Elle avait cru par moments toucher dans cette fille à des choses fermées et froides, à un mystère, à de l'ombre. Par moments encore, il lui avait semblé que les yeux de sa bonne ne disaient pas ce que disait sa bouche. Sans le vouloir, elle avait retenu une phrase que Germinie répétait souvent : « Péché caché, péché à moitié pardonné ». Mais ce qui occupait surtout sa pensée, c'était l'étonnement de voir que malgré l'augmentation de ses gages, malgré les petits cadeaux journaliers qu'elle lui faisait, Germinie n'achetait plus rien pour sa toilette, n'avait plus de robes, n'avait plus de linge. Où son argent passait-il ? Elle lui avait presque avoué avoir retiré ses dix-huit cents francs de la Caisse d'épargne. Mademoiselle ruminait cela, puis se disait que c'était là tout le mystère de sa bonne, c'était de l'argent, des embarras, sans doute des engagements pris autrefois pour sa famille, et peut-être de nouveaux envois « à sa canaille de beau-frère ». Elle avait si bon cœur et si peu d'ordre ! Elle savait si peu ce qu'était une pièce de cent sous ! Ce n'était que cela : mademoiselle en était sûre; et comme elle connaissait la nature entêtée de sa bonne et qu'elle n'espérait pas la faire changer, elle ne lui parlait de rien. Quand cette explication ne satisfaisait pas complètement mademoiselle, elle mettait ce qui était inconnu et mystérieux pour elle dans sa bonne sur le compte d'une nature de femme un peu cachotière, gardant du caractère et des méfiances de la paysanne, jalouse de ses petites affaires et se plaisant à enfouir un coin de sa vie tout au fond d'elle, comme au village on entasse des sous dans un bas de laine. Ou bien, elle se persuadait que c'était la maladie, son état de souffrance continuel qui lui donnait ces lubies et cette dissimulation. Et sa pensée, dans sa recherche et sa curiosité, s'arrêtait là, avec la paresse et aussi un peu l'égoïsme des pensées de vieilles gens, qui, craignant instinctivement le bout des choses et le fond des gens, ne veulent point trop s'inquiéter ni trop savoir. Qui sait ? Peut-être toute cette cachoterie n'était-elle rien qu'une misère indigne de l'inquiéter ou de l'intéresser, une chamaillade, une brouillerie de femmes. Elle s'endormait là-dessus, rassurée, et cessait de chercher.

Et comment mademoiselle eût-elle pu deviner les dégradations de Germinie et l'horreur de son secret ? Dans ses chagrins les plus poignants, dans ses ivresses les plus folles, la malheureuse gardait l'incroyable force de tout retenir et de tout renfoncer. De sa nature passionnée, débordée, qui se versait si naturellement dans l'expansion, jamais ne s'échappait une phrase, un mot qui fût un éclair, une lueur. Déboires, mépris, chagrins, sacrifices, mort de son enfant, trahison de son amant, agonie de son amour, tout demeura en elle silencieux, étouffé, comme si elle appuyait des deux mains sur son cœur. Les rares défaillances qui lui prenaient et où elle semblait se débattre avec des douleurs qui l'étranglaient, ces caresses fiévreuses, furieuses à Mlle de Varandeuil, ces effusions subites, ressemblant à des crises voulant accoucher de quelque chose, finissaient toujours sans paroles et se sauvaient dans des larmes.

La maladie même avec ses affaiblissements et ses énervements ne tira rien d'elle. Elle ne put entamer cette héroïque volonté de se taire jusqu'au bout. Les crises de nerfs lui arrachaient des cris, et rien que des cris. Jeune fille, elle rêvait tout haut; elle força ses rêves à ne plus parler, elle ferma les lèvres de son sommeil. Comme à son haleine, mademoiselle aurait pu s'apercevoir qu'elle buvait, elle mangea de l'ail et de l'échalote, et cacha avec leur empuantissement l'odeur de ses ivresses. Ses ivresses mêmes, ses torpeurs soûles, elle les dressa à se réveiller au pas de sa maîtresse et à rester éveillées devant elle.

Elle menait ainsi comme deux existences. Elle était comme deux femmes, et à force d'énergie, d'adresse, de diplomatie féminine, avec un sang-froid toujours présent dans le trouble même de la boisson, elle parvint à séparer ces deux existences, à les vivre toutes les deux sans les mêler, à ne pas laisser se confondre les deux femmes qui étaient en elle, à rester auprès de Mlle de Varandeuil la fille honnête et rangée qu'elle avait été, à sortir de l'orgie sans en emporter le goût, à montrer quand elle venait de quitter son amant une sorte de pudeur de vieille fille dégoûtée du scandale des autres bonnes. Elle n'avait ni un propos, ni un genre de tenue qui éveillât le soupçon de sa vie clandestine; rien en elle ne sentait ses nuits. En mettant le pied sur le paillasson de l'appartement de Mlle de Varandeuil, en l'approchant, en se trouvant en face d'elle, elle prenait la parole, l'attitude, même de certains plis de robe qui écartent d'une femme jusqu'à la pensée des approches de l'homme. Elle parlait librement de toutes choses, comme n'ayant à rougir de rien. Elle était amère aux fautes et aux hontes d'autrui, ainsi qu'une personne sans reproche. Elle plaisantait de l'amour avec sa maîtresse, gaiement, sans embarras, d'une façon détachée : on aurait cru l'entendre causer d'une vieille connaissance qu'elle aurait perdue de vue. Et il y avait autour de ses trente-cinq ans, pour tous ceux qui ne la voyaient que comme Mlle de Varandeuil et chez elle, une certaine atmosphère de chasteté particulière, le parfum d'honnêteté sévère et insoupçonnable, spécial aux vieilles bonnes et aux femmes laides.

Cependant tout ce mensonge d'apparences n'était pas de l'hypocrisie chez Germinie. Il ne venait pas d'une duplicité perverse, d'un calcul corrompu : c'était son affection pour mademoiselle qui la faisait être ce qu'elle était chez elle. Elle voulait à tout prix lui éviter le chagrin de la voir et de pénétrer au fond d'elle. Elle la trompait uniquement pour garder sa tendresse, avec une sorte de respect; et dans l'horrible comédie qu'elle jouait, un sentiment pieux, presque religieux, se glissait, pareil au sentiment d'une fille mentant aux yeux de sa mère pour ne pas lui désoler le cœur.

XXXVII

Mentir ! elle ne pouvait plus que cela. Elle éprouvait comme une impossibilité de se retirer d'où elle était. Elle ne soutenait même pas l'idée d'un effort pour en sortir, tant la tentative lui paraissait inutile, tant elle se trouvait lâche, abîmée et vaincue, tant elle se sentait encore toute nouée à cet homme par toutes sortes de chaînes basses et de liens dégradants, jusque par le mépris qu'il ne lui cachait plus !

Quelquefois, en réfléchissant sur elle-même, elle était effrayée. Des idées, des peurs de village lui revenaient. Et ses superstitions de jeunesse lui disaient tout bas que cet homme lui avait jeté un sort, que peut-être il lui avait fait manger du *pain à chanter*. Et sans cela, aurait-elle été comme elle était ? Aurait-elle eu, rien qu'à le voir, cette émotion de tout l'être, cette sensation presque animale de l'approche d'un maître ? Aurait-elle senti tout son corps, sa bouche, ses bras, l'amour et la caresse de ses gestes aller involontairement à lui ? Lui aurait-elle appartenu ainsi tout entière ? Longuement et amèrement, elle se rappelait à elle-même tout ce qui aurait dû la guérir, la sauver, les dédains de cet homme, ses injures, la corruption des plaisirs qu'il avait exigés d'elle, et elle était forcée de s'avouer que rien ne lui avait coûté à sacrifier pour cet homme et qu'elle avait dévoré pour lui jusqu'aux derniers dégoûts. Elle cherchait à imaginer le degré d'abaissement où son amour refuserait de descendre, elle ne le trouvait pas. Il pouvait faire d'elle ce qu'il voulait, l'insulter, la battre, elle resterait à lui sous le talon de ses bottes ! Elle ne se voyait pas ne lui appartenant plus. Elle ne se voyait pas sans lui. Cet homme à aimer lui était nécessaire, elle se réchauffait à lui, elle vivait de lui, elle le respirait. Autour d'elle, rien ne lui semblait exister de pareil parmi les femmes de sa condition. Aucune des camarades qu'elle approchait ne mettait dans une liaison l'âpreté, l'amertume, le tourment, le bonheur de souffrir qu'elle trouvait dans la sienne. Aucune n'y mettait cela qui la tuait et dont elle ne pouvait se passer.

A elle-même, elle se paraissait extraordinaire et d'une nature à part, du tempérament des bêtes que les mauvais traitements attachent. Il y avait des jours où elle ne se reconnaissait plus, et où elle se demandait si elle était toujours la même femme. En repassant toutes les bassesses auxquelles Jupillon l'avait pliée, elle ne pouvait croire que c'était elle qui avait subi cela. Elle qui se connaissait violente, bouillante, toute pleine de passions chaudes, de révoltes et d'orages, elle avait passé par ces soumissions et ces docilités ! Elle avait réprimé ses colères, refoulé les idées de sang qui lui étaient montées au cerveau tant de fois ! Elle avait toujours obéi, toujours patienté, toujours baissé la tête ! Aux pieds de cet homme, elle avait fait ramper son caractère, ses instincts, son orgueil, sa vanité, et plus que tout cela, sa jalousie, les rages de son cœur ! Pour le garder, elle en était venue à le partager, à lui permettre des maîtresses, à le recevoir des mains des autres, à chercher sur sa joue les endroits où ne l'avait pas embrassé sa cousine ! Et maintenant, tout au bout de tant d'immolations dont elle l'avait lassé, elle le retenait par un plus dégoûtant sacrifice, elle l'attirait par des cadeaux, elle lui ouvrait sa bourse pour le faire venir à des rendez-vous, elle achetait son amabilité en satisfaisant ses fantaisies et ses caprices, elle payait cet homme qui se faisait marchander ses baisers et demandait des pourboires à l'amour ! Et elle vivait, allant d'un jour à l'autre avec la terreur de ce que le misérable pourrait lui demander le lendemain.

XXXVIII

« Il lui faut vingt francs... » Germinie se répéta cela plusieurs fois machinalement, mais sa pensée n'allait pas au-delà des mots qu'elle se disait. La marche, la montée des cinq étages l'avaient étourdie. Elle tomba assise sur la chauffeuse graisseuse de sa cuisine, baissa la tête, posa le bras sur la table. La tête lui bourdonnait. Ses idées s'en allaient, puis revenaient comme en foule, s'étouffaient en elle, et de toutes il ne lui en restait qu'une, toujours plus aiguë, plus fixe : Il lui faut vingt francs ! vingt francs !... vingt francs !... Et elle regarda autour d'elle comme si elle allait les trouver là, dans la cheminée, dans le panier aux ordures, sous le fourneau. Puis elle songea aux gens qui lui devaient, à une bonne allemande qui avait promis de la rembourser, il y avait de cela plus d'un an. Elle se leva, noua son bonnet. Elle ne se disait plus : Il lui faut vingt francs; elle se disait : Je les aurai.

Elle descendit chez Adèle : — Tu n'as pas vingt francs pour une note qu'on apporte ?... mademoiselle est sortie.

— Pas de chance, dit Adèle; j'ai donné mes derniers vingt francs à madame hier soir pour aller souper. Cette rosse-là n'est pas encore rentrée... Veux-tu trente sous ?

Elle courut chez l'épicier. C'était un dimanche; il était trois heures; l'épicier venait de fermer.

Il y avait du monde chez la fruitière; elle demanda quatre sous d'herbes.

— Je n'ai pas d'argent, dit-elle. Elle espérait que la fruitière lui dirait : En voulez-vous ? La fruitière lui dit : En voilà un genre ? comme si on avait peur ! Il y avait d'autres bonnes : elle sortit sans rien dire.

— Il n'y a rien pour nous ? dit-elle au portier. Ah ! tenez, vous n'auriez pas vingt francs, mon Pipelet, ça m'éviterait de remonter.

— Quarante, si vous voulez...

Elle respira. Le portier alla dans le fond de sa loge à une armoire. — Ah ! sapristi ! ma femme a pris la clef... Tiens ! comme vous êtes pâle !...

— Ce n'est rien... Et elle s'enfuit dans la cour vers la porte de l'escalier de service.

En remontant, voici ce qu'elle pensait : Il y a des gens qui trouvent des pièces de vingt francs... C'est aujourd'hui qu'il en a besoin, il me l'a dit... Mademoiselle m'a donné mon argent il n'y a pas cinq jours, je ne peux pas lui demander... Après ça, vingt francs de plus ou de moins, pour elle, qu'est-ce que c'est ?... L'épicier me les aurait prêtés, bien sûr... J'en ai un autre rue Taitbout; il ne fermait que le soir, le dimanche, celui-là...

Elle était à son étage devant sa porte. Elle se pencha sur la rampe de l'escalier des maîtres, regarda si personne ne montait, entra, alla droit à la chambre de mademoiselle, ouvrit la fenêtre, respira largement, les deux coudes sur le barreau d'appui. Des moineaux accoururent des cheminées d'alentour, croyant qu'elle allait leur jeter du pain. Elle ferma la fenêtre et regarda dans la chambre sur le dessus de la commode, d'abord une veine de marbre, puis une petite cassette en bois des Iles, puis la clef, une petite clef d'acier oubliée dans la serrure. Tout à coup, ses oreilles tintèrent, elle crut qu'on sonnait. Elle alla ouvrir : il n'y avait personne. Elle revint avec le sentiment d'être seule, alla prendre un torchon à la cuisine et se mit à frotter l'acajou d'un fauteuil, en tournant le dos à la commode; mais elle voyait toujours la cassette, elle la voyait ouverte, elle voyait le coin à droite où mademoiselle mettait son or, les petits papiers dans lesquels elle l'empapillottait cent francs par cent francs; ses vingt francs étaient là !... Elle fermait les yeux comme à un éblouissement. Elle sentait le vertige dans sa conscience; mais aussitôt elle se soulevait tout entière contre elle-même, et il lui semblait que son cœur indigné lui remontait dans la poitrine. En un moment, l'honneur de toute sa vie s'était dressé entre sa main et cette clef. Son passé de probité, de désintéressement, de dévouement, vingt ans de résistance aux mauvais conseils et à la corruption de ce quartier pourri, vingt ans de mépris pour le vol, vingt ans où sa poche n'avait pas eu un liard à ses maîtres, vingt ans d'indifférence au lucre, vingt ans où la tentation n'avait pas approché d'elle, sa longue et naturelle honnêteté, la confiance de mademoiselle, tout cela lui revint d'un seul coup. Ses jeunes années l'embrassèrent et la reprirent. De sa famille même, du souvenir de ses parents, de la mémoire pure de son misérable nom, des morts dont elle venait, il se leva comme un murmure d'ombres gardiennes autour d'elle... Une seconde elle fut sauvée.

Puis insensiblement, de mauvaises idées se glissèrent une à une dans sa tête. Elle se chercha des sujets d'amertume, des raisons d'ingratitude contre sa maîtresse. Elle compara à ses gages le chiffre des gages dont se vantaient par vanité les autres bonnes de la maison. Elle trouva que mademoiselle était bienheureuse, qu'elle aurait dû l'augmenter davantage depuis qu'elle était chez elle. Et puis pourquoi, se demanda-t-elle tout à coup, laisse-t-elle la clef de sa cassette ? Et elle se mit à penser que cet argent qui était là n'était pas de l'argent pour vivre, mais des économies de mademoiselle pour acheter une robe de velours à une filleule; de l'argent qui dormait... se dit-elle encore. Elle précipitait ses raisons comme pour s'empêcher de discuter ses excuses. Et puis, c'est pour une fois... Elle me les prêterait, si je lui demandais... Et je les lui rendrai...

Elle avança la main, elle fit tourner la clef... Elle s'arrêta; il lui sembla que le grand silence qui était autour d'elle la regardait et l'écoutait. Elle leva les yeux : la glace lui jeta son visage. Devant cette figure qui était la sienne, elle eut peur, elle recula d'épouvante et de honte comme devant la face de son crime :

c'était la tête d'une voleuse qu'elle avait sur les épaules !

Elle s'était sauvée dans le corridor. Tout à coup, elle tourna sur ses talons, alla droit à la cassette, donna un tour de clef, jeta la main, fouilla sous des médaillons de cheveux et des bijoux de souvenir, prit une pièce à tâtons dans un rouleau de cinq louis, ferma la cassette et s'enfuit dans la cuisine... Elle tenait la petite pièce dans sa main et n'osait la regarder.

XXXIX

Ce fut alors que les abaissements, les dégradations de Germinie commencèrent à paraître dans toute sa personne, à l'hébéter, à la salir. Une sorte de sommeil gagna ses idées. Elle ne fut plus vive ni prompte à penser. Ce qu'elle avait lu, ce qu'elle avait appris parut s'échapper d'elle. Sa mémoire, qui retenait tout, devint confuse et oublieuse. L'esprit de la bonne de Paris s'en alla peu à peu de sa conversation, de ses réponses, de son rire. Sa physionomie, tout à l'heure si éveillée, n'eut plus d'éclairs. Dans toute sa personne on aurait cru voir revenir la paysanne bête qu'elle était en arrivant du pays, lorsqu'elle allait demander du pain d'épice chez un papetier. Elle n'avait plus l'air de comprendre. Mademoiselle lui voyait faire, à ce qu'elle disait, une figure d'idiote. Elle était obligée de lui expliquer, de lui répéter deux ou trois fois ce que jusque-là Germinie avait saisi à demi-mot. Elle se demandait, en la voyant ainsi, lente et endormie, si on ne lui avait pas changé sa bonne. — Mais tu deviens donc une bête d'imbécile ! lui disait-elle parfois impatientée. Elle se souvenait du temps où Germinie lui était si utile pour retrouver une date, mettre une adresse sur une carte, dire le jour où on avait rentré le bois ou entamé la pièce de vin, toutes choses qui échappaient à sa vieille tête. Germinie ne se rappelait plus rien. Le soir, quand elle comptait avec mademoiselle, elle ne pouvait retrouver ce qu'elle avait acheté le matin; elle disait : Attendez !... et après un geste vague, rien ne lui revenait. Mademoiselle, pour ménager ses yeux fatigués, avait pris l'habitude de se faire lire par elle le journal : Germinie arriva à tellement ânonner, à lire avec si peu d'intelligence, que mademoiselle fut obligée de la remercier.

Son intelligence allant ainsi en s'affaissant, son corps aussi s'abandonnait et se délaissait. Elle renonçait à la toilette, à la propreté même. Dans son incurie, elle ne gardait rien des soins de la femme; elle ne s'habillait plus. Elle portait des robes tachées de graisse et déchirées sous les bras, des tabliers en loques, des bas troués dans des savates avachies. Elle laissait la cuisine, la fumée, le charbon, le cirage, la souiller et s'essuyer après elle comme après un torchon. Autrefois, elle avait eu la coquetterie et le luxe des femmes pauvres, l'amour du linge. Personne dans la maison n'avait de bonnets plus frais. Ses petits cols, tout unis et tout simples, étaient toujours de ce blanc qui éclaire si joliment la peau et fait toute la personne nette. Maintenant, elle avait des bonnets fatigués, fripés, avec lesquels elle semblait avoir dormi. Elle se passait de manchettes, son col laissait voir contre la peau de son cou un liseré de crasse, et on la sentait plus sale encore en dessous qu'en dessus. Une odeur de misère, croupie et rance, se levait d'elle. Quelquefois, c'était si fort que Mlle de Varandeuil ne pouvait s'empêcher de lui dire : – Va donc te changer, ma fille... tu sens le pauvre...

Dans la rue, elle n'avait plus l'air d'appartenir à quelqu'un de propre. Elle ne semblait plus la domestique d'une personne honnête. Elle perdait l'aspect d'une servante qui, se soignant et se respectant dans sa mise même, porte sur elle le reflet de sa maison et l'orgueil de ses maîtres. De jour en jour elle devenait cette créature abjecte et débraillée dont la robe glisse au ruisseau, – une *souillon*.

Se négligeant, elle négligeait tout autour d'elle. Elle ne rangeait plus, elle ne nettoyait plus, elle ne lavait plus. Elle laissait le désordre et la saleté entrer dans l'appartement, envahir l'intérieur de mademoiselle, ce petit intérieur dont la propreté faisait autrefois mademoiselle si contente et si fière. La poussière s'amassait, les araignées filaient derrière les cadres, les glaces se voilaient, les marbres des cheminées, l'acajou des meubles se ternissaient; les papillons s'envolaient des tapis qui n'étaient plus secoués, les vers se mettaient où ne passaient plus la brosse ni le balai; l'oubli poudroyait partout sur les choses sommeillantes et abandonnées que réveillait et ranimait autrefois le coup de main de chaque matin. Une dizaine de fois, mademoiselle avait tenté de piquer là-dessus l'amour-propre de Germinie; mais alors, tout un jour, c'était un nettoyage si forcené et accompagné de tels accès d'humeur, que mademoiselle se promettait de ne plus recommencer. Un jour pourtant elle s'enhardit à écrire le nom de Germinie avec le doigt sur la poussière de sa glace; Germinie fut huit jours sans le lui pardonner. Mademoiselle en vint à se résigner. A peine si elle laissait échapper bien doucement, quand elle voyait sa bonne dans un moment de bonne humeur : – Avoue, ma fille, que la poussière est bien heureuse chez nous !

A l'étonnement, aux observations des amies qui venaient encore la voir et que Germinie était forcée de laisser entrer, mademoiselle répondait avec un accent de miséricorde et d'apitoiement : – Oui, c'est sale, je sais bien ! Mais que voulez-vous ? Germinie est malade, et j'aime mieux qu'elle ne se tue pas. Parfois, quand Germinie était sortie, elle se hasardait à donner avec ses mains goutteuses un coup de serviette sur la commode, un coup de plumeau sur un cadre. Elle se dépêchait, craignant d'être grondée, d'avoir une scène, si sa bonne rentrait et la voyait.

Germinie ne travaillait presque plus; elle servait à peine. Elle avait réduit le dîner et le déjeuner de sa maîtresse aux mets les plus simples, les plus courts et les plus faciles à cuisiner. Elle faisait son lit sans relever les matelas, *à l'anglaise*. La domestique qu'elle avait été ne se retrouvait et ne revivait plus en elle qu'aux jours où mademoiselle donnait un petit dîner dont le nombre de couverts était toujours assez grand par la bande d'enfants conviés. Ces jours-là, Germinie sortait, comme par enchantement, de sa paresse, de son apathie, et, puisant des forces dans une sorte de fièvre, elle retrouvait, devant le feu de ses fourneaux et les rallonges de la table, toute son activité passée. Et mademoiselle était stupéfaite de la voir, suffisant à tout, seule et ne voulant pas d'aide, faire en quelques heures un dîner pour une dizaine de personnes, le servir, le desservir avec les mains et toute la vive adresse de sa jeunesse.

XL

– Non... cette fois-ci, non, dit Germinie en se levant du pied du lit de Jupillon où elle s'était assise. Il n'y a pas moyen... Mais tu ne sais donc pas que je n'ai plus un sou... ce qui s'appelle un sou !... Tu n'as donc pas vu les bas que je porte !

Et relevant sa jupe, elle lui montra des bas tout troués et noués avec des lisières. – Je n'ai plus de quoi changer de rien... De l'argent ?... mais le jour de la fête de mademoiselle, je n'ai pas eu seulement pour lui donner des fleurs... Je lui ai acheté un bouquet de violettes d'un sou, ainsi ! Ah ! oui, de l'argent !... Tes derniers vingt francs... sais-tu comment je les ai eus ?... En les prenant dans la cassette de mademoiselle !... Je les ai remis... Mais c'est fini... Je ne veux plus de cela... C'est bon une fois... Où veux-tu que j'en trouve à présent, dis-moi un peu ?... On ne peut pas mettre de sa peau au Mont-de-Piété... sans ça !... Mais pour faire encore un coup comme ça, jamais de la vie !... Tout ce que tu voudras, mais pas ça, pas voler ! Je ne veux plus... Oh ! je sais bien, va, ce qui m'arrivera avec toi... Mais tant pis !

– Ah ! ça, as-tu fini de te monter ? dit Jupillon. Si tu m'avais dit ça pour les vingt francs... est-ce que tu t'imagines que j'en aurais voulu ? Je ne te croyais pas pannée tant que ça, moi... Je te voyais toujours aller...

Je me figurais que ça ne te gênait pas de me prêter une pièce de vingt francs que je t'aurais rendue dans une semaine ou deux avec les autres... Mais, tu ne dis rien ?... Eh bien ! voilà tout, je ne t'en demanderai plus... C'est pas une raison pour que nous nous fâchions, ça, il me semble...

Et jetant sur Germinie un regard indéfinissable : — N'est-ce pas, à jeudi ?

— A jeudi ! dit désespérément Germinie. Elle avait envie de se jeter dans les bras de Jupillon, de lui demander pardon de sa misère, de lui dire : Tu vois bien, je ne peux pas !...

Elle répéta : — A jeudi ! et partit.

Quand, le jeudi, elle frappa à la porte du rez-de-chaussée de Jupillon, elle crut entendre le pas d'un homme qui se sauvait au fond dans la chambre. La porte s'ouvrit : devant elle était la cousine qui avait une résille, une vareuse rouge, des pantoufles, la toilette et la contenance d'une femme qui est chez elle chez un homme. Çà et là ses affaires traînaient : Germinie les voyait sur les meubles qu'elle avait payés.

— Madame demande ? fit impudemment la cousine.

— M. Jupillon ?

— Il est sorti.

— Je l'attendrai, dit Germinie; et elle essaya d'entrer dans l'autre pièce.

— Chez le portier, alors ? Et la cousine lui barra le passage.

— Quand rentrera-t-il ?

— Quand les poules auront des dents, lui dit sérieusement la petite fille; et elle lui ferma la porte au nez.

— Eh bien ! c'est bien ça que j'attendais de lui, se dit Germinie, en marchant dans la rue. Les pavés lui semblaient s'enfoncer sous ses jambes molles.

XLI

Rentrant ce soir-là d'un dîner de baptême qu'elle n'avait pu refuser, mademoiselle entendit parler dans sa chambre. Elle crut qu'il y avait quelqu'un avec Germinie, et s'en étonnant, elle poussa la porte. A la lueur d'une chandelle charbonnante et fumeuse, elle ne vit d'abord personne; puis, en regardant bien, elle aperçut sa bonne couchée et pelotonnée sur le pied de son lit.

Germinie dormait et parlait. Elle parlait avec un accent étrange, et qui donnait de l'émotion, presque de la peur. La vague solennité des choses surnaturelles, un souffle d'au-delà de la vie s'élevait dans la chambre, avec cette parole du sommeil, involontaire, échappée, palpitante, suspendue, pareille à une âme sans corps qui errerait sur une bouche morte. C'était une voix lente, profonde, lointaine, avec de grands silences de respiration et des mots exhalés comme des soupirs, traversée de notes vibrantes et poignantes qui entraient dans le cœur, une voix pleine du mystère et du tremblement de la nuit où la dormeuse semblait retrouver à tâtons des souvenirs et passer la main sur des visages. On entendait : — Oh ! elle m'aimait bien... Et lui, s'il n'était pas mort... nous serions bien heureux à présent, n'est-ce pas ?... Non ! non ! Mais c'est fait, tant pis, je ne veux pas le dire...

Et Germinie eut une contraction nerveuse comme pour faire rentrer son secret et le reprendre au bord de ses lèvres.

Mademoiselle était penchée avec une sorte d'épouvante sur ce corps abandonné et ne s'appartenant plus, dans lequel le passé revenait comme un revenant dans une maison abandonnée. Elle écoutait ces aveux prêts à jaillir et machinalement arrêtés, cette pensée sans connaissance qui parlait toute seule, cette voix qui ne s'entendait pas elle-même. Une sensation d'horreur lui venait : elle avait l'impression d'être à côté d'un cadavre possédé par un rêve.

Au bout de quelque temps de silence, d'une sorte de tiraillement entre ce qu'elle paraissait revoir, Germinie sembla laisser venir à elle le présent de sa vie. Ce qui lui échappait, ce qu'elle répandait dans des paroles coupées et sans suite, c'était, autant que pouvait le comprendre mademoiselle, des reproches à quelqu'un. Et à mesure qu'elle parlait son langage devenait aussi méconnaissable que sa voix transposée dans les notes du songe. Il s'élevait au-dessus de la femme, au-dessus de son ton et de ses expressions journalières. C'était comme une langue de peuple purifiée et transfigurée dans la passion. Germinie accentuait les mots avec leur orthographe; elle les disait avec leur éloquence. Les phrases sortaient de sa bouche, avec leur rythme, leur déchirement, et leurs larmes, ainsi que de la bouche d'une comédienne admirable. Elle avait des mouvements de tendresse coupés par des cris; puis venaient des révoltes, des éclats, une ironie merveilleuse, stridente, implacable, s'éteignant toujours dans un accès de rire nerveux qui répétait, se prolongeait, d'écho en écho, la même insulte. Mademoiselle restait confondue, stupéfaite, écoutant comme au théâtre. Jamais elle n'avait entendu le dédain tomber de si haut, le mépris se briser ainsi et rejaillir dans le rire, la parole d'une femme avoir tant de vengeances contre un homme. Elle cherchait dans sa mémoire : un pareil jeu, de telles intonations, une voix aussi dramatique et aussi déchirée que cette voix de poitrinaire crachant son cœur, elle ne se les rappelait que de Mlle Rachel.

A la fin, Germinie s'éveilla brusquement, les yeux pleins des larmes de son sommeil, et se jeta au bas du lit, en voyant sa maîtresse rentrée. — Merci, lui dit celle-ci, ne te gêne pas !... Vautre-toi sur mon lit comme ça !

— Oh ! mademoiselle, fit Germinie, je n'étais pas où vous mettez votre tête... Là, ça vous réchauffera les pieds.

— Ah çà ! veux-tu me dire un peu ce que tu rêvais ?... Il y avait un homme... tu te disputais...

— Moi ? fit Germinie, je ne me rappelle plus...

Et cherchant son rêve, elle se mit à déshabiller silencieusement sa maîtresse. Quand elle l'eut couchée : Ah ! mademoiselle, lui dit-elle en lui bordant son lit, n'est-ce pas que vous me donnerez bien une fois quinze jours pour aller chez nous ?... Ça me revient maintenant...

XLII

Bientôt mademoiselle s'étonna d'un entier changement dans la manière d'être, les habitudes de sa bonne. Germinie n'eut plus ses maussaderies, ses humeurs farouches, ses rébellions, ces mâchonnements de mots où grognait son mécontentement. Elle sortit tout à coup de sa paresse, reprit le zèle de son ouvrage. Elle ne resta plus des heures à faire son marché; elle semblait fuir la rue. Le soir, elle ne sortait plus; à peine si elle bougeait d'auprès de mademoiselle, l'entourant, la gardant de son lever à son coucher, prenant d'elle un soin continu, incessant, presque irritant, ne la laissant pas se lever, pas même allonger la main pour prendre quelque chose, la servant, la veillant comme un enfant. Par moments, fatiguée d'elle, lasse de cette éternelle occupation de sa personne, mademoiselle ouvrait la bouche pour lui dire : Ah çà ! vas-tu bientôt décampiller d'ici ? Mais Germinie levait sur elle son sourire, un sourire si triste et si doux, qu'il arrêtait l'impatience sur les lèvres de la vieille fille. Et elle continuait à demeurer près d'elle, avec une espèce d'air charmé et divinement hébété, dans l'immobilité d'une adoration profonde, l'enfoncement d'une contemplation presque idiote.

C'est qu'en ce moment toute l'affection de la pauvre fille se retournait vers mademoiselle. Sa voix, ses gestes, ses yeux, son silence, sa pensée, allaient à la personne de sa maîtresse avec l'ardeur d'une expiation, la contrition d'une prière, l'élancement d'un culte. Elle l'aimait avec toutes les tendres violences de sa nature. Elle l'aimait avec toutes les déceptions de sa passion. Elle voulait lui rendre tout ce qu'elle ne lui avait pas donné, tout ce que d'autres lui avaient pris. Chaque jour son amour embrassait plus étroitement, plus religieusement la vieille demoiselle qui se sentait pressée, enveloppée, mollement réchauffée par la chaleur de ces deux bras jetés autour de sa vieillesse.

XLIII

Mais le passé et ses dettes étaient toujours là, et lui répétaient à toute heure : – Si mademoiselle savait !

Elle vivait dans des transes de criminelle, dans un tremblement de tous les instants. On ne sonnait pas à la porte sans qu'elle se dît : C'est ça ! Les lettres d'une écriture inconnue la remplissait d'anxiété. Elle en tourmentait la cire avec ses doigts, elle les renfonçait dans sa poche, elle hésitait à les donner, et le moment où mademoiselle ouvrait le terrible papier, le parcourait de l'œil froid des vieilles gens, avait pour elle l'émotion d'un arrêt de mort qu'on attend. Elle sentait son secret et son mensonge dans la main de tout le monde. La maison l'avait vue et pouvait parler. Le quartier la connaissait. Autour d'elle, il n'y avait plus que sa maîtresse dont elle pût voler l'estime !

En montant, en descendant, elle trouvait le regard du portier, un regard qui souriait, un regard qui lui disait : Je sais. Elle n'osait plus l'appeler : Mon Pipelet. Quand elle rentrait, il regardait dans son panier :

— Moi qui aime tant ça ! disait la portière quand il y avait quelque bon morceau. Le soir elle leur descendait les restes. Elle ne mangeait plus. Elle finit par les nourrir.

Toute la rue lui faisait peur comme l'escalier et la loge. Il y avait dans chaque boutique un visage qui lui renvoyait sa honte et spéculait sur sa faute. A chaque pas, il lui fallait acheter le silence à prix de bassesse et de soumission. Les fournisseurs qu'elle n'avait pu rembourser, la tenaient. Si elle trouvait quelque chose trop cher, une goguenardise lui rappelait qu'ils étaient ses maîtres, et qu'il fallait payer si elle ne voulait pas être dénoncée. Une plaisanterie, une allusion la faisait pâlir. Elle était liée là, obligée de s'y fournir, de s'y laisser fouiller aux poches comme par des complices. La remplaçante de Mme Jupillon, partie pour aller tenir une épicerie à Bar-sur-Aube, la nouvelle crémière lui passait son mauvais lait, et quand elle lui disait que mademoiselle s'en plaignait, qu'elle avait des reproches tous les matins : — Votre mademoiselle, répondait la crémière, avec ça qu'elle vous gêne ! Chez la fruitière, quand elle sentait un poisson et qu'elle lui disait : Il a été sur la glace celui-là... — Bon ! faisait la fruitière, dites tout de suite que je l'y mets des influences de la lune dans les ouïes pour le faire paraître frais !... On est donc dans ses jours difficiles, aujourd'hui, ma biche ? Mademoiselle voulait pour un dîner qu'elle allât à la Halle; elle en parla devant la fruitière : — Ah ! bien oui, à la Halle ! Je voudrais vous voir aller à la Halle ! Et elle lui lança un coup d'œil où Germinie vit son compte monté chez sa maîtresse. L'épicier lui vendait son café qui sentait le tabac à priser, ses pruneaux avariés, son riz éventé, ses vieux biscuits. Quand elle s'enhardissait à lui faire une observation : — Ah ! bah ! disait-il, une vieille pratique comme vous, vous ne voudriez pas me faire des traits... Puisque je vous dis que je vous donne bon... Et il lui pesait cyniquement à faux poids ce qu'elle demandait et ce qu'il lui faisait demander.

XLIV

Une grande douleur de Germinie, — une douleur qu'elle cherchait pourtant, — était de repasser, en revenant de chercher le journal du soir pour mademoiselle, avant dîner, dans une rue où était une école de petites filles. Souvent elle se trouvait devant la porte à l'heure de la sortie; elle voulait se sauver, — et s'arrêtait.

C'était d'abord le bruit d'un essaim, un bourdonnement, une envolée, une de ces grandes joies d'enfants qui font gazouiller la rue à Paris. De l'allée étroite et noire qui suivait la classe, les petites se sauvaient comme d'une cage ouverte, s'échappaient pêle-mêle, couraient en avant, gaminaient au soleil. Elles se poussaient, se bousculaient, faisaient sauter au-dessus de leurs têtes leurs paniers vides. Puis les groupes s'appelaient et se formaient; les petites mains allaient à d'autres petites mains, les amies se donnaient le bras, des couples se prenaient par la taille, se tenaient par le cou, et se mettaient à aller en mordant à la même tartine. La bande bientôt marchait, et toutes remontaient la rue sale, lentement, en musardant. Les plus grandes, qui avaient dix ans, s'arrêtaient pour causer, comme de petites femmes, aux portes cochères. D'autres faisaient halte pour boire à la bouteille de leur goûter. Les plus petites s'amusaient à mouiller dans le ruisseau la semelle de leurs souliers. Et il y en avait qui se coiffaient d'une feuille de chou ramassée par terre, vert bonnet du bon Dieu sous lequel riait leur frais petit visage.

Germinie les regardait toutes et marchait avec elles : elle se mettait dans les rangs pour avoir le frôlement de leurs tabliers. Elle ne pouvait quitter des yeux ces petits bras sous lesquels sautait le carton de l'école, ces petites robes brunes à pois, ces petits pantalons noirs, ces petites jambes dans ces petits bas de laine. Il y avait pour elle comme un jour divin sur toutes ces petites têtes de blondines aux doux cheveux d'enfant Jésus. Une petite mèche folle sur un petit cou, un rien de chair d'enfant au haut d'un bout de chemise, au bas d'une manche, par instants elle ne voyait plus que cela : c'était pour elle tout le soleil de la rue, — et le Ciel !

Cependant la troupe diminuait. Chaque rue prenait les enfants des rues voisines. L'école se dispersait sur le chemin. La gaieté de tous ces petits pas s'éteignait peu à peu. Les petites robes disparaissaient une à une. Germinie suivait les dernières; elle s'attachait à celles qui allaient le plus loin.

Une fois qu'elle marchait ainsi, dévorant des yeux le souvenir de sa fille, tout à coup prise d'une rage d'embrasser, elle se jeta sur une des petites, l'empoigna par le bras, avec le geste d'une voleuse d'enfant...

— Maman ! maman ! cria et pleura la petite en s'échappant. Germinie se sauva.

XLV

Les jours succédaient aux jours pour Germinie, pareils, également désolés et sombres. Elle avait fini par ne plus rien attendre du hasard et ne plus rien demander à l'imprévu. Sa vie lui semblait enfermée à jamais dans son désespoir : elle devait continuer à être toujours la même chose implacable, la même route de malheur, toute plate et toute droite, le même chemin d'ombre, avec la mort au bout. Dans le temps, il n'y avait plus d'avenir pour elle.

Et pourtant, dans la désespérance où elle s'accroupissait, des pensées la traversaient encore par instants, qui lui faisaient relever la tête et regarder devant elle au-delà de son présent. Par instants, l'illusion d'une dernière espérance lui souriait. Il lui semblait qu'elle pouvait encore être heureuse, et que si certaines choses arrivaient, elle le serait. Alors elle imaginait ces choses. Elle disposait les accidents, les catastrophes. Elle enchaînait l'impossible à l'impossible. Elle refaisait toutes les chances de sa vie. Et son espérance enfiévrée se mettant à créer à l'horizon des événements de son désir, s'enivrait bientôt de la folle vision de ses hypothèses.

Puis peu à peu ce délire d'espoir quittait Germinie. Elle se disait que c'était impossible, que rien de ce qu'elle rêvait ne pouvait arriver, et elle restait à réfléchir, affaissée sur sa chaise. Bientôt, au bout de quelques instants, elle se levait, allait, lente et incertaine, à la cheminée, tâtonnait sur le manteau la cafetière et se décidait à la prendre : elle allait savoir le restant de sa vie. Son bonheur, son malheur, tout ce qui devait lui arriver était là, dans cette bonne aventure de la femme du peuple, sur cette assiette où elle venait de verser le marc du café...

Elle égouttait l'eau du marc, attendait quelques minutes, respirait dessus avec le souffle religieux dont sa bouche d'enfant touchait la patène à l'église de son village. Puis, se penchant, elle se tenait la tête en avant, effrayante d'immobilité, les yeux fixes et perdus sur la traînée de noir éparpillée en mouchetures sur l'assiette. Elle cherchait ce qu'elle avait vu trouver à des tireuses de cartes dans les granulations et le pointillé presque imperceptible que le résidu du café laisse en s'écoulant. Elle s'usait la vue sur ces milliers de petites taches, y déterrait des formes, des lettres, des signes. Elle isolait avec le doigt des grains pour se les montrer plus clairs et plus nets. Elle tournait et roulait lentement l'assiette entre ses mains, interrogeait son mystère de tous les côtés, et poursuivait dans son cercle des apparences, des images, des rudiments de nom, des ombres d'initiales, des ressemblances de quelqu'un, des ébauches de quelque chose, des embryons de présages, des figurations de rien qui lui annonçaient qu'elle serait *victorieuse.* Elle voulait voir, et se forçait à deviner. Sous la tension de son regard, la porcelaine s'animait des visions de ses insomnies; ses chagrins, ses haines, les visages qu'elle détestait, se levaient peu à peu de l'assiette magique et des dessins du hasard. A côté d'elle la chandelle, qu'elle oubliait de moucher, jetait sa lueur intermittente et mourante : la lumière baissait dans le silence, l'heure tombait dans la nuit, et comme pétrifiée dans un arrêt d'angoisse, Germinie restait toujours clouée là, seule et face à face avec la terreur de l'avenir, essayant de démêler dans les salissures du café le visage brouillé de son destin, jusqu'à ce qu'elle crût apercevoir une croix à côté d'une femme ayant l'air de la cousine de Jupillon, – une croix, c'est-à-dire *une mort prochaine.*

XLVI

L'amour qui lui manquait, et auquel elle avait la volonté de se refuser, devint alors la torture de sa vie, un supplice incessant et abominable. Elle eut à se défendre contre les fièvres de son corps, et les irritations du dehors, contre les émotions faciles et les molles lâchetés de sa chair, contre toutes les sollicitations de nature qui l'assaillaient. Il lui fallut lutter avec les chaleurs de la journée, avec les suggestions de la nuit, avec les tiédeurs moites des temps d'orage, avec le souffle de son passé et de ses souvenirs, avec les choses peintes tout à coup au fond d'elle, avec les voix qui l'embrassaient tout bas à l'oreille, avec les frémissements qui faisaient passer de la tendresse dans tous ses membres.

Des semaines, des mois, des années, l'affreuse tentation dura pour elle, sans qu'elle y cédât, sans qu'elle prît un autre amant. Se craignant elle-même, elle fuyait l'homme et se sauvait de sa vue. Elle restait casanière et sauvage, enfermée chez mademoiselle, ou bien en haut dans sa chambre : le dimanche elle ne sortait plus. Elle avait cessé de voir les bonnes de la maison, et, pour s'occuper et s'oublier, elle s'abîmait dans de grands travaux de couture, ou s'enfonçait dans le sommeil. Quand des musiciens venaient dans la cour, elle fermait les fenêtres pour ne pas les entendre : la volupté de la musique lui mouillait l'âme.

Malgré tout, elle ne pouvait s'apaiser ni se refroidir. Ses mauvaises pensées se rallumaient toutes seules, vivaient et s'agitaient sur elle-mêmes. A tout heure, l'idée fixe du désir se levait de tout son être, devenait dans toute sa personne ce tourment fou qui ne finit pas, ce transport des sens au cerveau : l'obsession, -- l'obsession que rien ne chasse et qui revient toujours, l'obsession impudique, acharnée, fourmillante d'images, l'obsession qui approche l'amour de tous les sens de la femme, l'apporte à ses yeux fermés, le roule fumant dans sa tête, le charrie tout chaud dans ses artères !

A la longue, l'ébranlement nerveux de ces assauts continuels, l'irritation de cette douloureuse continence, mettaient un commencement de trouble dans les perceptions de Germinie. Son regard croyait toucher ses tentations : une hallucination épouvantable approchait de ses sens la réalité de leurs rêves. Il arrivait qu'à de certains moments ce qu'elle voyait, ce qui était là, les chandeliers, les pieds des meubles, les bras des fauteuils, tout autour d'elle prenait des apparences, des formes d'impureté. L'obscénité surgissait de toutes choses sous ses yeux et venait à elle. Alors, regardant l'heure au coucou de sa cuisine comme une condamnée qui n'a plus son corps à elle, elle disait : Dans cinq minutes, je vais descendre dans la rue... —

Et, les cinq minutes passées, elle restait et ne descendait pas.

XLVII

Une heure arrivait dans cette vie où Germinie renonçait à la lutte. Sa conscience se courbait, sa volonté se pliait, elle s'inclinait sous le sort de sa vie. Ce qui lui restait de résolution, d'énergie, de courage, s'en allait sous le sentiment, la conviction désespérée de son impuissance à se sauver d'elle-même. Elle se sentait dans le courant de quelque chose allant toujours, qu'il était inutile, presque impie, de vouloir arrêter. Cette grande force du monde qui fait souffrir, la puissance mauvaise qui porte le nom d'un dieu sur le marbre des tragédies antiques, et qui s'appelle *Pas-de-Chance* sur le front tatoué des bagnes, la Fatalité l'écrasait, et Germinie baissait la tête sous son pied.

Quand, à ses heures découragées, elle retrouvait par le souvenir les amertumes de son passé, quand elle suivait depuis son enfance l'enchaînement de sa lamentable existence, cette file de douleurs qui avait suivi ses années et grandi avec elles, tout ce qui s'était succédé dans son existence comme une rencontre et un arrangement de misère, sans que jamais elle y eût vu apparaître la main de cette Providence dont on lui avait tant parlé, elle se disait qu'elle était de ces malheureuses vouées en naissant à une éternité de misère, de celles pour lesquelles le bonheur n'est pas fait et qui ne le connaissent qu'en l'enviant aux autres. Elle se repaissait et se nourrissait de cette idée, et à force d'en creuser le désespoir, à force de ressasser en elle-même la continuité de son infortune et la succession de ses chagrins, elle arrivait à voir une persécution de sa malchance dans les plus petits malheurs de sa vie, de son service. Un peu d'argent qu'elle prêtait et qu'on ne lui rendait pas, une pièce fausse qu'on lui faisait passer dans une boutique, une commission qu'elle faisait mal, un achat où on la trompait, tout cela pour elle ne venait jamais de sa faute, ni d'un hasard. C'était la suite du reste. La vie était conjurée contre elle et la persécutait en tout, partout, du petit au grand, de sa fille qui était morte, à l'épicerie qui était mauvaise. Il y avait des jours où elle cassait tout ce qu'elle touchait : elle s'imaginait alors être maudite jusqu'au bout des doigts. Maudite ! presque damnée, elle se persuadait qu'elle l'était bien réellement, lorsqu'elle interrogeait son corps, lorsqu'elle sondait ses sens. Dans la flamme de son sang, l'appétit de ses organes, sa faiblesse ardente, ne sentait-elle point s'agiter la Fatalité de l'Amour, le mystère et la possession d'une maladie, plus forte que sa pudeur et sa raison, l'ayant déjà livrée aux hontes de la passion, et devant — elle le pressentait — l'y livrer encore ?

Aussi n'avait-elle plus qu'une phrase à la bouche, une phrase qui était le refrain de ses pensées : Que voulez-vous ? je suis malheureuse... Je n'ai pas de chance... Moi d'abord rien ne me réussit. Elle disait cela comme une femme qui a renoncé à espérer. Avec la pensée chaque jour plus fixe d'être née sous un signe défavorable, d'appartenir à des haines et à des vengeances plus hautes qu'elle, la terreur était venue à Germinie de tout ce qui arrive dans la vie. Elle vivait dans cette lâche inquiétude où l'imprévu est redouté comme une calamité qui va entrer, où un coup de sonnette fait peur, où on retourne une lettre, en en pesant l'inconnu, sans oser l'ouvrir, où la nouvelle qu'on va vous dire, la bouche qui s'ouvre pour vous parler, vous fait passer une sueur sur les tempes. Elle en était à cet état de défiance, de tressaillement, de tremblement devant la destinée, où le malheur ne voit que le malheur, et où l'on voudrait arrêter sa vie pour qu'elle ne marche plus et qu'elle n'aille pas devant elle, là où la poussent tous les vœux et toutes les attentes des autres.

A la fin, elle arrivait par les larmes à ce dédain suprême, à ce faîte de la souffrance, où l'excès de la douleur semble une ironie, où le chagrin, dépassant la mesure des forces de l'être humain, dépasse sa sensibilité, et où le cœur frappé et qui ne sent plus les coups, dit au ciel qu'il défie : Encore !

XLVIII

— Où vas-tu comme ça ? dit un dimanche matin Germinie à Adèle qui passait en grande toilette dans le corridor du sixième, devant la porte de sa chambre ouverte.

— Ah ! voilà ! je vais à une fière noce, va ! Nous sommes un tas... la grosse Marie, le *gros tampon*, tu sais bien... Elisa, du 41, la grande et la petite Badinier... et des hommes avec ça ! D'abord moi je suis avec mon *marchand de mort subite*... Eh bien, oui...

Ah! tu ne sais pas?... mon nouveau, le maître d'armes du 24e... et puis un de ses amis, un peintre, un vrai Père la Joie... Nous allons à Vincennes. Chacun apporte quelque chose... Nous dînerons sur l'herbe... c'est les messieurs qui payent à boire... et on va s'en donner, je t'en réponds!

— J'y vais, dit Germinie.

— Toi? allons donc!... c'est plus des parties pour toi...

— Quand je te dis que j'y vais... fit Germinie avec une brusquerie décidée. Le temps de prévenir mademoiselle, de passer une robe... Attends-moi, je vais prendre une moitié de homard chez le charcutier...

Une demi-heure après, les deux femmes partaient, remontaient le long du mur de l'octroi et trouvaient, au boulevard de la Chopinette, le reste de la société attablé à l'extérieur d'un café. Après une tournée de cassis, on montait dans deux grands fiacres, et l'on roulait. Arrivé à Vincennes, devant le fort, on descendait, et toute la troupe se mettait à marcher en bande le long du talus du fossé. En passant devant le mur du fort, à un artilleur en faction à côté d'un canon, l'ami du maître d'armes, le peintre cria : — Hein! mon vieux, tu aimerais mieux en boire un que de le garder!

— Est-il drôle! dit Adèle à Germinie, en lui donnant un grand coup de coude.

Et bientôt l'on fut en plein bois de Vincennes.

D'étroits sentiers, à la terre piétinée, talée et durcie, pleins de traces, se croisaient dans tous les sens. Dans l'intervalle de tous ces petits chemins, il s'étendait, par places, de l'herbe, mais une herbe écrasée, desséchée, jaunie et morte, éparpillée comme une litière, et dont les brins, couleur de paille, s'emmêlaient de tous côtés aux broussailles, entre le vert triste des orties. On reconnaissait là un de ces lieux champêtres où vont se vautrer les dimanches des grands faubourgs, et qui restent comme un gazon piétiné par une foule après un feu d'artifice. Des arbres s'espaçaient, tordus et mal venus, de petits ormes au tronc gris, tachés d'une lèpre jaune, ébranchés jusqu'à hauteur d'homme, des chênes malingres, mangés de chenilles et n'ayant plus que la dentelle de leurs feuilles. La verdure était pauvre, souffrante, et toute à jour, le feuillage en l'air se voyait tout mince; les frondaisons rabougries, fripées et brûlées, ne faisaient que persiller le ciel. De volantes poussières de grandes routes enveloppaient de gris les fonds. Tout avait la misère et la maigreur d'une végétation foulée et qui ne respire pas, la tristesse de la verdure à la barrière : la Nature semblait y sortir des pavés. Point de chant dans les branches, point d'insecte sur le sol battu; le bruit des tapissières étourdissait l'oiseau; l'orgue faisait taire le silence et le frisson du bois; la rue passait et chantait dans le paysage. Aux arbres pendaient des chapeaux de femmes attachés dans un mouchoir avec quatre épingles; le pompon d'un artilleur éclatait de rouge à chaque instant entre les découpures de feuilles; des marchands de gaufres se levaient des fourrés; sur les pelouses pelées, des enfants en blouse taillaient des branches, des ménages d'ouvriers baguenaudaient en mangeant du *plaisir*, des casquettes de voyou attrapaient des papillons. C'était un de ces bois à la façon de l'ancien bois de Boulogne, poudreux et grillé, une promenade banale et violée, un de ces endroits d'ombre avare où le peuple va se balader à la porte des capitales, parodies de forêts, pleines de bouchons, où l'on trouve dans les taillis des côtes de melon et des pendus !

La chaleur, ce jour-là, était étouffante; il faisait un soleil lourd et roulant dans les nuages, une lumière orageuse, voilée et diffuse, qui aveuglait presque le regard. L'air avait une lourdeur morte; rien ne remuait; les verdures avec leurs petites ombres sèches ne bougeaient pas, le bois était las et comme accablé sous le ciel pesant. Par moments seulement un souffle se levait, qui traînait et rasait le sol. Un vent du midi passait, un de ces vents d'énervement, fauves et fades, qui soufflent sur les sens et roulent dans du feu l'haleine du désir. Sans savoir d'où cela venait, Germinie sentait alors passer sur tout son corps quelque chose de pareil au chatouillement du duvet d'une pêche mûre contre la peau.

On allait toujours gaiement, avec cette activité un peu enivrée que donne la campagne aux gens du peuple. Les hommes couraient, les femmes les rattrapaient en sautillant. On jouait à se rouler. Il y avait dans la société des impatiences de danser, des envies de grimper aux arbres; et de loin, le peintre s'amusait à jeter dans les meurtrières des portes du fort des cailloux qu'il y faisait toujours entrer.

A la fin, tout le monde s'assit dans une espèce de clairière, au pied d'un bouquet de chênes dont le soleil couchant allongeait l'ombre. Les hommes, allumant une allumette sur le coutil de leur pantalon, se mirent à fumer. Les femmes bavardaient, riaient, se renversaient à chaque minute dans de gros accès d'hilarité bête, et dans de criards éclats de joie. Seule, Germinie restait sans parler et sans rire. Elle n'écoutait pas, elle ne regardait pas. Ses yeux, sous ses paupières baissées, étaient fixement attachés au bout de ses bottines. Abîmée en elle-même, on l'eût dit absente du lieu et du moment où elle se trouvait. Allongée, étendue tout de son long sur l'herbe, la tête un peu relevée par une motte de terre, elle ne faisait d'autre mouvement que de poser à plat, à côté d'elle, sur l'herbe, la paume de ses mains; puis, au bout d'un peu de temps, elle les retournait sur le dos et les reposait de même, recommençant toujours à chercher la fraîcheur de la terre pour éteindre le brûlement de sa peau.

– En v'là une feignante ! tu pionces ? lui fit Adèle.

Germinie ouvrit tout grands des yeux de feu, sans lui répondre, et jusqu'au dîner elle demeura dans la même pose, le même silence, la même torpeur, tâtonnant autour d'elle les places où n'avait point encore posé la fièvre de ses mains.

– Dédèle ! dit une voix de femme, chante-nous quelque chose...

– Ah ! répondit Adèle, je n'ai pas le vent avant manger...

Tout à coup un gros pavé, lancé en l'air, tomba à côté de Germinie, près de sa tête; en même temps elle entendit la voix du peintre qui lui criait : As pas peur ! c'est votre chaise...

Chacun mit son mouchoir par terre en guise de nappe. On détortilla les mangeailles des papiers gras. Des litres débouchés, le vin coula à la ronde, moussant dans les verres calés entre des touffes d'herbe, et l'on se mit à manger des morceaux de charcuterie sur des tartines de pain qui servaient d'assiettes. Le peintre découpait, faisait des bateaux en papier pour mettre le sel, imitait les commandes des garçons de café, criait : Boum !... Pavillon !... Servez ! Peu à peu, la société s'animait. L'air, le petit bleu, la nourriture fouettait la gaieté de la table en plein vent. Les mains voisinaient, les bouches se rencontraient, de gros mots se disaient à l'oreille, des manches de chemises, un instant, entouraient les tailles, et, de temps en temps, dans des embrassades à pleine empoigne, résonnaient des baisers goulus.

Germinie ne disait rien et buvait. Le peintre, qui s'était mis à côté d'elle, se sentait devenir froid et gêné auprès de cette singulière voisine qui s'amusait « si en dedans ». Soudain, il se mit à battre avec son couteau contre son verre un *larifla* qui couvrit le bruit de la société; et se levant sur les deux genoux :

— Mesdames ! dit-il, avec la voix d'un perroquet qui a trop chanté, à la santé d'un homme dans le malheur : à la mienne ! Ça me portera peut-être bonheur !... Lâché, oui, mesdames, eh bien, oui, on m'a lâché ! je suis veuf ! mais veuf comme tout, *razibus* ! C'est moi qui suis ahuri comme un fondeur de cloches... Ce n'est pas que j'y tenais, mais l'habitude, cette vieille canaille d'habitude ! Enfin je m'ennuie comme une punaise dans un ressort de montre... Depuis quinze jours, l'existence pour moi, tenez, ça ressemble à un café sans *gloria* ! Moi qui aime l'amour comme s'il m'avait fait ! Pas de femme ! En voilà un sevrage pour un homme mûr ! c'est-à-dire que depuis que je sais ce que c'est, je salue les curés : ils me font de la peine, parole d'honneur ! Plus de femme ! et il y en a tant ! Je ne peux pourtant pas me promener avec un écriteau : *Un homme vacant à louer. Présentement s'adresser...* D'abord, faudrait être plaqué par m'sieu le préfet, et puis on est si bête, ça ferait des rassemblements ! Tout ça, mesdames, c'est à cette fin de vous faire assavoir que si, dans les personnes que vous avez celui de connaître, il y en avait comme ça une qui voulût faire une connaissance... honnête... un bon petit mariage à la détrempe... faut pas se gêner ! je suis là... Victor Médéric Gautruche ! un homme d'attache, un vrai lierre d'appartement pour le sentiment ! On n'a qu'à demander à mon ancien hôtel de la *Clef de Sûreté*... Et rigolo comme un bossu qui vient de noyer sa femme ! Gautruche, dit Gogo-la-Gaieté, quoi ! Un joli garçon *à la coule* qui ne bricole pas de casse-têtes, un bon *zig* qui se la passe douce, et qui ne se donnera pas de colique avec cette *anisette de barbillon-là*... Sur ce mot, il envoya sauter à vingt pas une bouteille d'eau qui était à côté de lui. — Et vive les murs ! Ça, c'est à papa comme le ciel au bon Dieu ! Gogo-la-Gaieté les peint la semaine, Gogo-la-Gaieté les bat le lundi ! Avec ça pas jaloux, pas méchant, pas cogneur, un vrai amour d'homme qui n'a jamais fait un bleu à une personne du sexe !... Au physique, parbleu ! c'est moi !

Il sc leva tout debout, et dressant son grand corps dégingandé dans son vieil habit bleu à boutons d'or, montrant sous son chapeau gris, qu'il leva, son crâne chauve, poli et suant, relevant sa tête de vieux gamin déplumé : — Vous voyez ce que c'est ! Ce n'est pas une propriété d'agrément; ce n'est pas flatteur à montrer... Mais c'est de rapport, un peu démeublé, mais bien bâti... Dame ! on vous a ses petits quarante-neuf ans... pas plus de cheveux que sur une bille de billard, une barbe de chiendent qu'on en ferait de la tisane, des fondations pas trop tassées, des pieds longs comme la Villette... avec ça maigre à prendre un bain dans un canon de fusil... Voilà le déballage ! Passez le prospectus ! Si une femme veut de tout ça en bloc... une personne rangée... pas trop jeune... et qui ne s'amuse pas à me badigeonner trop en jaune... Vous comprenez, je ne demande pas une princesse de Batignolles... Eh bien, vrai, ça y est !

Germinie empoigna le verre de Gautruche, le but à moitié d'un trait, et le lui tendit du côté où elle avait bu.

. . . .

Le soir tombant, la société s'en revint à pied. Au mur des fortifications, Gautruche dessina avec l'entaille de son couteau, sur la pierre, un grand cœur dans lequel on mit le nom de tout le monde au-dessous de la date.

A la nuit, Gautruche et Germinie étaient sur les boulevards extérieurs, à la hauteur de la barrière Rochechouart. A côté d'une maison basse où on lisait sur un panneau de plâtre : *Mme Merlin. Robes taillées et essayées, deux francs*, ils s'arrêtèrent devant un petit escalier de pierre entrant, après les trois premières marches, dans de la nuit où saignait tout au fond la lumière rouge d'un quinquet. A l'entrée, sur une traverse de bois, était écrit en noir :

Hôtel de la petite main bleue.

XLIX

Médéric Gautruche était l'ouvrier noceur, gouapeur, rigoleur, l'ouvrier faisant de sa vie un lundi. Rempli de la joie du vin, les lèvres perpétuellement humides d'une dernière goutte, les entrailles crassées de tartre comme une vieille futaille, il était de ceux que la Bourgogne appelle énergiquement des *boyaux rouges.* Toujours un peu ivre, ivre de la veille quand il ne l'était pas du jour, il voyait l'existence au travers du coup de soleil qu'il avait dans la tête. Il souriait à son sort, il s'y laissait aller avec l'abandon de l'ivrogne, souriant sur le pas du marchand de vin vaguement aux choses, à la vie, au chemin qui s'allonge dans la nuit. L'ennui, les soucis, la *dèche* n'avaient pas de prise sur lui; et quand par hasard il lui venait une idée noire ou sérieuse, il détournait la tête, faisait un certain psitt ! qui était sa manière de dire zut ! et levant le bras droit au ciel en caricaturant le geste d'un danseur espagnol, il envoyait par-dessus l'épaule sa mélancolie à tous les diables. Il avait la superbe philosophie d'après boire, la sérénité gaillarde de la bouteille. Il ne connaissait ni envie ni désir. Ses rêves lui étaient servis sur le comptoir. Pour trois sous, il était sûr d'avoir un petit verre de bonheur, pour douze un litre d'idéal. Content de tout, il aimait tout, trouvait à rire et à s'amuser de tout. Rien ne lui semblait triste dans le monde — qu'un verre d'eau.

A cet épanouissement de pochard, à la gaieté de sa santé, de son tempérament, Gautruche joignait la gaieté de son état, la bonne humeur et l'entrain de ce métier libre et sans fatigue, en plein air, à mi-ciel, qui se distrait en chantant et perche sur une échelle au-dessus des passants la blague d'un ouvrier. Peintre en bâtiments, il faisait la lettre. Il était le seul, l'unique homme à Paris qui attaquât l'enseigne sans mesure à la ficelle, sans esquisse au blanc, le seul qui du premier coup mît à sa place chacune des lettres dans le cadre d'une affiche, et, sans perdre une minute à les ranger, filât la majuscule à main levée. Il avait encore la renommée pour les lettres *monstres*, les lettres de caprice, les lettres ombrées, repiquées en ton de bronze ou d'or, en imitation de creux dans la pierre. Aussi faisait-il des journées de quinze à vingt francs. Mais comme il buvait tout, il n'en était pas plus riche, et il avait toujours des ardoises arriérées chez les marchands de vin.

C'était un homme élevé par la rue. La rue avait été sa mère, sa nourrice et son école. La rue lui avait donné son assurance, sa langue et son esprit. Tout ce qu'une intelligence de peuple ramasse sur le pavé de Paris, il l'avait ramassé. Ce qui tombe du haut d'une grande ville en bas, les filtrations, les dégagements, les miettes d'idées et de connaissances, ce que roule l'air subtil et le ruisseau chargé d'une capitale, le frottement à l'imprimé, des bouts de feuilletons avalés entre deux chopes, des morceaux de drames entendus au boulevard, avait mis en lui cette intelligence de raccroc qui, sans éducation, s'apprend tout. Il possédait une *platine* inépuisable, imperturbable. Sa parole abondait et jaillissait en mots trouvés, en images cocasses, en ces métaphores qui sortent du génie comique des foules. Il avait le pittoresque naturel de la farce en plein vent. Il était tout débondant d'histoires réjouissantes et de bouffonneries, riche du plus riche répertoire de *scies* de la peinture en bâtiments. Membre de ces bas caveaux qu'on appelle des *lices*, il connaissait tous les airs, toutes les chansons, et il chantait sans se lasser. Il était drôlatique enfin des pieds à la tête. Et rien qu'à le voir, on riait de lui comme d'un acteur qui fait rire.

Un homme de cette gaieté, de cet entrain, « allait » à Germinie.

Germinie n'était pas la bête de service qui n'a rien que son ouvrage dans la tête. Elle n'était pas la domestique « qui reste de là » avec la figure alarmée et le dandinement balourd de l'inintelligence devant des paroles de maîtres qui lui passent devant le nez. Elle aussi s'était dégrossie, s'était formée, s'était ouverte à l'éducation de Paris. Mlle de Varandeuil, inoccupée, curieuse à la façon d'une vieille fille des histoires du quartier, lui avait longtemps fait raconter ce qu'elle glanait de nouvelles, ce qu'elle savait des locataires, toute la chronique de la maison et de la rue; et cette habitude de conter, de causer comme une sorte de demoiselle de compagnie avec sa maîtresse, de peindre les gens, d'esquisser les silhouettes, avait développé à la longue en elle une facilité d'expressions vives, de traits heureux et échappés, un piquant et parfois un mordant d'observation singuliers dans une bouche de servante. Elle était arrivée à surprendre souvent Mlle de Varandeuil par sa vivacité de compréhension, sa promptitude à saisir des choses à demi dites, son bonheur et sa facilité à trouver des mots de belle parleuse. Elle savait plaisanter. Elle comprenait un jeu de mots. Elle s'exprimait sans *cuir*, et quand il y avait une discussion d'orthographe chez la crémière, elle décidait avec une autorité égale à celle de l'employé aux décès de la Mairie qui venait y déjeuner. Elle avait aussi ce fond de lectures brouillées qu'ont les femmes de sa classe quand elles lisent. Chez les deux ou trois femmes entretenues qu'elle avait servies, elle avait passé ses nuits à dévorer des romans; depuis elle avait continué à lire les feuilletons coupés au bas des journaux par toutes ses connaissances; et elle en avait retenu comme une vague idée de beaucoup de choses, et de quelques rois de France. Il lui en était resté ce qu'il faut pour avoir envie d'en parler avec d'autres. Par une femme de la maison qui faisait dans la rue le ménage d'un auteur, et qui avait des billets, elle avait été souvent au spectacle; elle en revenait en se rappelant toute la pièce, et les noms des acteurs qu'elle avait vus sur le programme. Elle aimait à acheter des chansons, des romances à un sou, et à les lire.

L'air, le souffle vif du quartier Breda plein de la verve de l'artiste et de l'atelier, de l'art et du vice, avait aiguisé, dans Germinie, ces goûts d'esprit, et lui avait créé des besoins, des exigences. Bien avant ses désordres, elle s'était détachée des sociétés honnêtes, des personnes « bien » de son état et de sa caste, des braves gens imbéciles et niais. Elle s'était écartée des milieux de probité rangée et terre à terre, des causeries endormantes autour des thés que donnaient les vieux domestiques des vieilles gens que connaissait mademoiselle. Elle avait fui l'ennui des bonnes hébétées par la conscience de leur service et la fascination de la caisse d'épargne. Elle en était venue à exiger des gens pour en faire sa société une certaine intelligence répondant à la sienne et capable de la comprendre. Et maintenant, quand elle sortait de son abrutissement, quand, dans la distraction et le plaisir, elle se retrouvait et renaissait, il fallait qu'elle pût s'amuser avec des égaux à sa portée. Elle voulait, autour d'elle, des hommes qui la fissent rire, des gaietés violentes, de l'esprit spiritueux qui la grisât avec le vin qu'on lui versait. Et c'est ainsi qu'elle roulait vers cette bohême canaille du peuple, bruyante, étourdissante, enivrante comme toutes les bohêmes : c'est ainsi qu'elle tombait à un Gautruche.

L

Comme Germinie rentrait un matin au petit jour, elle entendit, dans l'ombre de la porte cochère refermée sur elle, une voix lui crier : Qui va là ? Elle se jeta dans l'escalier de service, mais elle se sentit poursuivie et bientôt saisie à un tournant de palier par la main du portier. Aussitôt qu'il l'eut reconnue : Ah ! dit-il, excusez, c'est vous; ne vous gênez pas !... En voilà une noceuse !... Ça vous étonne hein ? de me voir sur pied si matin ?... C'est pour le vol qu'on a fait ces jours-ci dans la chambre de la cuisinière du second... Allons, bonne nuit ! vous avez de la chance par exemple que je ne sois pas bavard.

Quelques jours après, Germinie apprit par Adèle

que le mari de la cuisinière volée disait qu'il n'y avait pas à chercher bien loin; que la voleuse était dans la maison, qu'on savait ce qu'on savait. Adèle ajouta que cela remuait beaucoup dans la rue, et qu'il y avait des gens pour le répéter, pour le croire. Germinie indignée alla tout conter à sa maîtresse. Mademoiselle, indignée plus qu'elle, et personnellement touchée de son injure, écrivit sur l'heure à la maîtresse du domestique qu'elle eût à faire cesser immédiatement les calomnies dirigées contre une fille qu'elle avait chez elle depuis vingt ans, et dont elle répondait comme d'elle-même. Le domestique fut réprimandé. Dans sa colère, il parla encore plus fort. Il cria et répandit pendant plusieurs jours dans toute la maison son projet d'aller chez le commissaire de police, et de faire demander par lui à Germinie avec quel argent elle avait meublé le fils de la crémière, avec quel argent elle lui avait acheté un remplaçant, avec quel argent elle payait les dépenses des hommes qu'elle avait. Toute une semaine, la terrible menace pesa sur la tête de Germinie. Enfin le voleur fut découvert, et la menace tomba. Mais elle avait eu son effet sur la pauvre fille. Elle avait fait tout son mal dans ce cerveau trouble où, sous l'affluence et la soudaine montée du sang, la raison chancelait, se voilait au moindre choc de la vie. Elle avait bouleversé cette tête si prompte à s'égarer dans la peur ou la contrariété, perdant si vite le jugement, le discernement, la netteté de vue et d'appréciation des choses, se grossissant tout à elle-même, se jetant aux alarmes folles, aux prévisions mauvaises, aux perspectives désespérées, touchant à ses terreurs comme à des réalités, et à tout moment perdue dans le pessimisme de cette espèce de délire au bout duquel elle ne trouvait que cette phrase et ce salut : Bah ! je me tuerai !

Toute la semaine, la fièvre de son cerveau la fit passer par toutes les péripéties de ce qu'elle s'imaginait devoir arriver. Le jour, la nuit, elle voyait sa honte exposée, publique; elle voyait son secret, ses lâchetés, ses fautes, tout ce qu'elle portait caché sur elle et cousu dans son cœur, elle le voyait montré, étalé, découvert, découvert à mademoiselle ! Ses dettes pour Jupillon augmentées de ses dettes de boisson et de mangeailles pour Gautruche, de tout ce qu'elle achetait maintenant à crédit, ses dettes chez le portier, chez les fournisseurs, allaient éclater et la perdre ! Un froid à cette pensée lui passait dans le dos : elle sentait mademoiselle la chasser ! Toute la semaine, elle se figura, à toutes les minutes de sa pensée, être devant le commissaire de police. Huit jours entiers, elle roula cette idée et ce mot : la Justice ! la Justice telle que se la figure l'imagination des basses classes, quelque chose d'horrible, d'indéfini, d'inévitable, qui est partout et dans l'ombre de tout, une toute-puissance de malheur qui apparaît vaguement dans le noir de la robe d'un juge, entre le sergent de ville et le bourreau, avec les mains de la police et les bras de la guillotine ! Elle qui avait tous les instincts de ces terreurs de peuple, elle qui répétait souvent qu'elle aimerait mieux mourir que d'aller en justice, elle s'apparaissait assise sur un banc, entre des gendarmes ! dans un tribunal, au milieu de tout ce grand inconnu de la loi dont son ignorance lui faisait une épouvante... Toute la semaine, ses oreilles entendirent dans l'escalier des pas qui venaient l'arrêter !

La secousse était trop forte pour des nerfs aussi

malades que les siens. L'ébranlement moral de ces huit jours d'angoisse la jetait et la livrait à une idée qui n'avait fait jusque-là que tourner autour d'elle : l'idée du suicide. Elle se mettait à écouter, la tête dans les deux mains, ce qui lui parlait de délivrance. Elle laissait venir à son oreille ce bruit doux de la mort qu'on entend derrière la vie comme une chute lointaine de grandes eaux qui tombent, en s'éteignant, dans du vide. Les tentations qui parlent au découragement de tout ce qui tue si vite et si facilement, de tout ce qui ôte la souffrance avec la main, la sollicitaient et la poursuivaient. Son regard s'arrêtait et traînait autour d'elle sur toutes les choses qui peuvent guérir de la vie. Elle y habituait ses doigts, ses lèvres. Elle les touchait, les maniait, les approchait d'elle. Elle y cherchait l'essai de son courage et l'avant-goût de sa mort. Pendant des heures, elle restait à la fenêtre de sa cuisine, les yeux fixés au bas des cinq étages sur les pavés de la cour, des pavés qu'elle connaissait, qu'elle eût reconnus ! A mesure que le jour baissait, elle se penchait davantage, se pliait toute sur la barre mal affermie de la fenêtre, espérant toujours que cette barre allait crouler et l'entraîner, priant pour mourir, sans avoir besoin de cet élancement désespéré dans l'espace dont elle ne se sentait pas la force...

— Mais tu vas tomber ! lui dit un jour mademoiselle en la reprenant par la jupe, d'un premier mouvement effrayé. Qu'est-ce que tu regardes donc dans la cour ?

— Moi, rien..., les pavés.

— Voyons, es-tu folle ? Tu m'as fait une peur !...

— Oh ! on ne tombe pas comme ça, dit Germinie

avec un accent singulier. Allez ! pour tomber, mademoiselle, il faut une fière envie !

LI

Germinie n'avait pu obtenir que Gautruche, poursuivi par une ancienne maîtresse, lui donnât la clef de sa chambre. Quand il n'était pas rentré, elle était obligée de l'attendre en bas, dehors, dans la rue, la nuit, l'hiver.

Elle se promenait d'abord de long en large devant la maison. Elle passait et repassait, faisait vingt pas, revenait. Puis, comme si elle allongeait son attente, elle faisait un tour plus long, et, allant toujours plus loin, finissait pas toucher aux deux bouts du boulevard. Elle marchait ainsi souvent des heures, honteuse et crottée, sous le ciel brouillé, dans la suspecte horreur d'une avenue de barrière et de l'ombre de toutes choses. Elle suivait les maisons rouges des marchands de vin, les tonnelles nues, les treillages de guinguettes étayés des arbres morts qu'ont les fosses aux ours, les masures basses et plates trouées au hasard de fenêtres sans persienne, les fabriques de casquettes où l'on vend des chemises, les hôtels sinistres où l'on loge à la nuit. Elle passait devant des boutiques fermées, scellées, noires de faillites, devant des pans de mur maudits, devant des allées noires barrées de fer, devant des fenêtres murées, devant des entrées qui semblaient mener à ces logements de meurtre dont on fait passer le plan, en cour d'assises, à messieurs les jurés.

C'était, à mesure qu'elle allait, des jardinets mortuaires, des bâtisses de guingois, des architectures ignobles, de grandes portes cochères moisies, des palissades enfermant dans un terrain vague l'inquiétante blancheur des pierres la nuit, des angles de bâtisses aux puanteurs salpêtrées, des murs salis d'affiches honteuses et de lambeaux d'annonces déchirées où la publicité pourrie était comme une lèpre. De temps en temps, à un brusque tournant, des ruelles s'ouvraient qui semblaient à quelques pas s'enfouir dans un trou, et d'où sortait un souffle de cave; des culs-de-sac mettaient sur le bleu du ciel la rigidité noire d'un grand mur; des rues montaient vaguement, où suintait de loin en loin, sur le plâtre blafard des maisons, la lueur d'un réverbère.

Germinie continuait à aller. Elle battait tout l'espace où la crapule soûle ses lundis et trouve ses amours, entre un hôpital, une tuerie et un cimetière : La Riboisière, l'Abattoir et Montmartre.

Les passants qui passent là, l'ouvrier qui remonte de Paris en sifflant, l'ouvrière qui revient, sa journée finie, les mains sous les aisselles pour se tenir chaud, la prostituée en bonnet noir qui erre, la croisaient et la regardaient. Les inconnus avaient l'air de la reconnaître; la lumière lui faisait honte. Elle se sauvait de l'autre côté du boulevard, et longeait contre le mur de ronde la chaussée ténébreuse et déserte; mais elle en était bientôt chassée par d'horribles ombres d'hommes et des mains brutalement amoureuses...

Elle voulait s'en aller; elle s'injuriait au-dedans d'elle; elle s'appelait lâche et misérable; elle se jurait que c'était le dernier tour, qu'elle irait encore jusqu'à cet arbre, et puis que ce serait tout, que s'il n'était pas rentré, c'était fini, elle s'en irait. Et elle ne s'en allait pas; elle marchait toujours, elle attendait toujours, plus dévorée, à mesure qu'il tardait, du désir et de la fureur de le voir.

A la fin, les heures s'écoulant, le boulevard se dégarnissant de passants, Germinie épuisée, éreintée de fatigue, se rapprochait des maisons. Elle se traînait de boutique en boutique, elle allait machinalement là où brûlait encore du gaz, et elle restait stupide devant le flamboiement des devantures. Elle s'étourdissait les yeux, elle tâchait de tuer son impatience en l'hébétant. Ce qu'on voit au travers des carreaux suants des marchands de vin, les batteries de cuisine, les bols de punch étagés entre deux bouteilles vides d'où sort un brin de laurier, les vitrines où les liqueurs mettent leurs couleurs dans un éclair, une chope pleine de petites cuillers de Ruolz, cela l'arrêtait longuement. Elle épelait les vieux arrêtés de tirage de loterie placardés au fond d'un cabaret, les annonces de *gloria*, les inscriptions portant en lettres jaunes : *Vin nouveau, pur sang, 70 centimes*. Elle regardait un quart d'heure une arrière-salle où étaient un homme en blouse assis sur un tabouret devant une table, un tuyau de poêle, une ardoise et deux plateaux noirs au mur. Son regard fixe et perdu allait, au travers d'une buée rousse, à des silhouettes troubles de *choumaques* penchés sur leurs établis. Il tombait et s'oubliait sur un comptoir qu'on lavait, sur deux mains qui comptaient les sous de la journée, sur un entonnoir qu'on récupérait, sur un broc qu'on passait au grès. Elle ne pensait plus. Elle demeurait là, clouée et faiblissante, sentant son cœur s'en aller de la fatigue d'être sur ses pieds, ne voyant plus que dans une sorte d'évanouissement, n'entendant plus que dans un bourdonnement les fiacres emboués roulant sur le boulevard mou, prête à tomber et forcée par instants de s'étayer de l'épaule aux murs.

Dans l'état d'ébranlement et de maladie où elle était, avec cette demi-hallucination du vertige qui la rendait si peureuse de passer la Seine et la faisait se cramponner aux balustrades des ponts, il arrivait que certains soirs, lorsqu'il pleuvait, ces défaillances qu'elle avait sur le boulevard extérieur prenaient les terreurs d'un cauchemar. Quand la flamme des réverbères, tremblante dans une vapeur d'eau, allongeait et balançait, comme dans le miroitement d'une rivière, son reflet sur le sol mouillé; quand les pavés, les trottoirs, la terre, semblaient disparaître et mollir sous la pluie, et que rien ne paraissait plus solide dans la nuit noyée, la pauvre misérable, presque folle de fatigue, croyait voir se gonfler un déluge dans le ruisseau. Un mirage d'épouvante lui montrait tout à coup de l'eau tout autour d'elle, de l'eau qui marchait, de l'eau qui s'approchait de partout. Elle fermait les yeux, n'osait plus bouger, craignait de sentir son pas glisser sous elle, se mettait à pleurer, et pleurait jusqu'à ce que quelqu'un passât et voulût bien lui donner le bras jusqu'à l'*Hôtel de la petite main bleue*.

LII

Elle montait alors dans l'escalier, c'était son dernier refuge. Elle s'y sauvait de la pluie, de la neige, du froid, de la peur, du désespoir, de la fatigue. Elle montait et s'asseyait sur une marche contre la porte fermée de Gautruche, serrait son châle et sa jupe pour laisser passage aux allants et venants le long de cette raide échelle, ramassait sa personne et se rencognait pour rapetisser sur l'étroit palier la place de sa honte.

Des portes ouvertes, sortait et se répandait sur l'escalier l'odeur des cabinets sans air, des familles tassées dans une seule chambre, l'exhalaison des industries malsaines, les fumées graisseuses et animalisées des cuisines de réchaud chauffées sur le carré, une puanteur de loques, l'humide fadeur de linges séchant sur des ficelles. La fenêtre aux carreaux cassés que Germinie avait derrière elle lui envoyait la fétidité d'un plomb où toute la maison vidait ses ordures et son fumier coulant. A tout moment, sous une bouffée d'infection, son cœur se levait : elle était obligée de prendre dans sa poche un flacon d'eau de mélisse qu'elle avait toujours sur elle, et d'en boire une gorgée pour ne pas se trouver mal.

Mais l'escalier avait, lui aussi, ses passants : d'honnêtes femmes d'ouvriers remontaient avec un boisseau de charbon ou le litre du souper. Elles la frôlaient du pied, et tout le temps qu'elles mettaient à monter, Germinie sentait leur regard de mépris tourner autour de la cage de l'escalier et l'écraser de plus haut à chaque étage. Des enfants, des petites filles en fanchon qui passaient dans l'escalier noir avec la lumière d'une fleur, des petites filles qui lui faisaient revoir, comme la lui montraient souvent ses rêves, sa petite fille vivante et grandie, elle les voyait s'arrêter à la regarder avec de grands yeux qui se reculaient d'elle; puis les petites se sauvaient et s'essoufflaient à monter, et quand elles étaient tout en haut, se penchant presque par-dessus la rampe, elles lui jetaient des sottises impures, des injures d'enfants du peuple... L'insulte, crachée par ces bouches de roses, tombait sur Germinie plus douloureusement que tout. Elle se soulevait à demi, un moment; puis accablée, s'abandonnant, elle retombait sur elle-même, et remontant son tartan sur sa tête pour s'y cacher et s'y ensevelir, elle restait comme une morte, affaissée, inerte, insensible, repliée sur son ombre, pareille à un paquet jeté là et sur lequel tout le monde pouvait marcher, n'ayant plus de sens, ne vivant plus de tout le corps que pour un bruit de pas qu'elle écoutait venir — et qui ne venait pas.

Enfin, après des heures, des heures qu'elle ne pouvait pas compter, il lui semblait entendre, dans la rue, un trébuchement de pas, puis une voix avinée montait l'escalier en bégayant : — Canaille !... canaille ed' d' marchand de vin !... tu m'as vendu du vin qui soûle !

C'était lui.

Et presque tous les jours recommençait la même scène.

— Ah ! t'étais là, ma Germinie, disait-il en la reconnaissant. Voilà ce que c'est... je vais te dire... On s'est un peu submergé... Et mettant la clef dans la serrure : — Je vas te dire... C'est pas ma faute...

Il entrait, repoussait d'un coup de pied une tourterelle aux ailes rognées qui sautillait en boitant, et fermant la porte : — Vois-tu ? Ce n'est pas moi... C'est Paillon, tu sais bien Paillon ?... ce petit gros qui est gras comme un chien de fou... Eh bien ! c'est lui, vrai d'honneur... Il a voulu me payer un litre à seize... Il m'a offert l'honnêteté, j'y ai roffert la politesse... Là-dessus naturellement, nous avons consolé notre café, consolé consoleras-tu !... Et d'alors en alors... nous nous sommes tombés dessus !... Un carnage de possédé !... A preuve que ce carcan de marchand de vin nous a jetés à la porte comme des épluchures d'homard !

Germinie, pendant l'explication, avait allumé la chandelle fichée dans un chandelier de cuivre jaune. A la lueur de la lumière vacillante, apparaissait le sale papier de la chambre, couvert de caricatures du *Charivari*, déchirées du journal et collées au mur.

— Tiens ! t'es un amour, lui disait Gautruche en lui voyant poser sur la table un poulet froid et trois bouteilles de vin. Car faut te dire... pour ce que j'ai dans l'estomac... un méchant bouillon... voilà tout... Ah ! celui-là, il aurait fallu un fier maître d'armes pour lui crever les yeux !

Et il se mettait à manger. Germinie buvait, les coudes sur la table, en le regardant, et son regard devenait noir.

. . . .

— Bon ! toutes les négresses sont mortes... faisait à la fin Gautruche en égouttant une à une les bouteilles. Au dodo, les enfants !

. . . .

. . . .

Et c'étaient, entre ces deux êtres, des amours terribles, acharnés et funèbres, des ardeurs et des assouvissements sauvages, des voluptés furieuses, des caresses qui avaient les brutalités et les colères du vin, des baisers qui semblaient chercher le sang sous la peau comme la langue d'une bête féroce, des anéantissements qui les engloutissaient et ne leur laissaient que le cadavre de leurs corps.

A cette débauche, Germinie apportait je ne sais quoi de fou, de délirant, de désespéré, une sorte de frénésie suprême. Ses sens exaspérés se retournaient contre eux-mêmes, et, sortant des appétits de leur nature, ils se poussaient à souffrir. La satiété les usait, sans les éteindre; et dépassant l'excès, ils se forçaient jusqu'au déchirement. Dans le paroxysme d'excitation où était la malheureuse créature, sa tête, ses nerfs, l'imagination de son corps enragé, ne cherchaient plus même le plaisir dans le plaisir, mais quelque chose au-delà de plus âpre, de plus poignant, de plus cuisant : la douleur dans la volupté. Et à tout moment, le mot « mourir » s'échappait de ses lèvres serrées, comme si tout bas elle invoquait la mort et cherchait à l'étreindre dans les agonies de l'amour !

Quelquefois, la nuit, tout à coup, se dressant sur le bord du lit, elle mettait ses pieds nus sur le froid du carreau, et restait là, farouche, penchée sur ce qui respire dans une chambre qui dort. Et peu à peu ce qui était autour d'elle, l'obscurité de l'heure, semblait l'envelopper. Elle se paraissait à elle-même tomber et rouler dans l'inconscience et l'aveuglement de la nuit. La volonté de ses idées s'éteignait. Toutes sortes de choses noires, ayant comme des ailes et des voix, lui battaient contre les tempes. Les sombres tentations qui montrent vaguement le crime à la folie lui faisaient passer devant les yeux, tout près d'elle, une lumière rouge, l'éclair d'un meurtre; et il y avait dans son dos des mains qui la poussaient, par-derrière, vers la table sur laquelle étaient les couteaux... Elle fermait les yeux, bougeait un pied; puis, ayant peur, se retenait aux draps; et à la fin, se retournant, elle retombait dans le lit, et renouait son sommeil au sommeil de l'homme qu'elle avait voulu assassiner; pourquoi? elle ne le savait; pour rien, — pour tuer!

Et ainsi jusqu'au jour, dans le mauvais cabinet garni, se débattaient la rage et la lutte de ces mortelles amours, — tandis que la pauvre colombe éclopée et boiteuse, l'infirme oiseau de Vénus, nichée dans un vieux soulier de Gautruche, jetait de temps en temps, en s'éveillant au bruit, un roucoulement effaré.

LIII

Dans ce temps-là, Gautruche fut un peu dégoûté de boire. Il venait d'éprouver la première atteinte de la maladie de foie qui couvait depuis longtemps dans son sang brûlé et alcoolisé, sous le rouge briqueté de ses pommettes. Les affreuses souffrances qui lui avaient mordu le côté et tordu le creux de l'estomac pendant une huitaine de jours, lui avaient fait faire des réflexions. Il lui était venu, avec des résolutions de sagesse, des idées d'avenir presque sentimentales. Il s'était dit qu'il fallait mettre un peu plus d'eau dans sa vie, s'il voulait faire de vieux os. Pendant qu'il se retournait dans son lit et qu'il se pelotonnait, les genoux remontés pour moins souffrir, il avait regardé son taudis, ces quatre murs où il remisait ses nuits, où il rentrait le soir ses ivresses, quelquefois sans chandelle, dont il se sauvait le matin au jour; et il avait pensé à se faire un intérieur. Il avait pensé à une chambre, où il aurait une femme, une femme qui lui ferait un bon pot-au-feu, le soignerait s'il était souffrant, raccommoderait ses affaires, tiendrait son linge en état, l'empêcherait d'aller recommencer une ardoise chez un marchand de vin, une femme enfin qui aurait pour lui tous les bons côtés du ménage, et qui par là-dessus ne serait pas une bête, le comprendrait, rirait avec lui. Cette femme était toute trouvée : c'était Germinie. Elle devait avoir un petit magot, quelques sous amassés depuis le temps qu'elle servait chez sa vieille demoiselle; et avec ce qu'il gagnait, lui, ils vivraient à l'aise et « bouloteraient ». Il ne doutait pas de son consentement; il était sûr d'avance qu'elle accepterait. Et d'ailleurs, ses scrupules, si elle en avait, ne résisteraient pas à la perspective du mariage qu'il comptait lui faire luire au bout de leur liaison.

Un lundi, elle venait d'arriver chez lui.

— Dis donc, Germinie, commença Gautruche, qu'est-ce que tu dirais de ça, hein? Une bonne chambre... pas comme ce bahut-là... une vraie, avec un cabinet... à Montmartre, et deux fenêtres, rien que ça!... rue de l'Empereur... avec une vue qu'un Anglais vous en donnerait cinq mille francs pour l'emporter! Enfin, quelque chose de chouette et de gai, qu'on y passerait toute la journée sans s'embêter... Parce que moi, je vais te dire... je commence à en avoir assez de déménager pour changer de puces. Et puis, ce n'est pas tout ça : je m'embête d'être branché en garni, je m'embête d'être tout seul... Les amis, c'est pas une société... Ils vous tombent, comme des mouches, dans votre verre, quand c'est vous qui payez, et puis voilà !... D'abord, je ne veux plus boire, vrai de vrai, que je ne veux plus, tu verras ! Tu comprends que je ne veux pas me payer cette existence-là, à m'en faire crever... Pas de ça ! Attention ! Il ne faut pas s'abîmer le coco... Il me semblait ces jours-ci que j'avais avalé des tire-bouchons... Et je n'ai pas envie de frapper au monument encore tout de suite... Alors, de fil en aiguille, voilà ce qui m'a poussé : Je vas faire la proposition à Germinie... Je me fendrais d'un peu de mobilier... Toi, tu as ce que tu as dans ta chambre... Tu sais que je ne suis pas trop feignant, je n'ai pas du poil dans la main pour l'ouvrage... Puis, on pourrait voir à n'être pas toujours à travailler pour les autres, à prendre une boîte de *cambrousier...* Toi, si tu avais quelque chose de côté, ça aiderait... Nous nous mettrions ensemble gentiment, quitte à nous faire régulariser un jour devant M. le maire... Ce n'est pas si bête, tout ça, hein ? ma grosse, n'est-ce pas ?... Et on va un peu quitter sa vieille de ce coup-là, pas vrai ! pour son vieux chéri de Gautruche ?

Germinie, qui avait écouté Gautruche, la tête avancée vers lui, le menton appuyé sur la paume de la main, se renversa dans un éclat de rire strident :

— Ah ! ah ! ah ! Tu as cru !... Et tu me dis ça comme ça !... Tu as cru que je la quitterais, elle ! mademoiselle ! Vrai, tu l'as cru ?... Tu es bête, sais-tu ! Mais tu aurais des mille et des cents, tu serais tout cousu d'or, entends-tu ? tout cousu... C'est de la farce, hein ?... Mademoiselle ? Mais tu ne sais donc pas, je ne t'ai pas dit... Ah ! je voudrais bien qu'elle meure, et que ces mains-là ne soient pas là pour lui fermer les yeux ! Il faudrait voir !... Voyons, là vraiment, tu l'as cru ?

– Dame ! je m'étais figuré... De la façon que tu étais avec moi... Je croyais que tu tenais plus à moi que ça... enfin que tu m'aimais... fit le peintre, démonté par l'ironie terrible et sifflante des paroles de Germinie.

– Ah ! tu croyais encore ça; que je t'aimais ! Et, comme si tout à coup elle arrachait du fond de son cœur le remords et la plaie de ses amours : – Eh bien ! oui, tiens ! je t'aime... je t'aime, comme tu m'aimes, là ! autant ! et voilà tout ! Je t'aime comme ce qu'on a sous la main, et dont on se sert parce que c'est là !... J'ai l'habitude de toi comme d'une vieille robe qu'on remet toujours... Voilà comme je t'aime !... Qu'est-ce que tu veux que je tienne à toi ? Toi ou un autre... je te demande un peu ce que ça peut me faire ?... Car, enfin, qu'est-ce que tu as été plus qu'un autre pour moi ? Eh bien ! oui, tu m'as prise... Et après ? C'est-il assez pour que je t'aime ?... Mais qu'est-ce que tu m'as donc fait pour m'attacher, veux-tu me le dire ? M'as-tu jamais sacrifié un verre de vin ? As-tu eu seulement pitié de moi, quand je trimais dans la boue, dans la neige, au risque de crever ? Ah ! bien oui ! Et ce qu'on me disait, ce qu'on me crachait sur la tête, que mon sang ne faisait qu'un bouillon d'un bout à l'autre !... Tout ce que j'ai mangé d'affronts à t'attendre, c'est toi qui t'en fichais pas mal ! Allons donc !... C'est qu'il y a longtemps que je veux te dire tout ça... et que j'en ai gros là, va ! Voyons, dit-elle avec un sourire atroce, est-ce que tu crois que tu m'as rendue folle avec ton physique, avec tes cheveux, que tu n'as plus, avec cette tête-là ? Plus souvent ! Je t'ai pris... j'aurais pris n'importe qui ! J'étais dans mes jours où il me faut quelqu'un ! Je ne sais plus alors, je ne vois plus... Ce n'est plus moi qui veux... Je t'ai pris parce qu'il faisait chaud, tiens !

Elle se tut un instant.

— Va toujours, dit Gautruche, aplatis-moi sur toutes les coutures... Ne te gêne pas pendant que tu y es...

— Hein ? reprit Germinie, comme tu te figurais que j'allais être enchantée de me mettre avec toi ? Tu te disais : cette bonne bête-là ! va-t-elle être contente ! Et puis, je n'aurai qu'à lui promettre de l'épouser... Elle laissera sa place en plan. Elle lâchera sa maîtresse... Voyez-vous ça ! Mademoiselle ! mademoiselle qui n'a que moi ! Ah ! tiens, tu ne sais rien... Et puis, tu ne comprendrais pas... Mademoiselle qui est tout pour moi ! Mais, depuis ma mère, je n'ai eu qu'elle, je n'ai trouvé qu'elle de bonne ! Sauf elle, qu'est-ce qui m'a dit quand j'étais triste : tu es triste ? Et quand j'étais malade : tu es malade ? Personne ! Il n'y a eu qu'elle, rien qu'elle pour me soigner, pour s'occuper de moi... Tiens ! toi qui parles d'aimer pour ce qu'il y a entre nous... Ah ! voilà quelqu'un qui m'a aimée, mademoiselle ! Oh ! oui, aimée ! Et je meurs de ça, sais-tu ? d'être devenue une misérable comme je suis, une... — Elle dit le mot. — Et de la tromper, de lui voler son affection, de la laisser toujours m'aimer comme sa fille, moi ! moi ! Ah ! si jamais elle apprenait quelque chose... va, sois tranquille ! ça ne serait pas long... Il y en a une qui ferait un joli saut du cinquième, vrai comme Dieu est mon maître ! Mais figure-toi bien... toi encore, tu n'es pas mon cœur, tu n'es pas ma vie, tu n'es que mon plaisir... Mais j'ai eu un homme... Ah ! je ne sais pas si je l'ai aimé celui-là ! On m'aurait charcutée pour lui, sans que je dise rien... Enfin, l'homme de mon malheur !... Eh bien ! vois-tu, au plus fort que j'étais pincée pour lui, quand je ne soufflais que lorsqu'il voulait, quand j'étais folle et qu'il m'aurait marché sur le ventre, je l'aurais laissé marcher !... Eh bien ! oui, à ce moment-là, mademoiselle eût été malade, elle m'eût fait signe du petit doigt, que je serais revenue... Oui, pour elle, je l'aurais quitté ! Je te dis, je l'aurais quitté !

– Alors... Puisque c'est à ce point-là, ma chère, qu'on l'aime tant sa vieille, il n'y a plus qu'une chose que je te conseille : il ne faut plus la quitter, ta bonne dame, vois-tu ?

– C'est mon congé ? dit Germinie en se levant.

– Ma foi ! ça y ressemble.

– Eh bien ! adieu... Ça me va !

Et, allant droit à la porte, elle sortit sans un mot.

LIV

De cette rupture, Germinie tomba où elle devait tomber, au-dessous de la honte, au-dessous de la nature même. De chute en chute, la misérable et brûlante créature roula à la rue. Elle ramassa les amours qui s'usent en une nuit, ce qui passe, ce qu'on rencontre, ce que le hasard des pavés fait trouver à la femme qui vague. Elle n'avait plus besoin de se donner le temps du désir : son caprice était furieux et soudain, allumé sur l'instant. Affamée du premier venu, elle le regardait à peine, et n'aurait pu le reconnaître. Beauté, jeunesse, ce physique d'un amant où l'amour des femmes les plus dégradées cherche comme un bas idéal, rien de tout cela ne la tentait plus, ne la touchait plus. Ses yeux, dans tous les hommes, ne voyaient plus que l'homme : l'individu lui était égal. La dernière pudeur et le dernier sens humain de la débauche, la préférence, le choix, et jusqu'à ce qui reste aux prostituées pour conscience et pour personnalité, le dégoût, le dégoût même, — elle l'avait perdu !

Et elle s'en allait par les rues, battant la nuit, avec la démarche suspecte et furtive des bêtes qui fouillent l'ombre et dont l'appétit quête. Comme jetée hors de son sexe, elle attaquait elle-même, elle sollicitait la brutalité, elle abusait de l'ivresse, et c'était à elle qu'on cédait. Elle marchait, flairant autour d'elle, allant à ce qu'il y a d'embusqué, d'impur dans les terrains vagues, aux occasions du soir et de la solitude, aux mains qui attendaient pour s'abattre sur un châle. Sinistre et frémissante, les passants de minuit la voyaient, à la lueur des réverbères, se glisser et comme ramper, courbée, effacée, les épaules pliées, rasant les ténèbres, avec un de ces airs de folle et de malade, un de ces égarements infinis qui font travailler sur des abîmes de tristesse, le cœur du penseur et la pensée du médecin.

LV

Un soir qu'elle rôdait, dans la rue du Rocher, en passant devant un marchand de vin, au coin de la rue de Laborde, elle vit le dos d'un homme qui buvait sur le comptoir : c'était Jupillon.

Elle s'arrêta court, tourna du côté de la rue, et s'adossant à la grille du marchand de vin, elle se mit à attendre. Elle avait la lumière de la boutique derrière elle, les épaules contre les barreaux, et elle se tenait immobile, sa jupe retroussée d'une main par-devant, son autre main tombant au bout de son bras abandonné. Elle ressemblait à une statue d'ombre assise sur une borne. Dans sa pose, il y avait une résolution terrible et comme l'éternelle patience d'attendre là toujours. Les passants, les voitures, la rue, elle les apercevait vaguement et lointainement. Le cheval de renfort de l'omnibus pour la montée de la rue, un cheval blanc, était devant elle, immobile, éreinté, dormant sur pied, avec la tête et les deux jambes de devant dans la pleine lumière de la porte : elle ne le voyait pas. Il brouillassait. C'était un de ces temps de Paris, sales et pourris, où il semble que l'eau qui tombe soit déjà de la boue avant d'être tombée. Le ruisseau lui montait sur les pieds. Elle demeura ainsi une demi-heure, lamentable à voir, sans mouvement, menaçante et désespérée, toute à contre-jour, sombre et sans visage, pareille à une Fatalité plantée par la Nuit à la porte d'un *minzingue* !

Enfin Jupillon sortit. Elle se dressa devant lui, les bras croisés.

– Mon argent ? lui dit-elle. Elle avait la figure d'une femme qui n'a plus de conscience, pour laquelle il n'y a plus de Dieu, plus de gendarmes, plus de cour d'assises, plus d'échafaud, – plus rien !

Jupillon sentit sa blague s'arrêter dans sa gorge.

– Ton argent ? fit-il, ton argent, il n'est pas perdu. Mais il faut le temps... Dans ce moment-ci, je te dirai, ça ne va pas fort l'ouvrage... Il y a longtemps que c'est fini, ma boutique, tu sais... Mais d'ici à trois mois, je te promets... Et tu vas bien ?

– Canaille, va ! Ah ! je te tiens donc ! Ah ! tu voulais filer... Mais c'est toi, mon malheur ! c'est toi qui m'as faite comme je suis, brigand ! voleur ! filou ! Ah ! c'est toi...

Germinie lui jetait cela au visage, en se poussant contre lui, en lui faisant tête, en avançant sa poitrine contre la sienne. Elle semblait se frotter aux coups qu'elle appelait et provoquait; et elle lui criait, toute tendue vers lui : – Mais bats-moi donc ! Qu'est-ce qu'il faut donc que je dise, dis, pour que tu me battes ?

Elle ne pensait plus. Elle ne savait plus ce qu'elle voulait, seulement elle avait comme un besoin d'être frappée. Il lui était venu une envie instinctive, irraisonnée, d'être brutalisée, meurtrie, de souffrir dans sa chair, de ressentir un choc, une secousse, une douleur qui fît taire ce qui battait dans sa tête. Des coups, elle n'imaginait que cela pour en finir. Puis, après les coups, elle voyait, avec la lucidité d'une hallucination, toutes sortes de choses se passer, la garde arrivant, le poste, le commissaire ! le commissaire devant lequel elle pourrait tout dire, son histoire, ses misères, ce que lui avait fait souffrir cet homme, ce qu'il lui avait coûté ! Son cœur se dégonflait d'avance à l'idée de se vider, avec des cris et des pleurs, de tout ce dont il crevait.

— Mais bats-moi donc, répétait-elle en marchant toujours sur Jupillon, qui cherchait à s'effacer et lui jetait en reculant des mots caressants comme on en jette à une bête qui ne vous reconnaît pas et qui veut mordre. Un rassemblement commençait autour d'eux.

— Allons, vieille pocharde, n'embêtons pas monsieur, fit un sergent de ville qui, empoignant Germinie par un bras, la fit tourner sur elle-même rudement. Sous l'injure brutale de cette main de police, les genoux de Germinie fléchirent : elle crut s'évanouir. Puis elle eut peur, et se mit à courir dans le milieu de la rue.

LVI

La passion a des retours insensés, des revenez-y inexplicables. Cet amour maudit que Germinie croyait tué par toutes les blessures et tous les coups de Jupillon, il revivait. Elle était épouvantée de le retrouver en elle en rentrant. La seule vue de cet homme, cette approche de quelques minutes, le son de sa voix, la respiration de l'air qu'il respirait, avaient suffi pour lui retourner le cœur et la rendre toute au passé.

Malgré tout, elle n'avait jamais pu arracher tout à fait Jupillon du fond d'elle; il y était resté enraciné. Son premier amour était lui. Elle lui appartenait, contre elle-même, par toutes les faiblesses du souvenir, toutes les lâchetés de l'habitude. D'elle à lui, il y avait tous les liens de torture qui nouent la femme pour toujours, le sacrifice, la souffrance, l'abaissement. Il la possédait pour avoir violé sa conscience, piétiné sur ses illusions, martyrisé sa vie. Elle était à lui, à lui éternellement, comme au maître de toutes ses douleurs.

Et ce choc, cette scène qui aurait dû lui donner l'horreur de le rencontrer jamais, ralluma en elle la frénésie de le revoir. Toute sa passion la reprit. La pensée de Jupillon l'emplit jusqu'à la purifier. Elle arrêta court le vagabondage de ses sens : elle voulut n'être à personne, puisque c'était le seul moyen qu'elle eût encore d'être à lui.

Elle se mit à le guetter, à étudier ses heures de sortie, les rues où il passait, les endroits où il allait. Elle le suivit, aux Batignolles, jusqu'à son nouveau logement, marcha derrière lui, contente de mettre le pied où il avait mis le sien, d'être menée par son chemin, de le voir un peu, de saisir un geste qu'il faisait, de lui prendre un de ses regards. C'était tout : elle n'osait lui parler; elle se tenait à distance, allant derrière, comme un chien perdu tout heureux qu'on ne le repousse pas à coups de talon.

Elle se fit ainsi, pendant des semaines, l'ombre de cet homme, une ombre humble et peureuse qui reculait et s'éloignait de quelques pas, quand elle se croyait vue; puis se rapprochait à pas timides, et à une marque d'impatience de l'homme, s'arrêtait encore, en paraissant demander grâce.

Quelquefois elle l'attendait à la porte d'une maison où il entrait, le reprenait quand il sortait, le reconduisait chez lui, toujours de loin, sans lui parler, avec l'air d'une mendiante qui mendie des restes et remercie de ce qu'on lui laisse ramasser. Puis au volet du rez-de-chaussée où il demeurait, elle écoutait s'il était seul, s'il n'y avait personne.

Quand il était avec une femme au bras, quoi qu'elle souffrît, elle s'acharnait à le poursuivre. Elle allait où allait le couple, jusqu'au bout. Elle entrait derrière eux dans les jardins publics, dans les bals. Elle marchait dans leurs rires, dans leurs paroles, se déchirait à les voir, à les entendre, et restait là, dans leur dos, à faire saigner toutes ses jalousies.

LVII

On était au mois de novembre. Depuis trois ou quatre jours, Germinie n'avait point rencontré Jupillon. Elle vint l'épier, le chercher près de son logement. Arrivée à sa rue, elle vit de loin une large raie de lumière filtrant par son volet fermé. Elle approcha et entendit des éclats de rire, des chocs de verre, des femmes, puis une chanson, une voix, une femme, celle qu'elle haïssait avec toutes les haines de son cœur, celle qu'elle eût voulu voir morte, celle dont elle avait tant de fois cherché la mort dans les lignes du sort, elle enfin — sa cousine !

Elle se colla derrière le volet, aspirant ce qu'ils disaient, enfoncée dans la torture de les entendre, affamée et se repaissant de souffrir. Il tombait une pluie froide d'hiver. Elle ne la sentait pas. Tous ses sens étaient à écouter. La voix qu'elle détestait semblait par moments faiblir et s'éteindre sous les baisers, et ce qu'elle chantait s'envolait comme étouffé par une bouche qui se pose sur une chanson. Les heures passaient. Germinie était toujours là. Elle ne pensait pas à s'en aller. Elle attendait sans savoir ce qu'elle attendait. Il lui semblait qu'il fallait qu'elle restât là toujours, jusqu'à la fin. La pluie tombait plus fort. De l'eau, d'une gouttière crevée au-dessus d'elle, lui battait sur les épaules. De grosses gouttes lui glissaient sur la nuque. Un froid de glace lui coulait dans le dos. Sa robe suait l'eau sur le pavé. Elle ne s'en apercevait pas. Elle n'avait plus dans tous les membres que la souffrance de l'âme.

Bien avant dans la nuit, il y eut du bruit, un remuement, des pas vers la porte. Germinie courut sc cacher à quelques pas dans le rentrant d'un mur, et elle vit une femme qu'emmenait un jeune homme. Comme elle les regardait s'éloigner, elle sentit sur ses mains quelque chose de doux et de chaud qui lui fit peur d'abord : c'était un chien qui la léchait, un gros chien qu'elle avait tenu tout petit bien des soirées sur ses genoux, dans l'arrière-boutique de la crémière...

— Ici, Molosse ! cria deux ou trois fois dans l'ombre de la rue la voix impatientée de Jupillon.

Le chien aboya, se sauva, se retourna en gambadant pour revenir, et rentra. La porte se referma. Les voix et les chansons ramenèrent à la même place, contre le volet, Germinie, que la pluie trempait et qui se laissa tremper en écoutant toujours, jusqu'au matin, jusqu'au petit jour, jusqu'à l'heure où des maçons allant à leur ouvrage, leur pain sous le bras, se mirent à rire en la voyant.

LVIII

Deux ou trois jours après cette nuit passée sous la pluie, Germinie avait un visage effrayant de souffrance, le teint marbré, les yeux brûlants. Elle ne disait rien, ne se plaignait pas, faisait son service comme à l'ordinaire.

— Ah çà ! toi, regarde-moi donc un peu, lui dit mademoiselle; et l'attirant brusquement au jour : — Qu'est-ce que c'est que ça ? cette mine de déterrée-là ? Allons, voyons, tu es malade ? Mon Dieu ! as-tu chaud aux mains !

Elle lui prit le poignet, et lui rejetant le bras au bout d'un instant :

— Comment, chienne de bête ! tu as une fièvre de cheval ! Et tu gardes ça pour toi !

— Mais non, mademoiselle, balbutia Germinie. Je crois que c'est un gros rhume, tout bonnement... Je me suis endormie, l'autre soir, la fenêtre de ma cuisine ouverte...

— Oh ! toi, d'abord, reprit mademoiselle, tu crèverais que tu ne ferais pas seulement : Ouf ! Attends...

Et, mettant ses lunettes, roulant vivement son fauteuil à une petite table auprès de la cheminée, elle se mit à écrire quelques lignes de sa grosse écriture.

— Tiens, fit-elle en pliant la lettre, tu vas me faire le plaisir de donner cela à ton amie Adèle pour le faire porter par le portier... Et maintenant, à la paille !

Mais Germinie ne voulut jamais aller se coucher. Ce n'était pas la peine. Elle ne se fatiguerait pas. Elle resterait assise toute la journée. D'ailleurs, le plus fort de son mal était passé; elle allait déjà mieux. Et puis le lit, pour elle, faisait mourir.

Le médecin, appelé par le mot de mademoiselle, vint le soir. Il examina Germinie et ordonna l'application de l'huile de croton. Les désordres de la poitrine étaient tels qu'il ne pouvait encore rien dire. Il fallait attendre l'effet des remèdes.

Il revint au bout de quelques jours, fit coucher Germinie, l'ausculta longuement. – C'est prodigieux, dit-il à mademoiselle quand il fut redescendu, elle a eu une pleurésie, et ne s'est pas alitée un moment... C'est donc une fille de fer ?... Oh ! l'énergie des femmes !... Quel âge a-t-elle ?

– Quarante et un ans.

– Quarante et un ans ? Oh ! c'est impossible !... Vous êtes sûre ? Elle en paraît cinquante...

– Ah ! pour paraître, elle paraît tout... Qu'est-ce que vous voulez ? Jamais de santé... toujours à être malade... des chagrins... des misères... et puis un caractère à se tourmenter toujours...

– Quarante et un ans ! c'est étonnant ! répéta le médecin. Il reprit après une seconde de réflexion :

– Y a-t-il eu dans sa famille, à votre connaissance, des affections de poitrine ? A-t-elle eu des parents qui soient morts...

– Elle a perdu une sœur d'une pleurésie... mais elle était plus âgée... Elle avait quarante-huit ans, je crois...

Le médecin était devenu sérieux. – Enfin, la poitrine se dégage, dit-il d'un ton rassurant. Mais il est de toute nécessité qu'elle se repose... Et puis envoyez-la-moi une fois par semaine... Qu'elle vienne me voir...

Qu'elle prenne pour cela un beau temps, un jour de soleil.

LIX

Mademoiselle eut beau parler, prier, vouloir, gronder : elle ne put obtenir de Germinie qu'elle discontinuât son service pendant quelques jours. Germinie ne voulut même point entendre parler d'une aide qui ferait le plus gros de son ouvrage. Elle déclara à mademoiselle que c'était impossible et inutile, qu'elle ne se ferait jamais à l'idée d'une autre femme l'approchant, la servant, la soignant; que rien que cette idée dans son lit lui donnerait la fièvre, qu'elle n'était pas encore morte, et que tant qu'elle pourrait mettre un pied devant l'autre, elle suppliait qu'on la laissât aller. A dire cela, elle mit un accent si tendre, ses yeux priaient si bien, sa voix de malade était si humble et si passionnée dans sa demande, que mademoiselle n'eut pas le courage de la forcer à prendre quelqu'un. Elle la traita seulement « de tête de bois, de bête brute », qui croyait, comme tous les gens de la campagne, qu'on est mort pour quelques jours passés au lit.

Se soutenant avec une apparence de mieux, due à la médication énergique du médecin, Germinie continuait à faire le lit de mademoiselle qui l'aidait à soulever les matelas. Elle continuait à lui faire à manger, et cela surtout lui était horrible.

Quand elle préparait le déjeuner et le dîner de mademoiselle, elle se sentait mourir dans sa cuisine, une de ces misérables petites cuisines de grande ville, qui font tant de femmes pulmoniques. La braise qu'elle allumait, et d'où se levait lentement un filet de fumée âcre, commençait à lui faire défaillir le cœur; puis bientôt le charbon que lui vendait le charbonnier d'à côté, du fort charbon de Paris, plein de fumerons, l'enveloppait de son odeur entêtante. Le tuyau de tirage, crassé et rabattant, le manteau bas de la cheminée, lui renvoyaient dans la poitrine la malsaine respiration du feu et l'ardeur corrodante du fourneau à hauteur d'appui. Elle suffoquait, elle sentait le rouge et le chaud de tout son sang lui monter à la figure et lui faire des plaques sur le front. La tête lui tournait. Dans la demi-asphyxie des blanchisseuses qui repassent au milieu de la vapeur des réchauds, elle se jetait à la fenêtre, et humait un peu d'air glacé.

Pour souffrir debout, aller toujours malgré ses défaillances, elle avait plus que la répulsion des gens du peuple à s'aliter, plus que la furieuse et jalouse volonté de ne pas laisser les soins d'une autre entourer mademoiselle : elle avait la terreur de la délation, qui pouvait entrer avec une nouvelle domestique. Il fallait qu'elle fût là pour garder mademoiselle et empêcher qu'on approchât d'elle. Puis il fallait encore qu'elle se montrât, que le quartier la vît, et qu'elle n'eût pas un air de morte pour ses créanciers. Il fallait qu'elle fît semblant d'avoir même des forces, qu'elle jouât l'apparence et la gaieté de la vie, qu'elle donnât confiance à toute la rue avec les paroles arrangées du médecin, avec une mine d'espérance, avec la promesse de ne pas mourir. Il fallait qu'elle fît bonne figure pour rassurer ses dettes, pour empêcher les alarmes de l'argent de monter l'escalier et de s'adresser à mademoiselle.

Cette comédie horrible et nécessaire, elle la soutint. Elle fut héroïque à faire mentir tout son corps, redressant, devant les boutiques qui l'épiaient, sa taille affaissée, pressant son pas traînant, se frottant les joues, avant de descendre, avec une serviette rude pour y rappeler la couleur du sang, pour farder sur son visage les pâleurs de son mal et le masque de sa mort !

Malgré la toux atroce qui secouait, toute la nuit, ses insomnies, malgré le dégoût de son estomac repoussant la nourriture, elle passa ainsi tout l'hiver à se vaincre et à se surmonter, à se débattre avec les hauts et les bas de la maladie.

Chaque fois qu'il venait, le médecin disait à mademoiselle qu'il ne voyait chez sa bonne aucun des organes essentiels à la vie attaqué d'une manière grave. Les poumons étaient bien un peu ulcérés en haut; mais on guérit de cela. Seulement c'est un corps bien usé, bien usé, répétait-il avec un certain accent triste, un air presque embarrassé qui frappait mademoiselle. Et il parlait toujours, à la fin de ses visites, de changement d'air, de campagne.

LX

Au mois d'août, le médecin ne trouvait plus que cela à conseiller, à ordonner : la campagne. Malgré la peine qu'ont les vieilles gens à se déplacer, à changer le lieu, les habitudes, les heures de leur vie, en dépit de son humeur casanière et de l'espèce de déchirement qu'elle ressentait à s'arracher de son intérieur, mademoiselle se décida à emmener Germinie à la campagne. Elle écrivit à une fille de la *Poule*, qui habitait, avec une nichée d'enfants, une jolie petite propriété dans un village de la Brie, et qui, depuis de longues années, sollicitait d'elle une longue visite. Elle lui demanda l'hospitalité pendant un mois, six semaines pour elle et sa bonne malade.

On partit. Germinie était heureuse. Arrivée, elle se trouva mieux. Sa maladie, pendant quelques jours, eut l'air de se laisser distraire par le changement. Mais l'été, cette année-là, était incertain, pluvieux, tourmenté de soudaines variations et de souffles brusques. Germinie prit un refroidissement; et mademoiselle entendit bientôt recommencer sur sa tête, juste au-dessus de l'endroit où elle couchait, l'affreuse toux qui lui avait été si insupportable et si douloureuse à Paris. C'étaient des quintes pressées et comme étranglées qui s'arrêtaient un moment, puis reprenaient, des quintes dont les silences laissaient à l'oreille et au cœur une attente nerveuse, anxieuse de ce qui allait revenir et de ce qui revenait toujours, éclatait, se brisait, s'éteignait encore, mais vibrait, même éteint, sans jamais se taire ni vouloir finir.

Pourtant, de ces horribles nuits, Germinie se relevait avec une énergie, une activité qui étonnait et, par moment, rassurait mademoiselle. Elle était debout avec tout le monde. Un matin, à cinq heures, elle alla avec le domestique dans un char à banc, à trois lieues de là, chercher du poisson dans un moulin; une autre fois, elle se traîna, avec les bonnes de la maison, au bal de la fête, et ne rentra qu'avec elles au jour. Elle travaillait, aidait les domestiques. Sur un bout de chaise, dans un angle de la cuisine, elle était toujours à faire quelque chose de ses doigts. Mademoiselle fut obligée de la faire sortir, de l'envoyer s'asseoir dans le jardin. Germinie allait alors se mettre sur le banc vert, son ombrelle ouverte sur sa tête, avec du soleil dans sa jupe et sur ses pieds. Ne bougeant plus, elle s'oubliait là à respirer le jour, la lumière, la chaleur, dans une sorte d'aspiration passionnée et de bonheur fiévreux. Sa bouche détendue s'entr'ouvrait à l'haleine du grand air. Ses yeux brûlaient sans remuer; et dans l'ombre éclairée qui glissait de la soie de l'ombrelle, son visage consumé, décharné, funèbre, regardait comme une tête de mort amoureuse.

Toute lasse qu'elle était le soir, rien ne pouvait la décider à se coucher avant sa maîtresse. Elle voulait être là pour la déshabiller. Assise à côté d'elle, de temps en temps elle se soulevait pour la servir comme elle pouvait, l'aidait à ôter son jupon, puis se rasseyait, ramassait un instant ses forces, se relevait, voulait encore servir à quelque chose. Il fallait que mademoiselle la rassît de force et lui ordonnât de rester tranquille. Et tout le temps que durait cette toilette du soir, c'était toujours dans sa bouche le même rabâchage sur les domestiques de la maison. — Voyez-vous, mademoiselle, vous n'avez pas idée des yeux qu'ils se font quand ils croient qu'on ne les voit pas... la cuisinière et le domestique... Ils se tiennent encore, quand je suis là; mais l'autre jour, je les ai surpris dans la chambre à four... Ils s'embrassaient, figurez-vous! Heureusement que madame ici ne s'en doute pas. — Ah! te voilà encore dans tes histoires!

Mais, bon Dieu, faisait mademoiselle, qu'ils se pigeonnent ou qu'ils ne se pigeonnent pas, qu'est-ce que ça te fait ? Ils sont bons pour toi, n'est-ce pas ? Voilà tout ce qu'il faut... — Oh ! très bons, mademoiselle; de ce côté-là, je n'ai rien à dire... La Marie s'est relevée cette nuit pour me donner à boire... et lui, quand il reste du dessert, c'est toujours pour moi... Oh ! il est très gentil pour moi... ça n'amuse même pas trop la Marie, qu'il s'occupe comme ça de moi... Dame ! vous comprenez, mademoiselle... — Allons, tiens ! va te coucher avec toutes tes bêtises, lui disait brusquement sa maîtresse, tristement impatientée de voir chez une personne si malade une occupation si ardente de l'amour des autres.

LXI

Au retour de la campagne, le médecin, après avoir examiné Germinie, dit à mademoiselle : — Cela a été bien vite, bien vite... Le poumon gauche est entièrement pris... Le droit est attaqué en haut... et je crains bien qu'il ne soit infiltré dans toute son étendue... C'est une femme perdue... Elle peut vivre encore six semaines, deux mois tout au plus...

— Ah ! Seigneur, dit Mlle de Varandeuil, mais tout ce que j'ai aimé y passera donc avant moi ! Je m'en irai donc après tout le monde, moi, dites donc ?...

— Avez-vous songé à la mettre quelque part, mademoiselle, dit le médecin après un instant de silence... Vous ne pouvez pas la garder... C'est pour vous une trop grande gêne... une douleur de l'avoir là, reprit le médecin à un mouvement de mademoiselle.

— Non, monsieur, non, je n'y ai pas pensé... Ah! oui, que je la fasse partir !... Mais vous avez bien vu, monsieur : ce n'est pas une bonne, ce n'est pas une domestique pour moi, cette fille-là : c'est comme la famille que je n'ai pas eue !... Qu'est-ce que vous voulez que je lui dise : Va-t'en, à présent ! Ah ! c'est la première fois que je souffre tant de n'être pas riche, d'avoir un appartement de quatre sous comme j'en ai un... Pour lui en parler, moi, mais c'est impossible !... Et puis où irait-elle ? Chez Dubois ?... Ah ! bien oui, chez Dubois !... Elle y a été voir la bonne que j'avais avant elle et qui y est morte... Autant la tuer !... L'hôpital, alors ?... Non, pas là, je ne veux pas qu'elle meure là !

— Mon dieu, mademoiselle, elle y serait cent fois mieux qu'ici... Je la ferais entrer à Lariboisière, dans le service d'un médecin qui est mon ami... Je la recommanderais à un interne qui me doit beaucoup... Elle aurait une très bonne sœur dans la salle où je la ferais mettre... Au besoin, elle aurait une chambre... Mais je suis sûr qu'elle préférera être dans une salle commune... C'est un parti nécessaire à prendre, voyez-vous, mademoiselle. Elle ne peut pas rester dans cette chambre là-haut... Vous savez ce que sont ces horribles chambres de domestique... Je trouve même que les commissions de salubrité devraient bien, là-dessus, forcer les propriétaires à l'humanité : c'est indigne !... Le froid va venir... il n'y a pas de cheminée; avec la tabatière et le toit, ce sera une glacière... Vous la voyez encore aller... Oh ! elle a un courage étonnant, une vitalité nerveuse prodigieuse... Mais, malgré tout, le lit va la prendre dans quelques jours... elle ne se relèvera plus. Voyons, de la raison, mademoiselle... Laissez-moi lui parler, voulez-vous ?

– Non, pas encore... Cette idée-là... j'ai besoin de m'y faire... Et puis de la voir autour de moi, je crois qu'elle ne va pas mourir comme ça si vite... Nous aurons toujours le temps... Plus tard, nous verrons... oui, plus tard...

– Pardon, mademoiselle, mais permettez-moi de vous dire qu'à la soigner, vous êtes capable de vous rendre malade...

– Moi ?... Oh ! moi ! Et Mlle de Varandeuil fit le geste d'une personne dont la vie est toute donnée.

LXII

Au milieu des inquiétudes désespérées que donnait à Mlle de Varandeuil la maladie de sa bonne, se glissait une impression singulière, une certaine peur devant l'être nouveau, inconnu, mystérieux, que le mal avait fait lever du fond de Germinie. Mademoiselle ressentait comme un malaise auprès de cette figure enfoncée, enterrée, presque disparue dans une implacable dureté, et qui ne semblait revenir à elle-même et se retrouver que fugitivement, par lueurs, dans l'effort d'un pâle sourire. La vieille femme avait vu bien des gens mourir; sa longue et douloureuse mémoire lui rappelait bien des expressions de têtes chères et condamnées, bien des expressions de mort tristes, accablées, désolées, mais aucun des visages dont elle se souvenait n'avait pris en s'éteignant ce sombre caractère d'un visage qui s'enferme et se retire en lui-même.

Toute serrée dans sa souffrance, Germinie se tenait farouche, raidie, concentrée, impénétrable. Elle avait des immobilités de bronze. En la regardant, mademoiselle se demandait ce qu'elle couvait ainsi sans bouger, si c'était la révolte de sa vie, l'horreur de mourir, ou bien un secret, un remords. Rien d'extérieur ne semblait plus toucher la malade. La sensation des choses s'en allait d'elle. Son corps devenait indifférent à tout, ne demandait plus à être soulagé, ne paraissait plus désirer guérir. Elle ne se plaignait de rien, n'avait de plaisir ni de distraction à rien. Ses besoins de tendresse eux-mêmes l'avaient quittée. Elle ne donnait plus signe de caresse, et, chaque jour, quelque chose d'humain quittait cette âme de femme qui paraissait se pétrifier. Souvent, elle s'abîmait dans des silences qui faisaient attendre le déchirement d'un cri, d'une parole; mais, après avoir promené le regard autour d'elle, elle ne disait rien, et recommençait à regarder au même endroit, dans le vide, devant elle, fixement, éternellement.

Quand mademoiselle rentrait de chez l'amie où elle allait dîner, elle trouvait Germinie dans l'obscurité, sans lumière, affaissée dans un fauteuil, les jambes allongées sur une chaise, la tête penchée sur sa poitrine, et si profondément absorbée, que parfois elle n'entendait pas la porte s'ouvrir. Dans la chambre, en avançant, il semblait à Mlle de Varandeuil déranger un épouvantable tête-à-tête de la Maladie et de l'Ombre, où Germinie cherchait déjà dans la terreur de l'invisible l'aveuglement de la tombe et la nuit de la mort.

LXIII

Tout le mois d'octobre, Germinie s'obstina à ne pas vouloir s'aliter. Chaque jour, cependant, elle était plus faible, plus défaillante, plus abandonnée de son corps. A peine si elle pouvait monter l'étage qui allait à son sixième, en se tirant le long de la rampe. A la fin, elle tombait dans l'escalier : les autres domestiques la ramassaient et la portaient jusqu'à sa chambre. Mais cela ne l'arrêtait pas : le lendemain, elle redescendait avec cette lueur de force que le matin donne aux malades. Elle préparait le déjeuner de mademoiselle, elle faisait un semblant d'ouvrage, elle tournait encore dans l'appartement, s'accrochant aux meubles, se traînant. Mademoiselle en avait pitié : elle la forçait à se jeter sur son propre lit. Germinie y reposait une demi-heure, une heure, sans dormir, ne parlant pas, les yeux ouverts, immobiles et vagues, comme les gens qui souffrent.

Un matin, elle ne descendit pas. Mademoiselle monta au sixième, tourna dans un étroit corridor empesté par des lieux de domestiques, et arriva à la porte de Germinie, la porte 21. Germinie lui demanda bien pardon de l'avoir fait monter. Il lui avait été impossible de mettre les pieds au bas de son lit. Elle avait de grandes douleurs dans le ventre, et le ventre tout enflé. Elle pria mademoiselle de s'asseoir un instant, et retira, pour lui faire place, le chandelier qui était sur la chaise, à la tête de son lit.

Mademoiselle s'assit, et resta quelques instants regardant cette misérable chambre de domestique, une de ces chambres où le médecin est obligé de poser son chapeau sur le lit, et où il y a à peine la place pour mourir ! C'était une mansarde de quelques pieds carrés sans cheminée, où la tabatière à crémaillère laissait passer l'haleine des saisons, le chaud de l'été, le froid de l'hiver. Les débarras, de vieilles malles, des sacs de nuit, un panier de bain, le petit lit de fer où Germinie avait couché sa nièce, étaient entassés sous le pan coupé du mur. Le lit, une chaise et une petite toilette boiteuse avec une cuvette cassée, faisaient tout le mobilier. Au-dessus du lit était pendu, dans un cadre peint à la façon du palissandre, un daguerréotype d'homme.

Le médecin vint dans la journée. – Ah ! de la péritonite... fit-il, quand mademoiselle lui eut appris l'état de Germinie.

Il monta voir la malade. – Je crains, dit-il en redescendant, qu'il n'y ait un abcès dans l'intestin communiquant avec un abcès dans la vessie... C'est grave, très grave... il faut bien lui recommander de ne faire aucun grand mouvement dans son lit, de se retourner avec précaution... Elle pourrait mourir tout à coup dans les plus affreuses douleurs... Je lui ai proposé d'aller à Lariboisière... elle a accepté tout de suite... Elle n'a aucune répugnance... Seulement, je ne sais pas comment elle supportera le transport... Enfin, elle a tant d'énergie, je n'en ai jamais vu une pareille... Demain matin, vous aurez l'ordre d'admission...

Quand mademoiselle remonta chez Germinie, elle

la trouva souriante dans son lit, gaie de l'idée de s'en aller : – Allez, mademoiselle, lui dit-elle, c'est l'affaire de six semaines.

LXIV

A deux heures, le lendemain, le médecin apporta le billet d'entrée. La malade était prête à partir. Mademoiselle lui proposa de s'en aller sur un brancard qu'on ferait venir de l'hôpital. – Oh ! non, dit vivement Germinie, je me croirais morte... Elle pensait à ses dettes, elle avait besoin de se faire voir, à ses créanciers de la rue, vivante et debout jusqu'à la fin !

Elle sortit du lit. Mlle de Varandeuil l'aida à passer son jupon et sa robe. Aussitôt hors du lit, la vie disparut de son visage, la flamme de son teint : il sembla lui monter tout à coup de la terre sous la peau. En s'accrochant à la rampe, elle descendit l'étage raide de l'escalier de service, et arriva à l'appartement. On l'assit dans la salle à manger, sur un fauteuil, près de la fenêtre. Elle voulut passer ses bas toute seule, et en les remontant d'une pauvre main tremblante et dont les doigts se cognaient, elle laissa voir un peu de ses jambes si maigres qu'elles faisaient peur. La femme de ménage mettait pendant ce temps-là, dans un paquet, un peu de linge, un verre, une tasse et un couvert en étain que Germinie avait voulu emporter. Quand ce fut fini, Germinie regarda un moment tout autour d'elle : elle enveloppa la pièce d'un embrassement suprême et qui semblait vouloir emporter les choses.

Puis, ses yeux s'arrêtant sur la porte par où la femme de ménage venait de sortir : — Au moins, dit-elle à mademoiselle, je vous laisse quelqu'un d'honnête...

Elle se leva. La porte se ferma derrière elle avec un bruit d'adieu, et soutenue par Mlle de Varandeuil qui la portait presque, elle descendit, par le grand escalier, les cinq étages. A chaque palier, elle s'arrêtait et respirait. Au vestibule, elle trouva le portier qui lui avait apporté une chaise. Elle tomba dessus. Le gros homme, en riant, lui promit la santé dans six semaines. Elle remua la tête en disant un *oui, oui* étouffé.

Elle était dans le fiacre, à côté de sa maîtresse. Le fiacre était dur et sautait sur le pavé. Elle avait avancé le corps pour n'avoir pas le contrecoup des cahots, et se tenait de la main à la portière, cramponnée. Elle regardait passer les maisons, et ne parlait plus. Arrivée à la porte de l'hôpital, elle ne voulut pas qu'on la portât. Pouvez-vous aller jusque-là ? — lui dit le concierge, en lui montrant à une vingtaine de pas la salle de réception. Elle fit signe que oui, et marcha : c'était une morte qui allait parce qu'elle voulait aller !

Enfin, elle arriva dans la grande salle haute, froide, rigide, nette, sèche et terrible, dont les bancs de bois faisaient cercle autour du brancard qui attendait. Mlle de Varandeuil la fit asseoir sur un fauteuil de paille, près d'un guichet vitré. Un employé ouvrit le guichet, demanda à Mlle de Varandeuil le nom, l'âge de Germinie, et couvrit d'écriture pendant un quart d'heure une dizaine de papiers marqués en tête d'une image religieuse. Cela fait, Mlle de Varandeuil se retourna, l'embrassa; elle vit un garçon de salle la prendre sous le bras, puis elle ne la vit plus, se sauva, et tombant sur les coussins du fiacre, elle éclata en sanglots et lâcha toutes les larmes dont son cœur étouffait depuis une heure. Sur le siège, le dos du cocher était étonné d'entendre pleurer si fort.

LXV

Le jour de la visite, le jeudi venu, Mlle de Varandeuil partit pour voir Germinie à midi et demi. Elle voulait être à son lit au moment juste de l'ouverture, à une heure précise. Repassant par les rues où elle avait passé quatre jours avant, elle se rappelait l'affreux voyage du lundi. Il lui semblait, dans la voiture où elle était seule, gêner un corps malade, et elle se tenait dans le coin du fiacre comme pour laisser de la place au souvenir de Germinie. Comment allait-elle la trouver ?... La trouverait-elle seulement ? Si son lit allait être vide !...

Le fiacre enfila une petite rue pleine de charrettes d'oranges et de femmes qui, assises sur le trottoir, vendaient des biscuits dans des paniers. Il y avait je ne sais quoi de misérable et de lugubre dans cet étal en plein vent de fruits et de gâteaux, douceurs de mourants, viatiques de malades, attendus par la fièvre, espérés par l'agonie, et que des mains de travail, toutes noires, prenaient en passant pour porter à l'hôpital et faire bonne bouche à la mort. Des enfants les portaient gravement, presque pieusement, comme s'ils comprenaient, sans y toucher.

Le fiacre s'arrêta devant la grille de la cour. Il était

une heure moins cinq minutes. A la porte se pressait une queue de femmes, avec leurs robes des jours ouvriers, serrées, sombres, douloureuses et silencieuses. Mlle de Varandeuil se mit à la queue, avança avec les autres, entra : on la fouilla. Elle demanda la salle Sainte-Joséphine, on lui indiqua le second pavillon au second. Elle trouva la salle, puis le lit, le lit 14 qui était, comme on le lui avait dit, un des derniers à droite. D'ailleurs, elle y fut comme appelée, du bout de la salle, par le sourire de Germinie, ce sourire des malades d'hôpital à une visite inattendue qui dit si doucement, dès qu'on entre : — C'est moi, ici...

Elle se pencha sur le lit. Germinie voulut la repousser avec un geste d'humilité et comme une honte de servante.

Mlle de Varandeuil l'embrassa.

— Ah ! lui dit Germinie, le temps m'a bien duré hier... Je m'étais figuré que c'était jeudi... et je m'ennuyais après vous...

— Ma pauvre fille !... Et comment te trouves-tu ?

— Oh ! ça va bien maintenant... mon ventre est dégonflé... J'ai trois semaines à être ici, voyez-vous, mademoiselle. Ils disent que j'en ai pour un mois, six semaines... mais je me connais... Et puis je suis très bien, je ne m'ennuie pas... je dors maintenant la nuit... J'avais une soif quand vous m'avez amenée lundi !... Ils ne veulent pas me donner d'eau rougie...

— Qu'est-ce que tu as là à boire ?

— Oh ! comme chez nous... de l'albumine. Voulez-vous m'en verser, tenez, mademoiselle... c'est si lourd, leurs choses d'étain !

Et se soulevant d'un bras avec le petit bâton pendant au milieu de son lit, avançant l'autre mis à nu par la chemise relevée, tout maigre et grelottant, vers le verre que lui tendait Mlle de Varandeuil, elle but.

— Là, fit-elle, quand elle eut fini, et elle posa ses deux bras étendus, hors du lit, sur le drap. Elle reprit :

— Faut-il que je vous dérange comme ça, ma pauvre demoiselle... Ça doit être d'une saleté finie chez nous ?

— Ne t'occupe donc pas de ça.

Il y eut un instant de silence. Un sourire décoloré vint aux lèvres de Germinie : — J'ai fait de la contrebande, dit-elle à Mlle de Varandeuil en baissant la voix, je me suis confessée pour être bien...

Puis, avançant la tête sur l'oreiller de façon à être plus près de l'oreille de Mlle de Varandeuil :

— Il y a des histoires ici... J'ai une drôle de voisine, allez, là... Elle indiqua d'un coup d'œil et d'un mouvement d'épaule la malade à laquelle elle tournait le dos. — Elle a un homme qui vient la voir ici... Il lui a parlé hier pendant une heure... J'ai entendu qu'ils avaient un enfant... Elle a quitté son mari... Il était comme fou, cet homme-là, en lui parlant...

Et disant cela, Germinie s'animait comme toute pleine encore et toute tourmentée de cette scène de la veille, toute fiévreuse et toute jalouse, si près de la mort, d'avoir entendu de l'amour à côté d'elle !

Puis tout à coup, elle changea de figure. Il venait une femme vers son lit. La femme parut embarrassée en voyant Mlle de Varandeuil. Au bout de quelques minutes, elle embrassa Germinie, et comme une autre femme venait, elle se hâta de partir. La nouvelle venue fit de même, embrassa Germinie, et la quitta aussitôt. Après les femmes, un homme vint; puis ce fut une autre femme. Tous, au bout d'un instant, se penchaient sur la malade pour l'embrasser, et dans chaque baiser Mlle de Varandeuil percevait vaguement un marmottement de paroles, des mots échangés, une demande sourde de ceux qui embrassaient, une réponse rapide de celle qui était embrassée.

— Eh bien ! dit-elle à Germinie, j'espère qu'on te soigne !

— Ah ! oui, répéta Germinie, avec une voix singulière, on me soigne !

Elle n'avait plus l'air vivant comme au commencement de la visite. Un peu de sang monté à ses joues y était resté seulement ainsi qu'une tache. Son visage semblait fermé; il était froid et sourd, pareil à un mur. Sa bouche rentrée était comme scellée. Ses traits se cachaient sous le voile d'une souffrance infinie et muette. Il n'y avait plus rien de caressant ni de parlant dans ses yeux immobiles, tout occupés et remplis de la fixité d'une pensée. On eût dit qu'une immense concentration intérieure, une volonté de la dernière heure, ramenait au-dedans de sa personne tous les signes extérieurs de ses idées, et que tout son être se tenait désespérément replié sur une douleur attirant tout à elle.

C'est que ces visites qu'elle venait de recevoir, c'étaient la fruitière, l'épicier, la marchande de beurre, la blanchisseuse, — toutes ses dettes vivantes ! Ces baisers, c'étaient les baisers de tous ses créanciers venant, dans une embrassade, flairer leurs créances et faire *chanter* son agonie !

LXVI

Le samedi matin, mademoiselle venait de se lever. Elle était en train de faire un petit panier de quatre pots de confitures de Bar qu'elle comptait porter le lendemain à Germinie, quand elle entendit des voix basses, un colloque dans la pièce d'entrée entre la femme de ménage et le portier. Puis presque aussitôt la porte s'ouvrit, le portier entra.

— Une triste nouvelle, mademoiselle, dit-il.

Et il lui tendit une lettre qu'il avait à la main; elle portait le timbre de l'hôpital de Lariboisière : Germinie était morte le matin, à sept heures.

Mademoiselle prit le papier; elle n'y vit que des lettres qui lui disaient : Morte ! morte ! Et la lettre avait beau lui répéter : Morte ! morte ! elle n'y pouvait croire. Comme ceux dont on apprend subitement la fin, Germinie lui apparaissait toute vivante, et sa personne qui n'était plus se représentait à elle avec la présence suprême de l'ombre de quelqu'un. Morte ! Elle ne la verrait plus ! Il n'y avait donc plus de Germinie au monde ! Morte ! Elle était morte ! Et ce qui allait remuer maintenant dans la cuisine, ce ne serait plus elle; ce qui trôlerait le matin dans sa chambre, ce serait une autre ! — Germinie ! Elle cria cela à la fin, avec le cri dont elle l'appelait; puis, se reprenant : — Machine ! Chose !... Comment t'appelles-tu, toi ? dit-elle durement à la femme de ménage toute troublée. Ma robe... que j'y aille...

Il y avait, dans ce dénouement si rapide de la maladie, une si brusque surprise que sa pensée ne pouvait s'y faire. Elle avait peine à concevoir cette mort soudaine, secrète et vague, contenue tout entière pour elle dans ce chiffon de papier. Germinie était-elle vraiment morte ? Mademoiselle se le demandait avec le doute des gens qui ont perdu une personne chère au loin, et, ne l'ayant pas vue mourir, ne veulent pas qu'elle soit morte. Ne l'avait-elle pas vue encore toute vivante la dernière fois ? Comment cela était-il arrivé ? Comment tout à coup était-elle devenue ce qui n'est plus bon qu'à mettre dans la terre ? Mademoiselle n'osait y songer, et y songeait. L'inconnu de cette agonie dont elle ignorait tout, l'effrayait et l'attirait. L'anxieuse curiosité de sa tendresse allait vers les dernières heures de sa bonne, et elle essayait d'en soulever à tâtons le voile et l'horreur. Puis il lui prenait une irrésistible envie de tout savoir, d'assister, par ce qu'on lui dirait, à ce qu'elle n'avait pas vu. Il fallait qu'elle apprît si Germinie avait parlé avant de mourir, si elle avait exprimé un désir, témoigné une volonté, laissé échapper un de ces mots qui sont le dernier cri de la vie.

Arrivée à Lariboisière, elle passa devant le concierge, un gros homme puant la vie comme on pue le vin, traversa les corridors où glissaient des convalescentes pâles, et sonna tout au bout de l'hôpital à une porte voilée de rideaux blancs. On ouvrit : elle se trouva dans un parloir éclairé de deux fenêtres, où une sainte Vierge de plâtre était posée sur un autel, entre deux vues du Vésuve qui semblaient frissonner là, contre le mur nu. Derrière elle, d'une porte ouverte, sortait un caquetage de sœurs et de petites filles, un bruit de jeunes voix et de frais rires, la gaieté d'une pièce blanche où le soleil s'amuse avec des enfants qui jouent.

Mademoiselle demanda à parler à la Mère de la salle Sainte-Joséphine. Il vint une sœur petite, à demi bossue, avec une figure laide et bonne, une figure à la grâce de Dieu. Germinie était morte dans ses bras. — Elle ne souffrait presque plus, dit la sœur à mademoiselle; elle se trouvait mieux; elle se sentait soulagée; elle avait de l'espérance. Le matin, vers les sept heures, au moment où son lit venait d'être fait, tout à coup, sans se voir mourir, elle a été prise d'un vomissement de sang dans lequel elle a passé. — La sœur ajouta qu'elle n'avait rien dit, rien demandé, rien désiré.

Mademoiselle se leva, délivrée des horribles pensées qu'elle avait eues. Germinie avait été sauvée de toutes les souffrances d'agonie qu'elle lui avait rêvées. Mademoiselle remercia cette mort de la main de Dieu qui cueille l'âme d'un seul coup.

Comme elle sortait de là : — Voulez-vous reconnaître le corps ? lui dit un garçon en s'approchant.

Le corps ! Ce mot fut affreux pour mademoiselle. Sans attendre sa réponse, le garçon se mit à marcher devant elle jusqu'à une grande porte jaunâtre au-dessus de laquelle était écrit : *Amphithéâtre.* Il cogna; un homme en bras de chemise, un brûle-gueule à la bouche, entrouvrit la porte, et dit d'attendre un instant.

Mademoiselle attendit. Ses pensées lui faisaient peur. Son imagination était de l'autre côté de cette porte d'épouvante. Elle essayait de voir ce qu'elle allait voir. Et toute remplie d'images confuses, de terreurs évoquées, elle frissonnait de l'idée d'entrer là, de reconnaître au milieu d'autres ce visage défiguré, si encore elle le reconnaissait ! Et cependant elle ne pouvait s'arracher de là : elle se disait qu'elle ne la verrait plus jamais !

L'homme au brûle-gueule ouvrit la porte : mademoiselle ne vit rien qu'une bière, dont le couvercle ne montant que jusqu'au cou laissait voir Germinie les yeux ouverts, les cheveux droits sur la tête.

LXVII

Brisée par ces émotions, par ce dernier spectacle, Mlle de Varandeuil se mit au lit en rentrant chez elle, après avoir donné de l'argent au portier pour les tristes démarches, l'enterrement, la concession. Et quand elle fut dans son lit, ce qu'elle avait vu revint devant elle. Il y avait toujours auprès d'elle la morte horrible, ce visage effrayant dans le cadre de cette bière. Son regard avait emporté au dedans d'elle cette tête inoubliable; sous ses paupières fermées, elle la voyait et en avait peur. Germinie était là, avec le bouleversement de traits d'une figure d'assassinée, avec ses orbites creusés, avec ses yeux qui semblaient avoir reculé dans des trous ! Elle était là, avec cette bouche encore tordue d'avoir vomi son dernier souffle ! Elle était là, avec ses cheveux, ses cheveux terribles, rebroussés, tout debout sur sa tête !

Ses cheveux ! cela surtout poursuivait mademoiselle. La vieille fille pensait, sans y vouloir penser, à des choses tombées dans son oreille d'enfant, à des superstitions de peuple perdues au fond de sa mémoire : elle se demandait si on ne lui avait pas dit que les morts qui ont les cheveux ainsi emportent avec eux un crime en mourant... Et, par moments, c'étaient ces cheveux-là qu'elle voyait à cette tête, des cheveux de crime, tout droits d'épouvante et tout roidis d'horreur devant la justice du ciel, comme les cheveux du condamné à mort devant l'échafaud de la Grève !

Le dimanche, mademoiselle se trouva trop malade pour sortir de son lit. Le lundi, elle voulut se lever pour aller à l'enterrement, mais, prise d'une faiblesse, elle fut obligée de se recoucher.

LXVIII

– Eh bien ! c'est fini ? dit de son lit mademoiselle, en voyant entrer chez elle à onze heures le portier qui revenait du cimetière avec une redingote noire et la mine de componction d'un retour d'enterrement.

– Mon Dieu oui, mademoiselle... Dieu merci ! la pauvre fille ne souffre plus.

– Tenez ! je n'ai pas la tête à moi aujourd'hui... Mettez les quittances et le restant de l'argent sur ma table de nuit... Nous compterons un autre jour.

Le portier restait debout devant elle sans bouger ni s'en aller, en changeant de main une calotte de velours bleu coupée dans la robe d'une fille de la maison. Au bout d'un instant, il se décida à parler :

– C'est cher, mademoiselle, pour se faire enterrer... Il y a d'abord...

– Qui est-ce qui vous a dit de compter ? interrompit Mlle de Varandeuil avec l'orgueil d'une charité superbe.

Le portier continua : – Et puis par là-dessus, une concession à perpétuité, comme vous m'aviez dit, ça ne se donne pas... Vous avez beau avoir bon cœur, mademoiselle, vous n'êtes pas trop riche... on sait ça, et alors on s'est dit : Mademoiselle va avoir pas mal à payer... et on connaît mademoiselle, elle payera... Eh bien ! si on lui économisait ça ?... Ça serait toujours autant... L'autre sera toujours bien sous terre... Et puis, qu'est-ce qui peut lui faire le plus de plaisir là-haut ? C'est de savoir qu'elle ne fait de tort à personne, la brave fille...

– Payer... quoi ? dit Mlle de Varandeuil, impatientée par les circonlocutions du portier.

– Allez ! ça ne fait rien, reprit le portier, elle vous était bien attachée tout de même... Et puis quand elle a été bien malade, ce n'était pas le moment... Oh ! mon Dieu, il ne faut pas vous gêner... ça ne presse pas... c'est de l'argent qu'elle devait depuis des temps... C'est ça, tenez...

Et il tira de la poche intérieure de sa redingote un papier timbré.

– Je ne voulais pas qu'elle fît un billet... c'est elle...

Mlle de Varandeuil saisit le papier timbré et vit au bas :

Approuvé l'écriture ci-dessus,

GERMINIE LACERTEUX.

C'était une reconnaissance de trois cents francs payables de mois en mois par à-compte qui devaient être portés au dos du papier.

– Il n'y a rien, vous voyez, dit le portier en retournant le papier.

Mlle de Varandeuil ôta ses lunettes. – Je payerai, dit-elle.

Le portier s'inclina. Elle le regarda : il restait là.

– C'est tout, j'espère ?... dit-elle d'un ton brusque.

Le portier avait recommencé à regarder fixement une feuille du parquet. – C'est tout... si on veut...

Mlle de Varandeuil eut peur comme au moment de passer la porte derrière laquelle elle allait voir le corps de sa bonne.

– Mais comment doit-elle tout cela ?... s'écria-t-elle... Je lui donnais de bons gages... je l'habillais presque... A quoi son argent passait-il, hein ?

– Ah ! voilà, mademoiselle... Je n'aurais pas voulu vous le dire... mais autant aujourd'hui que demain... Et puis, il vaut mieux que vous soyez prévenue; quand on sait, on s'arrange... Il y a un compte de la marchande de volailles... La pauvre fille doit un peu partout... elle n'avait pas beaucoup d'ordre dans les derniers temps... La blanchisseuse, la dernière fois, a laissé son livre... Ça va assez haut... je ne sais plus... Il paraît qu'il y a une note chez l'épicier... oh ! une vieille note... ça remonte à des années... Il vous apportera son livre...

– Combien l'épicier ?

– Dans les deux cent cinquante.

Toutes ces révélations, tombant coup sur coup sur Mlle de Varandeuil, lui arrachaient des exclamations sourdes. Soulevée de son oreiller, elle restait sans paroles devant cette vie dont le voile se déchirait morceau par morceau, dont les hontes s'éclairaient une à une.

– Oui, dans les deux cent cinquante... Il y a beaucoup de vin, à ce qu'il dit...

– J'en ai toujours eu à la cave...

– La crémière... reprit le portier sans répondre, oh ! pas grandchose... la crémière... soixante-quinze francs... Il y a de l'absinthe et de l'eau-de-vie.

– Elle buvait ! cria Mlle de Varandeuil qui, sur ce mot, devina tout.

Le portier ne parut pas entendre.

– Ah ! voyez-vous, mademoiselle, ç'a été son malheur de connaître les Jupillon... le jeune homme... Ce n'était pas pour elle ce qu'elle en faisait... Et puis le chagrin... Elle s'est mise à boire... Elle espérait l'épouser, faut vous dire... Elle lui avait arrangé une chambre... Quand on se met dans les mobiliers, ça va vite... Elle se détruisait, figurez-vous... J'avais beau lui dire de ne pas s'abîmer à boire comme ça... Moi, vous pensez, quand elle rentrait à des six heures du matin, je n'allais pas vous le dire... C'est comme son enfant... Oh ! reprit le concierge au geste que fit Mlle de Varandeuil, une fière chance qu'elle soit morte, cette petite... Ça ne fait rien, on peut dire qu'elle a fait la noce... et une rude... Voilà pourquoi le terrain, moi... si j'étais que vous... Elle vous a assez coûté, allez, mademoiselle, tant qu'elle a mangé de votre salade... Et vous pouvez la laisser où elle est... avec tout le monde...

– Ah ! c'est comme ça ! c'était ça ! Ça volait pour des hommes ! ça faisait des dettes ! Ah ! elle a bien fait de crever, la chienne ! Et il faut que je paye !... Un enfant ! Voyez-vous ça, la guenippe ! Ah ! bien oui, elle peut pourrir où elle veut, celle-là ! Vous avez bien fait, monsieur Henri... voler ! Elle me volait ! Dans le trou, parbleu ! c'est bon pour elle !... Dire que je lui laissais toutes mes clefs... je ne comptais jamais... Mon Dieu !... Ah ! oui, de la confiance... Eh bien ! voilà... Je payerai... ce n'est pas pour elle, c'est pour moi... Et moi qui donne ma plus belle paire de draps pour l'enterrer ! Ah ! si j'avais su, je t'en aurais donné du torchon de cuisine, mademoiselle comme je danse !

Et mademoiselle continua quelques minutes, jusqu'à ce que les mots l'étouffassent et s'étranglassent dans sa gorge.

LXIX

A la suite de cette scène, Mlle de Varandeuil resta huit jours dans son lit, malade et furieuse, pleine d'une indignation qui lui secouait tout le cœur, lui débordait par la bouche, lui arrachait par instants quelque grosse injure qu'elle crachait dans un cri à la sale mémoire de sa bonne. Nuit et jour, elle se retournait dans la même pensée de malédiction, et ses rêves mêmes agitaient dans son lit la colère de ses membres grêles.

Etait-ce possible ! Germinie ! sa Germinie ! Elle n'en revenait pas. Des dettes !... un enfant !... toutes sortes de hontes ! La scélérate ! Elle l'abhorrait, elle la détestait. Si elle avait vécu, elle aurait été la dénoncer au commissaire de police. Elle eût voulu croire à l'enfer pour la recommander aux supplices qui châtient les morts. Sa bonne, c'était ça ! Une fille qui la servait depuis vingt ans ! qu'elle avait comblée ! L'ivrognerie ! elle était descendue jusque-là ! L'horreur qu'on a après un mauvais rêve venait à mademoiselle, et tous les dégoûts montant de son âme disaient : Fi ! à cette morte dont la tombe avait vomi la vie et rejeté l'ordure.

Comme elle l'avait trompée ! Comme elle faisait semblant de l'aimer, la misérable ! Et pour se la montrer à elle-même plus ingrate et plus coquine, Mlle de Varandeuil se rappelait ses tendresses, ses soins, ses jalousies qui avaient l'air de l'adorer. Elle la revoyait se penchant sur elle lorsqu'elle était malade. Elle repensait à ses caresses... Tout cela mentait ! Son dévouement mentait ! Le bonheur de ses baisers, l'amour de ses lèvres mentaient ! Mademoiselle se disait cela, se le répétait, se le persuadait; et pourtant, peu à peu, lentement, de ces souvenirs remués, de ces évocations dont elle cherchait l'amertume, de la lointaine douceur des jours passés, il se levait en elle un premier attendrissement de miséricorde.

Elle chassait ces pensées qui laissaient tomber sa colère; mais la rêverie les lui rapportait. Il lui revenait alors des choses auxquelles elle n'avait pas fait attention du vivant de Germinie, de ces riens auxquels le tombeau fait penser et que la mort éclaire. Elle avait un vague ressouvenir de certaines étrangetés de cette fille, d'effusions fiévreuses, d'étreintes troublées, d'agenouillements qu'on eût dit prêts à une confession, de mouvements de lèvres au bord desquelles semblait trembler un secret. Elle retrouvait, avec ces yeux qu'on a pour ceux qui ne sont plus, les regards si tristes de Germinie, des gestes, des poses qu'elle avait, ses visages de désespoir. Et elle devinait là-dessous maintenant des blessures, des plaies, des déchirements, le tourment de ses angoisses et de ses repentirs, les larmes de sang de ses remords, toutes sortes de souffrances étouffées dans toute sa vie et dans toute sa personne, une Passion de honte qui n'osait demander pardon qu'avec son silence !

Puis elle se grondait pour avoir pensé cela et se traitait de vieille bête. Ses instincts rigides et droits, la sévérité de conscience et la dureté de jugement d'une vie sans faute, ce qui chez une honnête femme fait condamner une fille, ce qui chez une sainte comme Mlle de Varandeuil devait être sans pitié pour sa domestique, tout en elle se révoltait contre un pardon. Au dedans d'elle une justice criait, étouffant sa bonté : Jamais ! jamais ! Et elle chassait, d'un geste implacable, le spectre infâme de Germinie.

Même par instants, pour faire plus irrévocable la damnation et l'exécration de cette mémoire, elle la chargeait, elle l'accablait, elle la calomniait. Elle ajoutait à l'affreuse succession de la morte. Elle reprochait à Germinie plus encore qu'elle n'avait à lui reprocher. Elle prêtait des crimes à la nuit de ses pensées, des désirs assassins à l'impatience de ses rêves. Elle voulait penser, elle pensait qu'elle avait souhaité sa mort, qu'elle l'avait attendue.

Mais, à ce moment-là même, dans le plus noir de ses pensées et de ses suppositions, une vision se levait et s'éclairait devant elle. Une image s'approchait, qui semblait s'avancer vers son regard, une image dont elle ne pouvait se défendre et qui traversait les mains dont elle voulait la repousser : Mlle de Varandeuil revoyait sa bonne morte. Elle revoyait ce visage qu'elle avait entrevu à l'amphithéâtre, ce visage crucifié, cette tête suppliciée où étaient montés à la fois le sang et l'agonie d'un cœur. Elle la revoyait avec cette âme que la seconde vue du souvenir dégage des choses. Et cette tête, à mesure qu'elle lui revenait, lui revenait avec moins d'épouvante. Elle lui apparaissait comme se dépouillant de terreur et d'horreur. La souffrance seule y restait, mais une souffrance d'expiation, presque de prière, la souffrance d'un visage de morte qui voudrait pleurer... Et l'expression de cette tête s'adoucissant toujours, mademoiselle finissait par y voir une supplication qui l'implorait, une supplication qui, à la longue, enveloppait sa pitié. Insensiblement, il se glissait dans ses réflexions, des indulgences, des idées d'excuse dont elle s'étonnait elle-même. Elle se demandait si la pauvre fille était aussi coupable que d'autres, si elle avait choisi le mal, si sa vie, les circonstances, le malheur de son corps et de sa destinée, n'avaient pas fait d'elle la créature qu'elle avait été, un être d'amour et de douleur... Et tout à coup elle s'arrêtait : elle allait pardonner !

Un matin, elle sauta à bas de son lit.

— Eh ! vous... l'autre ! cria-t-elle à sa femme de ménage, le diable soit de votre nom ! Je l'oublie toujours... Vite, mes affaires... j'ai à sortir...

— Ah ! par exemple, mademoiselle... les toits, regardez donc... ils sont tout blancs.

— Eh bien, il neige, voilà tout.

Dix minutes après, Mlle de Varandeuil disait au cocher de fiacre qu'elle avait envoyé chercher :

— Cimetière Montmartre !

LXX

Au loin, un mur s'allongeait, un mur de fermeture, tout droit, continuant toujours. Le filet de neige qui lignait son chaperon lui donnait une couleur de rouille sale. Dans son angle, à gauche, trois arbres dépouillés dressaient sur le ciel leurs sèches branches noires. Ils bruissaient tristement avec un son de bois mort entrechoqué par la bise. Au-dessus de ces arbres, derrière le mur et tout contre, se dressaient les deux bras où pendait un des derniers réverbères à l'huile de Paris. Quelques toits tout blancs s'espaçaient çà et là; puis se levait la montée de la butte Montmartre dont le linceul de neige était déchiré par des coulées de terre et des taches sablonneuses. De petits murs gris suivaient l'escarpement, surmontés de maigres arbres décharnés dont les bouquets se violaçaient dans la brume, jusqu'à deux moulins noirs. Le ciel était plombé, lavé des tons bleuâtres et froids de l'encre étendue au pinceau : il avait pour lumière une éclaircie sur Montmartre, toute jaune, de la couleur de l'eau de la Seine après les grandes pluies. Sur ce rayon d'hiver, passaient et repassaient les ailes d'un moulin caché, des ailes lentes, invariables dans le mouvement, et qui semblaient tourner l'éternité.

En avant du mur, contre lequel plaquait un buisson de cyprès morts et roussis par la gelée, s'étendait un grand terrain sur lequel descendaient, comme deux grandes processions de deuil, deux épaisses rangées de croix serrées, pressées, bousculées, renversées. Ces croix se touchaient, se poussaient, se marchaient sur les talons. Elles pliaient, tombaient, s'écrasaient en chemin. Au milieu, il y avait comme un étouffement qui en avait fait sauter en dehors, à côté : on les apercevait recouvertes et levant seulement, avec l'épaisseur de leur bois, la neige sur les chemins, un peu piétinés au milieu, qui allaient le long des deux files. Les rangs brisés ondulaient avec la fluctuation d'une foule, le désordre et le serpentement d'une grande marche. Les croix noires, avec leurs bras étendus, prenaient un air d'ombres et de personnes en détresse. Ces deux colonnes débandées faisaient penser à une déroute humaine, à une armée désespérée, effarée. On eût cru voir un épouvantable sauve-qui-peut...

Toutes les croix étaient chargées de couronnes, de couronnes d'immortelles, de couronnes de papier blanc à fil d'argent, de couronnes noires à fil d'or; mais la neige les laissait voir en dessous usées, et toutes flétries, horribles comme des souvenirs dont ne voulaient pas les autres morts et que l'on avait ramassées pour faire un peu de toilette aux croix avec des glanures de tombes.

Toutes les croix avaient un nom écrit en blanc; mais il y avait aussi des noms qui n'étaient pas même écrits sur un peu de bois : une branche d'arbre cassée, plantée en terre, avec une enveloppe de lettre ficelée autour, c'était un tombeau qu'on pouvait voir là !

A gauche, où l'on creusait une tranchée pour une troisième rangée de croix, la pioche d'un ouvrier rejetait en l'air de la terre noire qui retombait sur le blanc du remblai. Un grand silence, le silence lourd de la neige enveloppait tout, et l'on n'entendait que deux bruits, le bruit mat de la pelletée de terre et le bruit pesant d'un pas régulier : un vieux prêtre, qui était là à attendre, la tête dans un capuchon noir, en camail noir, en étole noire, avec un surplis sale et jauni, essayait de se réchauffer en battant de ses grosses galoches le pavé du grand chemin, devant les croix.

La fosse commune, ce jour-là, c'était cela. Ce terrain, ces croix, ce prêtre disaient : Ici dort la Mort du peuple et le Néant du pauvre.

O Paris ! tu es le cœur du monde, tu es la grande ville humaine, la grande ville charitable et fraternelle ! Tu as des douceurs d'esprit, de vieilles miséricordes de mœurs, des spectacles qui font l'aumône ! Le pauvre est ton citoyen comme le riche. Tes églises parlent de Jésus-Christ; tes lois parlent d'égalité; tes journaux parlent de progrès; tous tes gouvernements parlent du peuple; et voilà où tu jettes ceux qui meurent à te servir, ceux qui se tuent à créer ton luxe, ceux qui périssent du mal de tes industries, ceux qui ont sué leur vie à travailler pour toi, à te donner ton bien-être, tes plaisirs, tes splendeurs, ceux qui ont fait ton animation, ton bruit, ceux qui ont mis la chaîne de leurs existences dans ta durée de capitale, ceux qui ont été la foule de tes rues et le peuple de ta grandeur ! Chacun de tes cimetières a un pareil coin honteux, caché contre un bout de mur, où tu te dépêches de les enfouir, et où tu leur jettes la terre à pelletées si avares que l'on voit passer les pieds de leurs bières ! On dirait que ta charité s'arrête à leur dernier soupir, que ton seul *gratis* est le lit où l'on souffre, et que, passé l'hôpital, toi si énorme et si superbe, tu n'as plus de place pour ces gens-là ! Tu les entasses, tu les presses, tu les mêles dans la mort, comme il y a cent ans, sous les draps de tes Hôtels-Dieu, tu les mêlais dans l'agonie ! Encore hier, n'avais-tu pas seulement ce prêtre en faction pour jeter un peu d'eau bénite banale à tout venant : pas la moindre prière ! Cette décence même manquait : Dieu ne se dérangeait pas ! Mais ce que ce prêtre bénit, c'est toujours la même chose : un trou où le sapin se cogne, où les morts ne sont pas chez eux ! La corruption y est commune; personne n'a la sienne, chacun a celle de tous : c'est la promiscuité du ver ! Dans le sol dévorant, un Montfaucon se hâte pour les Catacombes... Car les morts n'ont pas plus ici le temps que l'espace pour pourrir : on leur reprend la terre, avant que la terre n'ait fini ! avant que leurs os n'aient une couleur et comme une ancienneté de pierre, avant que les années n'aient effacé sur eux un reste d'humanité et la mémoire d'un corps ! Le déblai se fait, quand cette terre est encore eux, et qu'ils sont ce terreau humide où la bêche enfonce... La terre qu'on leur prête ? Mais elle n'enferme pas seulement l'odeur de la mort ! L'été, le vent qui passe sur cette voirie humaine à peine enterrée, en emporte, sur la ville des vivants, le miasme impie. Aux jours brûlants d'août, les gardiens empêchent d'aller jusque-là : il y a des mouches qui ont le poison des charniers, des mouches charbonneuses et qui tuent !

Mademoiselle arriva là, après avoir passé le mur et la voûte qui séparent les concessions à perpétuité des concessions à temps. Sur l'indication d'un gardien, elle monta entre la dernière file de croix et la tranchée nouvellement ouverte. Et là, marchant sur des couronnes ensevelies, sur l'oubli de la neige, elle arriva à un trou, à l'ouverture de la fosse. C'était bouché avec de vieilles planches pourries et une feuille de zinc oxydée sur laquelle un terrassier avait jeté sa blouse bleue. La terre coulait derrière jusqu'en bas, où elle laissait à jour trois bois de cercueil dessinés dans leur sinistre élégance : il y en avait un grand et deux plus petits un peu derrière. Les croix de la semaine, de l'avant-veille, de la veille, descendaient la coulée de la terre, elles glissaient, elle enfonçaient, et, comme emportées sur la pente d'un précipice, elles semblaient faire de grandes enjambées.

Mademoiselle se mit à remonter ces croix, se penchant sur chacune, épelant les dates, cherchant les noms avec ses mauvais yeux. Elle arriva à des croix du 8 novembre : c'était la veille de la mort de Germinie, Germinie devait être à côté. Il y avait cinq croix du 9 novembre, cinq croix toutes serrées : Germinie n'était pas dans le tas. Mlle de Varandeuil alla un peu plus loin, aux croix du 10, puis aux croix du 11, puis aux croix du 12. Elle revint au 8, regarda encore partout : il n'y avait rien, absolument rien... Germinie avait été enterrée sans une croix ! On n'avait pas même planté un morceau de bois pour la reconnaître !

A la fin, la vieille demoiselle se laissa tomber à genoux dans la neige, entre deux croix dont l'une portait 9 novembre et l'autre 10 novembre. Ce qui devait rester de Germinie devait être à peu près là. Sa tombe vague était ce terrain vague. Pour prier sur elle, il fallait prier au petit bonheur entre deux dates, — comme si la destinée de la pauvre fille avait voulu qu'il n'y eût, sur la terre, pas plus de place pour son corps que pour son cœur !

Achevé d'imprimer en octobre 1986
sur les presses de l'Imprimerie Brodard et Taupin
à La Flèche (Sarthe)

RELIURE DESSINÉE
PAR JEAN-MICHEL FOLON

Ce livre ne peut être vendu séparément
du fascicule Goncourt de « Grands Ecrivains »

ISBN 2-85018-468-3

N° d'impression : 6766-5
Dépôt légal : octobre 1986

Imprimé en France